David Gray · Kanakenblues

KANAKEN BLUES

DAVID GRAY

PENDRAGON

Boyle

2.–3. September 1999

2. September 1999. Drei Uhr nachts. Das Polizeipräsidium war so still wie zu keiner anderen Zeit. Boyle stand rauchend in der Verbindungstür zwischen den Fachkommissariaten 1 und 8.

Eigentlich hatte Boyle in beiden Abteilungen derzeit nichts zu suchen, denn seine Schicht war seit über zwei Stunden vorbei.

Er sah sich misstrauisch um, trat ins Büro des Chefs der Fahrbereitschaft und schloss die Tür. Er brauchte keine Minute, um zu finden, wonach er suchte: den Einsatzplan der Dienstfahrzeuge.

Er wusste, dass die Drogenabteilung des LKA den roten Porsche des Präsidiums für eine Undercoveraktion angefordert hatte. Was er nicht wusste, war der exakte Zeitpunkt. Deswegen war er hier.

Er blätterte den Papierstapel auf dem Schreibtisch durch. Da war die Anforderung des LKA.

Am 3. September um 9 Uhr 30 würden zwei Fahnder des LKA sich in den roten Porsche setzen, um mit sechs Kilo reinstem Koks auf dem Rücksitz im *Hotel Excelsior* einen getürkten Deal mit einem stillen Amerikaner anzuschieben. Für den Straßenverkauf aufbereitet und gestreckt, ließ sich aus den sechs Kilo beinah das Doppelte an Gewicht herausholen. Was da durch die Gegend chauffiert würde, wären also gut und gern elf Kilo Koks mit einem aktuellen Straßenverkaufswert von fast anderthalb Millionen. Die Preise waren in den Himmel geschossen, seit der Zoll im Hafen einige Großlieferungen beschlagnahmt hatte.

Nur würde das Koks aus dem Porsche nie im *Excelsior* ankommen, weil Boyle und Teddy Amin dem Jugo-Paten Nikolas Premuda Fahrstrecke und Abfahrtsort des roten Porsche verkaufen würden.

Teddy tat es allein für das Geld. Er auch, aber nicht nur.

Sorgfältig schloss er die Tür hinter sich und lief über den langen Gang zum Aufzug, der ihn in die Tiefgarage bringen würde.

Er sah sein Gesicht im Rückspiegel seines Wagens: die tiefblauen Augen seiner Mutter, die eigenartig intensiv mit der dunklen Haut seines afroamerikanischen Vaters kontrastierten. Früher hatte er sich manchmal gefragt, wer sein Vater war, heute war es ihm ziemlich gleichgültig. Wie eine alte Narbe, die zwar manchmal noch juckte, aber mit der man längst zu leben gelernt hatte.

War das Angst, was da in seinen blauen Augen stand?

Bestimmt.

Es wäre verrückt, keine Angst vor dieser Sache morgen zu haben. Dennoch konnte nichts schiefgehen. Premudas Männer waren zu gut, um Fehler zu machen.

Teddy Amin und Boyle kannten sich fast so lange, wie er denken konnte. Trotzdem merkwürdig, dass Boyle ausgerechnet Polizist geworden war und Teddy in demselben Jahr zum ersten Mal in den Knast marschierte, als Boyle auf die Polizeischule ging.

Als Boyle mit der Polizeischule durch war, war Teddy bereits ein paar Monate wieder draußen. Boyle war der Musterschüler mit dem zweitbesten Ergebnis seines Jahrgangs. Teddy mauserte sich zum aufstrebenden Stern am Gangsterhimmel. Nach drei Jahren Streifendienst wurde Boyle zum Kriminaldienst versetzt. Ungefähr zur selben Zeit schrieb irgendeiner von Boyles Kollegen in Anspielung auf die Italienergangs der Cosa Nostra, *Koscha Nostra* auf Teddys Polizeiakte. Denn Teddy war Jude und das waren die meisten seiner Gangmitglieder auch. Nach dem Zusammenbruch der Sowjetunion waren sie nach Deutschland gekommen, um hier ein anderes, ein besseres Leben zu finden.

Koscha Nostra, die Gang der Russen also. Und Teddy war ihr unangefochtener Boss. Zwanzig junge Einwanderer aus Russland dienten ihm als Eintreiber, Rausschmeißer oder Beschützer der Mädchen, die er in seinen Bordellen beschäftigte.

Ein Gangster und ein Bulle. Und trotzdem hatte es seit zwanzig Jahren keinen Tag im Leben des Lewis Boyle gegeben, an dem er Teddy Amin nicht blind sein Leben anvertraut hätte. Wenn auch wahrscheinlich nicht seine Frau. Aber das zählte auch nicht.

Denn eine Frau hatte er sowieso nicht. Jedenfalls keine, bei der er auf die Idee gekommen wäre, sie so zu bezeichnen.

Am folgenden Morgen waren die Straßen zwar nass vom nächtlichen Regen, aber die Luft selbst für Anfang September viel zu heiß.

Teddy und Boyle hockten in Teddys Mini Cooper und trieben mit dem Pendlerstrom aus der Stadt Richtung Industriezentrum Ost. Beide hingen ihren eigenen Gedanken nach. Im Ascher glühte eine Kippe vor sich hin und draußen zischte die immer gleiche Lärmschutzwand an ihnen vorüber.

Zwanzig Minuten später bog Teddys Cooper in die Einfahrt eines Schrottplatzes und rollte dann an dem frisch verputzten Bürohäuschen und Bergen von übereinander gestapelten Autowracks entlang zu einer flachen Lagerhalle.

Schien, als waren Teddy und Boyle um einige Minuten zu früh dran. Alles, was sich an menschlichen Wesen zeigte, war ein fetter Typ in einem fleckigen Overall, der wirkte, als hätte er die letzten zehn Jahre in einem Ölfass verbracht.

Einige Minuten später rollte ein unauffälliger dunkler Toyota in die Lagerhalle. Teddy und Boyle folgten ihm.

Die Halle war bis auf einen Kran und einige verrostete Stahlträger am Boden leer.

Premuda war nicht allein. Ein weiterer Mann stieg mit ihm aus dem dunklen Toyota. Ein kurzer Blick auf ihn genügte Boyle: Mitte zwanzig, schlank, durchtrainiert, schnelle klare Augen und Handkanten mit Hornhaut. Ein Bodyguard der besseren Sorte.

Premuda wirkte mit seiner rosigen Haut, den schmalen Augen, vollen Lippen und Bauernfingern wie ein Provinzrusse auf Urlaub. Selbst der gut geschnittene graue Anzug, zu dem er eine gelbe Krawatte gewählt hatte, machte es nicht besser.

„Hallo Jude", sagte Premuda und streckte Teddy die Hand entgegen. Teddy schüttelte sie und stellte Premuda dann Boyle vor.

„Ich hab, was ihr wolltet. Wie steht's mit euch?"

„Wir auch", flüsterte Boyle.

„Na dann ... Ich höre."

„Ein roter '92er 911er Porsche. Er wird morgen um 9 Uhr 30, plus minus fünf Minuten, aus der Tiefgarage des Präsidiums rollen. Zwei Männer. Beide unbewaffnet. Der Ami, dem sie den getürkten Deal aufgeschwatzt haben, ist vorsichtig. Er traut keinem mit 'ner Waffe."

„Wie viel Stoff werden sie dabei haben?"

„Sechs Kilo. Ungestreckt. Ich hab die Anforderung an die Asservatenkammer gestern selbst gesehen."

Premuda nickte zufrieden. „Etwas verstehe ich nicht, wieso benutzen die vom LKA nicht ihre eigenen Wagen?"

Boyle lächelte traurig. „Alles, was sie an repräsentativen Schleudern haben, sind zwei defekte alte Jaguar. Sie müssen vier Formulare ausfüllen und drei Wochen warten, nur um für die Teile 'nen Satz neue Reifen genehmigt zu kriegen, also haben sie unsere Fahrbereitschaft um Hilfe gebeten."

Premuda sah einen Moment an Teddy und Boyle vorbei. „Scheiße Junge, so führt man keinen Krieg."

Boyle zuckte mit den Achseln, obwohl ihm der Begriff Krieg sauer aufstieß. Was bildete der Kerl sich eigentlich ein?

Premuda gab dem Bodyguard einen Wink. Der setzte sich in Bewegung, trat an den Wagen, kehrte mit einem schmalen Aktenkoffer zurück.

„Hälfte heute und hier. Den Rest, nachdem ich das Zeug weiterverkauft habe. Korrekt?"

Teddy nickte Premuda feierlich zu. Soweit es ihn anging, war der Deal gelaufen.

„Wo ist der Rest?", fragte Boyle und streckte seine Hand aus.

„Hier", meinte Premuda und zog ein in braunes Packpapier eingeschlagenes Päckchen hervor. Boyle riss es auf und fand darin offenbar, was er sich erhofft hatte: Schnappschüsse und Papiere, die er rasch durchblätterte und dann in seiner Lederjacke verschwinden ließ. Das Geld war das eine. Aber jenes Material, das Premuda Boyle gerade übergeben hatte, war für ihn das Sahnehäubchen auf der Torte. Damit würde Boyle sich endlich an einigen Männern rächen, die ihre Uniform schon viel zu lange trugen.

Premuda wies auf das Päckchen. „Wenn ihr Bullen euch bis morgen nicht gerührt habt, bekommt alles, was du eben bekommen hast, auch Bellini von der *Abendzeitung.*"

Boyle sah Premuda in die Augen und zuckte die Achseln. Und wenn schon, sollte das wohl heißen.

Premuda hielt Boyles Blick mühelos stand. So einfach war der alte Mann nicht einzuschüchtern.

Keiner der beiden Männer warf einen Blick zurück, sobald Teddy den Mini Cooper durch das Maschendrahttor auf die schmale Straße vor dem Schrottplatz gelenkt hatte. Kaum andere Wagen auf der Schnellstraße, die sie wenig später der Kennedybrücke entgegenrollten.

„Wo soll ich dich rauslassen?"

Boyle drückte seine Kippe im Ascher aus.

„Am Friedhof."

Teddy bog in Richtung City ab. Im Radio röhrte Rod Stewarts *Have I told you lately.* Boyle verzog das Gesicht. Rods Popgedudel war nicht ganz nach seinem Geschmack.

„Ich ruf dich an, sobald ich in Lausanne fertig bin."

Boyle nickte. „Dein Kurier kommt mit dem Koffer auch wirklich über die Grenze?"

Teddy grinste. „Ja, kein Grund, sich Sorgen zu machen, Alter. Der Junge weiß, was er tut. Ist ja nicht so, als würde er das zum ersten Mal machen."

Der Kurier würde mit dem Geld im Koffer nach

Lausanne fahren, wo Teddy ihn erwartete, um die Kohle anschließend auf zwei Nummernkonten einzuzahlen, eines für ihn selbst, das andere für Boyle. Wahrscheinlich stieg Teddy morgen früh schon wieder in Hamburg-Fuhlsbüttel aus dem Flieger, noch bevor die Kriminaltechniker mit der Untersuchung der Umgebung der beklauten LKA-Männer zu Ende gekommen waren.

„330 000 zu fünf Prozent auf 'nem Schweizer Nummernkonto, das nenne ich 'nen guten Start, mein Freund."

Boyle antwortete nicht, sondern trommelte ein paar Mal nachdenklich mit den Fingern auf Premudas Packpapierpäckchen herum.

Ein breiter, mit Kies bestreuter Weg wand sich unter den ausufernden Kronen alter Bäume der Friedhofskapelle entgegen. Die Stille rundum wurde einzig vom Knirschen des feinen Kieses unter Boyles Ledersneakern unterbrochen. Vierzig grün-weiße Streifenwagen waren um den Eingang der Kapelle abgestellt, dazu noch zehn zivile Viertürer der Kriminalabteilungen. Der Friedhof Blankenese war fast schon heiliger Hamburger Grund. Neben einigen bekannten Malern, Pfarrern und Schriftstellern lag hier auch die Kiezgröße Wilfried Schulz, den die Zeitungen seinerzeit „den Paten" nannten.

Einige Uniformierte unterhielten sich leise, die Hände in den Taschen ihrer Uniformen. Zwei oder drei von ihnen grüßten Boyle flüchtig mit einem Kopfnicken.

Habe ich es mir so vorgestellt, fragte er sich. War das der Tag, nach dem ich mich so lange gesehnt hatte? Mit Premudas Material hatte Boyle alles, was er brauchte, um Färber und Saleki vom 5. Revier endgültig aus dem Verkehr ziehen zu lassen.

Er hatte den Erinnerungen, die in ihm aufstiegen, nichts entgegenzusetzen.

Juli 1982. Boyle war Beamter auf Probe und kaum drei Wochen mit der Polizeischule durch. Ein Frischling voller Illusionen und Abenteuerlust. Illusionen, die an diesem Abend für immer in einem gurgelnden Sog aus Ekel und Angst untergehen sollten.

Färber, Saleki und Boyle betraten in ihren Uniformen den Aufzug eines gesichtslosen, zehnstöckigen Betonbaus in Harburg.

Färber war stellvertretender Revierchef des 5. und streng genommen nicht mal im Dienst, da seine Schicht vor wenigen Minuten zu Ende gegangen war, wohingegen der Dienst seines Kumpels Saleki, Boyles direkter Vorgesetzter, gerade erst begonnen hatte.

Färber nahm Boyle vor der Tür zur Wohnung 217 zur Seite. „Du hältst das Maul und tust, was wir dir sagen. Kapiert?“

Saleki betätigte die Klingel.

Ein kräftiger Mann in einem „Harvard University“-T-Shirt und grünlich fleckigen Shorts öffnete.

Die Küche: dreckiges Geschirr in der Spüle, eine Mikrowelle, in der sich irgendein Fertiggericht drehte, auf dem Tisch ein überquellender Ascher, zwei Gläser und eine halbleere Flasche Jack Daniel's.

Der Typ in dem Harvard-Shirt trat an den Küchenschrank und brachte einen säuberlichen Stapel Scheine hervor. „Diese Woche bisschen weniger als sonst", sagte er.

„Ferienzeit. Schon okay." Saleki griff nach dem Geld, steckte es ein.

Das Harvard-T-Shirt stellte zwei zusätzliche Gläser auf den Tisch, tauschte die Luft darin gegen Jack Daniel's Whisky. Sie tranken. Saleki fragte nach einer zweiten Füllung. Er bekam sie, kippte sie hinunter und drehte sich dann zu Färber um. „Mach hin – wir haben heute noch mehr vor!"

Färber stand auf und verließ die Küche. Für die übrigen gab es eine dritte Runde Whisky. Boyle, der sich zunehmend unwohl fühlte, aber nicht den Mut aufbrachte, etwas zu sagen.

„Ich will die Neue sehen." Saleki stieß das Harvard-T-Shirt an.

Eine Minute später folgten Boyle und Saleki dem Harvard-T-Shirt in den schmalen Wohnungsflur.

Färber war nirgendwo zu sehen. Im Zimmer neben der Küche quietschten Bettfedern. Aus dem gegenüber schallte das hohe Lachen einer Frau.

Harvard-Shirt und Saleki nahmen Boyle in die Mitte. Gemeinsam betraten sie das dritte Zimmer.

Ein Bett, ein zerfranster Vorleger, ein Tisch. Das Fens-

ter verdeckt von einer bläulich schimmernden Jalousie. Auf dem Laken ein zierliches blondes Mädchen in einem speckigen Männerhemd. Die kann kaum sechzehn sein, dachte Boyle. Ekel stieg ihm die Kehle herauf.

„Bisschen sehr jung, oder?"

Der Harvard-Mann zuckte die Achseln.

„Und?"

„Nix weiter, bloß ziemlich jung."

Saleki zückte seinen Gummiknüppel, schlug damit ein paar Mal kräftig gegen die Wand zum Nachbarraum.

„Runter von der Alten, Färber."

Boyles Blick blieb an dem Mädchen hängen. Ihrer anfänglichen Überraschung schien Angst gewichen zu sein. Sie zog das Hemd über der Brust zusammen, verkroch sich in die hinterste Ecke des Bettes.

Eine Tür klappte. Färbers schlurfende Schritte im Flur. Saleki, Boyle und das Harvard-Shirt sahen sich nach ihm um.

Färber, der in der Tür stehend sein Koppel schloss, dann aufsah und Boyle breit angrinste.

„Fick sie!"

Boyle fuhr zu Saleki herum.

„Was?"

„Fick die Kleine."

In Färbers Augen derselbe herausfordernde Blick, den auch Saleki aufgesetzt hatte.

„Bist du schwerhörig, oder was? Du sollst sie ficken, Mann!"

Ein sanfter Stoß von Salekis Gummiknüppel in Boyles Magengrube.

„Entweder du fickst die Kleine jetzt oder in deiner nächsten Beurteilung steht: für den Polizeidienst ungeeignet."

Boyle schlug Salekis Gummiknüppel zur Seite. „Spinnst du?", zischte er. „Das wäre kein Fick, sondern 'ne Vergewaltigung."

Färber, in dessen Hand plötzlich seine Dienstpistole auftauchte.

„Und genau darum fickst du sie jetzt auch, Boyle. Wenn wir abgehen, gehst du gefälligst mit."

Der Rest war Dunkelheit.

Immer noch.

Aus der Friedhofskapelle drangen die Klänge einer Orgel. Jetzt dort hineinzugehen, um nach Becker zu suchen, kam nicht in Frage. Also steckte Boyle sich eine Zigarette an, wartete bis die Orgelklänge verebbten und die Stimme des Pastors ertönte, dem bald darauf das vielstimmige Gemurmel eines Vaterunsers folgte.

Er hatte den Kollegen, der heute hier zu Grabe getragen wurde, kaum gekannt. Ein unauffälliger Mann um die Fünfzig, der vor einigen Tagen während einer Verkehrskontrolle von einem Kleinlaster erfasst und tödlich verletzt worden war.

Keiner der Lamettaträger, die gleich zusammen

mit Frau und Kindern des Toten aus der Kapelle schreiten würden, hätte den Mann zu Lebzeiten auch nur gegrüßt, wäre er ihnen zufällig auf irgendeinem Flur entgegengekommen, aber ein bisschen Tamtam war immer gut fürs Image.

Der Trauerzug war längst an Boyle vorübergezogen und einige der höheren Ränge drängten sich bereits beim Friedhofseingang zwischen den dort lauernden Mikros und Fernsehkameras umeinander, als Boyle endlich Becker entdeckte. Er lehnte einsam eine Kippe rauchend an einem Baum.

Becker war um die sechzig und für das Gehalt eines Kriminalrats zu schlecht gekleidet. Er hatte Boyle nach dem Gymnasium zur Polizei geholt. Ihm verdankte er seine Versetzung in den Kriminaldienst und die meisten der drauffolgenden Beförderungen. Vielleicht hatte Becker in den letzten beiden Jahren etwas abgebaut, doch was immer da verlorengegangen war, machte er mit nur noch grimmigerer Entschlossenheit wett.

„Hallo Becker."

„Hab dich da drin vermisst", sagte Becker.

Boyle verzog das Gesicht.

Becker faltete seine Pianistenfinger über seinem Bauch. „Schon gut."

„Ich hab Überstunden gemacht", meinte Boyle. „Hat sich gelohnt: Ich hab Färber und Saleki am Arsch."

Becker blies die Hängebacken auf.

„Aber Bellini von der *Abendzeitung* kriegt das, was ich habe, wenn wir uns bis morgen nicht gerührt haben. Dann knallt sie es auf die Titelseite."

Becker kommentierte Bellinis Namen mit einem missmutigen Knurren. „Wie weit kommen wir mit dem, was du hast?", fragte er.

„Ich hab Zeugenaussagen. Ich hab Fotos. Diesmal buchten wir sie ein."

„Seit sechs Jahren bin ich an Färber und Saleki dran, aber bisher ist noch jeder Zeuge umgefallen, wenn es ernst wurde. Wer garantiert mir also, dass es jetzt nicht wieder passiert?"

Boyle hatte nie gehofft, dieser Frage aus dem Weg gehen zu können. „Dieses Gespräch hat nie stattgefunden, kapiert Becker?"

Becker nickte. „Also WER?"

„Premuda", sagte Boyle.

„Das ist sehr dünnes Eis, Boyle", sagte Becker nach einer Weile.

„Willst du sie von der Straße haben oder nicht?"

„Ja."

Boyle hatte gewonnen.

„Ist er von selbst damit gekommen?", erkundigte sich Becker.

Boyle hatte kein Problem damit ihn anzulügen. „Sein Anwalt hat um ein Treffen gebeten. Als ich hinkomme, ist der Alte selber da. Gibt mir das Zeug, sieht mich an und garantiert mir mit seinem guten Ruf, dass diesmal kein Zeuge umfallen wird."

Becker schluckte das – irgendwie. Für Boyle höchste Zeit ihn an ein paar alte Versprechen zu erinnern. „Dafür, dass ich dir Färber und Saleki auf dem Tablett serviere, will ich was haben. Ich hab die Schnauze voll vom Kriminaldauerdienst. Gib mir die freie Planstelle beim Morddezernat."

Beckers Blick wurde weich. „Tut mir leid. Die hat Haffner schon mit einem von seinen Jungs besetzt."

Haffner, genannt Bulldogge, war Chef der Mordkommission und zählte nach allem, was Boyle über ihn gehört hatte, ganz und gar nicht zu Beckers Fanclub.

„Aber Ende des Jahres geht sein Stellvertreter Sperling in Pension. Ich hab den Antrag gestern auf dem Tisch gehabt. Doch wenn ich das für dich schaukeln soll, reichen mir Färber und Saleki nicht. Da muss mehr für mich herausspringen."

„Was?", fragte Boyle angesäuert.

„Nächsten Monat ist deine Beförderung zum Hauptkommissar durch. Ab sofort bist du zur Pressestelle versetzt. Bis nächstes Jahr machst du dort schön Männchen und ich garantiere dir Sperlings Planstelle bei der MoKo. Übernächstes Jahr geht Haffner dann selbst in Pension. Heiner Geist wird sein Nachfolger. Aber ich setze mich dafür ein, dass du ein Jahr später sein Stellvertreter wirst und zwei Jahre später, wenn Geist dann selbst in Pension geht, kriegst du seinen Job. Mit sechsunddreißig Leiter bei Mord das hat in dem Laden vor dir noch keiner geschafft."

Ein stiller Glanz kroch in Boyles Augen. Wenn ein Jahr Dienst in der Pressestelle der Preis war, den Becker forderte, damit konnte Boyle eindeutig leben. Alles war besser, als noch ein paar Jahre auf seinem Posten beim Kriminaldauerdienst versauern zu müssen.

Zehn nach Zwölf. Die City kochte unter Hitze, Staub und dem fauligen Geruch des Brackwassers aus dem Hafenbecken. Boyle parkte den Dienst-Opel des Kriminaldauerdienstes auf dem für die Geschäftsleitung reservierten Parkplatz vor dem Redaktionsgebäude der *Abendzeitung*.

Ein Pförtner in der verglasten Eingangshalle, wies ihm den Weg zum dritten Stock, wo sich die Büros der Redakteure befanden.

Er kannte Francesca Bellinis Bild von der täglichen Kolumne auf der Titelseite: Eine Brünette mit vollen Lippen, leicht schräg stehenden Augen, gerader Nase und festem, dennoch weiblichem Kinn, die so attraktiv war, dass Boyle sich wunderte, wieso man sie nicht längst für irgendeine hirnlose TV-Show gecastet hatte.

Sollte Becker jemals erfahren, mit wem Boyle sich hier traf, würde das jeden Deal, den sie zusammen ausgehandelt hatten, kommentarlos zunichte machen. Trotzdem war es das Risiko wert.

„Boyle vom Kriminaldauerdienst."

„Schon von Ihnen gehört. Was kann ich für Sie tun?"

Bellini bot Boyle einen Platz an.

„Kaffee? Saft? Wasser?"

Boyle schüttelte den Kopf. „Danke. Ich will Sie nicht lange aufhalten."

Bellinis verschlossener Gesichtsausdruck brach auf. „Sparen wir uns also die Floskeln. Falls Sie gekommen sind, um mich für Ihre Bosse weichzuspülen – vergessen Sie es. In Ihrem Laden ist der Wurm drin. Und genauso werde ich es weiterhin in meiner Zeitung schreiben. Und was Freundschaft angeht – danke der Nachfrage, aber damit bin ich ausreichend versorgt."

Boyles Lächeln blieb, wo es war. Er beschloss, auf Bellinis Spielchen einzugehen.

„Schreiben Sie von mir aus, was Sie wollen, aber tun Sie es besser gleich. Könnte nämlich sonst sein, dass Sie die Sensation des Tages verpassen."

Bellini lehnte sich in ihrem Schreibtischstuhl zurück. „Sie verwöhnen mich ja geradezu, Kommissar Boyle."

„Ja, so bin ich: immer mit dem Service nah am Endverbraucher. Also, wie wär's mit: Revierchef und Stellvertreter festgenommen? Ach, und wo wir schon mal dabei sind: seit heute *Haupt*kommissar Boyle."

Neugier blitzte in Bellinis Augen auf.

„Welches Revier? Unter welcher Anschuldigung?"

„Das 5. Mathias Färber und Stefan Saleki. Der Haftbefehl lautet auf Nötigung, Freiheitsberaubung und schwere Körperverletzung. Jeweils in mindestens vier Fällen. Becker lässt ihn gerade beim Amtsgericht ausschreiben."

„Erklären Sie mir das genauer, Boyle. Immer wieder tauchen Gerüchte über das 5. auf. Nichts geschieht. Wieso gerade jetzt? Will da irgendjemand sein mieses Image mit ein bisschen schnellem Aktionismus aufbessern oder ist es Ihnen etwa plötzlich wirklich ernst mit dem Großreinemachen?"

„Färber und Saleki haben seit Jahren Schutzgeld kassiert. Aber Sie und ich wissen, dass der Kuchen vor ein paar Monaten neu verteilt worden ist. Und irgendwem gefiel nicht, was er da sah. Also hat er Konsequenzen gezogen und uns einen kleinen Tipp gegeben."

Bellini blieb distanziert. Boyle setzte nach.

„Und, Bellini, erzählen Sie mir jetzt bloß nicht, Sie wüssten nicht, wer dieser Mann ist, der da den Kuchen neu verteilt hat."

In Bellinis Gesicht veränderte sich nichts. „Und wo, *Hauptkommissar* Boyle, findet das Ereignis des Tages statt?"

Boyle warf einen Blick auf seine Uhr. „Lassen Sie es mich mal so sagen: In zwei Stunden treten Saleki und Färber im 5. ihre Schicht an."

Bellini griff nach dem Telefonhörer vor sich auf dem Tisch.

„Ach, und dieses Gespräch …"

„Hat nie stattgefunden. Ich weiß", sagte Bellini.

Zwischen Siebzigerjahre-Hochhäusern und unter unbarmherziger Spätsommerhitze und verdorrten Rasenstücken brütete der Flachbau des 5. Reviers still vor sich hin. Boyle sah auf seine Uhr.

Reichlich Zeit, bis Beckers Leute auftauchten, um Färber und Saleki zu verhaften.

Er hatte den Opel hinter einer rachitischen Hecke auf dem Parkplatz eines der Hochhäuser abgestellt, von dem aus er den Eingang des 5. einsehen konnte, ohne selbst dabei gesehen zu werden.

Als dann tatsächlich die Handschellen klickten, steckte sich Boyle eine Zigarette an, machte ein paar tiefe Züge und ließ zu, dass sich der Knoten in seinem Bauch allmählich entspannte.

In Salekis Blick stand der pure Hass, als ein Kollege ihm in den unauffälligen Viertürer half. Sein Kumpel Färber schien einfach nur geschockt zu sein.

Vielleicht mochten Färber und Saleki sich immer noch vormachen, dass Boyle früher oder später wegen Vergewaltigung einer Minderjährigen neben ihnen auf der Anklagebank landete. Doch sie irrten sich.

Es gab einen Grund, weshalb Boyle so sicher war, dass wegen der Vergewaltigung keiner je an seine Tür klopfen würde. Jahrelang hatte er selbst nach dem dünnen Mädchen gesucht. Aber es nie gefunden. Und ohne Zeugin blieben Färbers und Salekis Anschuldigungen nur unbewiesene Behauptungen.

Hinter der Hecke sah Boyle zwei Grünen dabei

zu, wie sie vergeblich versuchten, Bellini und ihren Fotografen abzudrängen. Eine Gruppe Schaulustiger begann steif und ungelenk zu applaudieren, während der Grün-Weiße mit den beiden Gefangenen auf dem Rücksitz zwischen ihnen hindurchrollte.

Es gab Momente, da machte Polizeiarbeit Spaß. Dass sich jetzt angesichts ihrer Festnahme jede Menge Ärsche, arme Schweine und Frauenverdrescher, die von Färber und Saleki verhaftet worden waren, ganz gute Chancen ausrechnen durften, dass man ihre Prozesse noch einmal neu aufrollen würde, war Boyle scheißegal. Für einen Moment hatte er das Gefühl, dass sogar der Beton um ihn herum golden schimmerte.

3. September 1999. Tommy Graf trug Designeranzüge, hatte weiche Lippen und sanfte, etwas wässrige Augen. Vor zwei Jahren hatte er während eines Routineeinsatzes einen Mann erschossen, und es schien bis heute nicht so, als hätte er damit irgendwelche tiefergehende Schwierigkeiten.

Wenn Boyle in der Behörde, von Becker abgesehen, so etwas wie einen Freund hatte, dann war es Tommy Graf. Was gut und gern daran liegen konnte, dass er als einziger Homosexueller im Kriminaldauerdienst genauso sehr als Außenseiter galt wie Boyle. Jetzt stand er vor dem Plastikstehtisch eines Imbisses am Hafen und bekleckerte sein Kaschmirsakko mit Senf.

„Du hast ihnen kräftig ans Bein gepinkelt, Boyle. Ausgerechnet Bellini dorthin zu hetzen war so ziemlich das Letzte, womit sie gerechnet hätten. Jetzt bleibt ihnen nichts weiter übrig, als es an die wirklich große Glocke zu hängen. Du musstest es ja unbedingt auf die idiotensichere Tour durchziehen. Das verzeihen die dir nie. Bei Haffner und Company hast du bis in die Steinzeit verschissen."

Boyle versenkte den Rest seiner Pommes rot-weiß in dem Papierkorb neben dem Imbisswagen. „Haffner geht in spätestens zwei Jahren in Pension. Vergiss es, der hat abgewirtschaftet."

Tommy entdeckte den Senffleck auf seinem Sakko, zückte ein Taschentuch und rieb damit daran herum. „Sie haben wegen des Überfalls heute Morgen eine Sonderkommission gebildet. Alles dabei, was Rang und Namen hat. Ich auch."

Boyle sah unbewegt einem Schlepper zu, der Richtung Trockendocks durchs Hafenbecken dampfte. „Und?"

Tommy steckte sein Taschentuch wieder ein. „Entweder hat den Typen irgendwer im Präsidium einen Tipp gegeben oder es waren gar keine Leute von außerhalb daran beteiligt."

Boyle wandte sich Tommy zu. „Ein reines Bullending?"

„Ja, auch wenn sie gerade dabei sind sämtliche Abstauber der Stadt zusammenzutrommeln, glaube ich nicht, dass es Leute von draußen gewesen sind. Nein, da haben sich ein paar von unseren Männern zusammengetan, um sich gründlich zu sanieren."

Der Schlepper im Hafenbecken verschwand im Dunst.

Tommy sah Boyle an. „Du hast zwei Jahre bei der Drogenfahndung gearbeitet. Wenn es wirklich Bullen waren, dann kommen sie von dort. Gib mir 'nen Tipp, Boyle. Du kennst die Typen besser als ich. Wenn ich diese Sache knacke, können sie gar nicht anders, als mich nächstes Jahr zum stellvertretenden Leiter MoKo zu ernennen."

Boyle bestellte bei dem dicken schweißglänzenden Typen im Imbisswagen zwei Bier. „Keine Ahnung, Tommy. Ehrlich", sagte er.

Boyle reichte Tommy ein Bier und fragte sich einen Augenblick, ob irgendwer nicht längst Verdacht geschöpft hatte, und ihm jetzt Tommy auf den Hals hetzte, um schon mal ein bisschen vorzufühlen. Es waren immer deine Freunde, die sie dir auf den Hals hetzten, wenn es eng wurde. Im Präsidium war das nicht anders als bei den Gangs auf den Straßen.

Sie tranken.

„Hat dir eigentlich schon mal irgendeiner gesagt, dass deine verdammten stahlblauen Augen einen richtig verrückt machen können?"

Boyle sah stur geradeaus. „Kein *Mann*, falls du das meinst."

Tommy lachte.

Eine Minute, zwei – Schweigen.

„Als ich damals den Kerl erschossen habe, dachte ich, irgendwas muss sich jetzt doch ändern. Ich meine, du stehst morgens auf. Du rasierst dich. Du machst dir 'nen Kaffee. Du gehst zur Arbeit. Tust, was du immer tust. Lebst. Und dabei hätte doch eigentlich alles anders sein müssen, weil du diesen Kerl plattgemacht hast. Aber das ist es nicht. Es ist alles wie immer. Ich habe mich hingesetzt und in mich reingehorcht. Aber da war nichts. Nicht mal Leere. Einfach nichts. Ich weiß nicht, wie es anderen dabei gehen würde. Mir jedenfalls ist es bloß scheißegal. Verstehst du? Es tut mir nicht mal leid. Der Typ hat gekriegt, was er verdient. Punkt."

Irgendwo hupte ein Auto. Und hinter ihnen bestellte ein Kerl, der aussah wie ein Werftarbeiter, einen Hot Dog zu zwei achtzig.

Boyle glaubte Tommy. Aber er wusste auch, dass er selbst es nicht ertragen könnte, einen Mann zu töten. Das war der Grund, weswegen er so fest davon überzeugt gewesen war, einen guten Mordermittler abzugeben.

„Wenn du das erst mal kapiert hast, bist du drüber hinaus. Dann gibt's nicht mehr viel, vor dem du noch Angst haben müsstest. Und irgendwie bin ich sicher, dass die Typen, die den Überfall durchgezogen haben, schon längst an diesem Punkt gewesen sein müssen. Deshalb denke ich bei dem Überfall an Bullen. Gibt einfach keine besseren Kriminellen als altgediente Bullen."

Tommy zückte ein Taschentuch und begann wieder an dem Senffleck herumzureiben.

„Die Leute meinen immer, wir seien so was wie die Mauer, die sie vor dem Bösen schützt, von dem sie glauben, dass es ständig um sie herum aus den Gossen kriecht. Aber das ist naiv. Wir sind keine Mauer. Wir sind höchstens so was wie Katalysatoren, die dafür bezahlt werden, das, was schieflief, durch unsere Hirne zu filtern und irgendwann in Form von Schlussfolgerungen und Beweisen in Gerichtsakten wieder auszukotzen. Worüber bloß nie einer redet ist, dass in jedem Katalysator Überreste hängenbleiben. Irgendwann wird es einfach zu viel und er verstopft und die Folge davon ist dann so was wie heute Morgen."

Obwohl es dort nichts Interessanteres als Dunst zu sehen gab, wandte sich Boyle wieder dem Hafenbecken zu. Tommy Graf mochte gar nicht so Unrecht haben mit dem, was er sagte. Doch spielte das gar keine so große Rolle. Tommy entsprach so ganz und gar nicht dem üblichen Polizisten. Und das nicht nur, weil er schwul war, sondern auch, weil er aus einer sehr wohlhabenden Familie stammte. Und so sehr er sich auch ständig selbst zu beweisen bemühte, dass sein Job für ihn mehr als nur die exzentrische Schrulle eines reichen Sonnyboys war – was Tommy im Gegensatz zur überwiegenden Zahl der anderen Polizisten fehlte, war jenes instinktive Verständnis dafür, wie unglaublich erniedrigend es war, arm zu sein.

Nein, niemand hatte Tommy vorgeschickt, um Boyle wegen des Überfalls auf den Zahn zu fühlen. Jeden anderen, nur nicht ausgerechnet Tommy Graf.

Boyle hatte gewonnen. Sie würden ihn nicht kriegen. Heute war der Tag, an dem er endlich zu dem geworden war, was er immer schon hatte sein wollen: Ein Mann, der sicher sein konnte, dass er immer ein allerletztes Ass im Ärmel hatte.

„Noch 'n Bier?", fragte Boyle.

Die Stadt machte sich fit für eine neue Nacht: schminkte ihr Gesicht in den trügerisch sanften Farben von Irrenhauswänden.

Younas
2.–3. September 1999

2. September 1999. Wenigstens hatte die Hitze endlich nachgelassen. Und keiner in der Stadt konnte die längst fällige Abkühlung sehnlicher herbeigewünscht haben als die Männer, die im zehnten Stock des Sparkassenneubaus Beton schaufelten.

Was immer der Traum eines vereinten Europas irgendwann einmal sein würde: Zumindest hier hatte er sich in gewissem Sinn bereits erfüllt. Die Männer, die vereint in Hitze, Staub und Lärm auf der größten Baustelle der Stadt schufteten, waren Griechen, Russen, Portugiesen, Kroaten oder Albaner. Trotz aller Unterschiede arbeiteten sie seit Monaten friedlich zusammen. Vielleicht nur deswegen, weil jeder von ihnen ganz genau wusste, dass auch er nicht besser dran war als der Mann neben ihm. Was hier zählte, war die Leistung, die sie am Ende des Tages abzurechnen hatten. Nicht Herkunft oder Religion. Ob Christ, Moslem, Atheist oder Orthodoxer – an diesem Ort bestand nur, wer gelernt hatte, über solche Unterschiede hinwegzusehen.

Der Mann in den blauen Stiefeln und dem zerrissenen „I LOVE NY"-T-Shirt hieß Younas Aris, war dreiundvierzig, mittelgroß, dunkelhaarig, sehnig und tief braungebrannt. Der breitschultrige Grieche, der am Ende der weitläufigen Plattform des zehnten Stocks mit seinen beiden Kollegen seit Wochen Stahlgitter flocht, schwor, dass er nie einen besseren Kolonnenführer als Aris gekannt hatte.

Umso verwunderlicher, dass Heiermann, der Polier, ausgerechnet Younas vor einigen Minuten per Funk zu sich nach unten in den Bürocontainer bestellt hatte.

Was wollte er von ihm, fragte sich Younas während er darauf wartete, dass der Bauaufzug endlich zu ihm heraufgezuckelt kam.

Mit der Arbeit konnte es nichts zu tun haben. Die lief nämlich besser als erwartet. Trotz der Hitze hatten sie in den letzten Tagen einen satten Zeitvorsprung herausgearbeitet.

„Hallo Ali“, empfing ihn Heiermann im Bürocontainer. Heiermann nannte alle, die für ihn nach Ausländer aussahen, einfach Ali, selbst Russen, Portugiesen und Griechen. Nur bei den Iren und Schotten, die auch auf der Baustelle arbeiteten, traute er sich das nicht mehr. Zwei von denen hatten ihn deswegen vor ein paar Wochen verprügelt.

Younas hatte längst gelernt, was hier von ihm erwartet wurde: Er schloss die Tür und nahm den Helm vom Kopf. Wobei er sich alle Mühe gab, an Heiermann vorbei zu sehen. Heiermann mochte keinen Blickkontakt mit „Alis“ und Kanaken.

„Pass auf: Machst mal Schluss für heute. Morgen kommste bisschen früher. Ich hab ’nen anderen Job für dich. Gutes Geld. Schwarz. Bist morgen um sieben hier. Ich fahr dich dann dahin. Capisce?“

Younas nickte, setzte den Helm wieder auf und machte die Tür von draußen zu.

Eines Tages, dachte er, würde auch das vorbei sein. Eines Tages würde er seinen eigenen Laden haben. Einen, in dem er sich Leute wie Heiermann einzig dazu hielt, Pissbecken sauber zu machen.

„So früh?“

Younas schloss die Tür seiner Wohnung und legte die Karstadttüte, in der er seine Pausenbrote transportierte, auf dem Tischchen unter der Garderobe ab.

„Muss morgen früher los. Irgendein Job bisschen außerhalb, hat Heiermann gesagt.“

Aziza trat in die kleine Küche zurück und machte sich am Herd zu schaffen.

„Die Schule noch nicht aus?“, fragte er, während er die Schuhe auszog.

„Nein“, rief Aziza aus der Küche. „Mittwochnachmittag ist Schwimmen. Da kommt sie nicht vor fünf.“

Der Geruch nach Kaffee.

Er ging ins Bad. Zog sich aus. Er mochte es nicht, zusammen mit den Kollegen im Baucontainer zu duschen. Die neugierigen Blicke, mit denen sie die Narben auf seinem Oberkörper bedachten, konnte er nicht ertragen.

Er warf die dreckige Arbeitskluft in den Wäschekorb neben dem Klo und trat in die Dusche. Wasser, das gleich darauf weich über seinen Körper floss.

Ein paar Minuten später saß er Aziza gegenüber am Tisch, rauchte eine Zigarette und schloss die Hände um einen Becher heiß dampfenden Kaffees.

„Halif wartet auf unsere Entscheidung. Er sagt, er kann uns das Geschäft nicht mehr lange frei halten. Entweder sagen wir ihm bis Freitag zu oder er muss sich andere Leute suchen."

Halif, den man auf der Straße auch Halif Kahn nannte, war Azizas einziger in Deutschland lebender Verwandter und unter anderem Besitzer einer Kette von Dönerläden, die er mit eigenem Fleisch und Gemüse versorgte. Er hatte ihnen das Geld und die Papiere besorgt, die sie gebraucht hatten, um nach Deutschland zu kommen.

„Du weißt, was ich davon halte. Wir schulden ihm immer noch Geld."

Aziza blieb stumm. Und gab sich gar nicht erst Mühe, ihre Enttäuschung zu verbergen.

Aziza war für Younas die beste Frau, die ein Mann sich nur wünschen konnte. Doch sie war eben auch manchmal stur wie ein Ochse.

Trotzdem würde ihre Verstimmung vorübergehen. Sicher: Er wollte weg vom Bau und irgendwann einmal ein eigenes Restaurant haben. Aziza war eine gute Köchin und harte Arbeit waren sie beide von Kindesbeinen an gewohnt.

Doch einen von Halifs Dönerläden zu übernehmen, würde bedeuten, sich noch mehr von ihm abhängig zu machen.

Younas mochte es nicht abhängig zu sein und Halif war ein gefährlicher Mann. Jeder auf der Straße wusste, dass er in seinen Läden Geld sammelte, mit dem er Waffen kaufte, die dann später zu wer weiß was benutzt wurden. Und jeder auf der Straße wusste außerdem, dass Halif auch irgendetwas mit Drogen zu tun hatte.

Doch Younas mochte keine Drogen. Er hatte die Schnauze gestrichen voll von Waffen. Und er hatte eindeutig genug von Politik. Als er nach Hamburg kam, hatten sie es versucht. Alt gewordene Berufsrevoluzzer, die kamen, seinen Tee tranken und sagten: „Wir brauchen deine Hilfe, um für die Freiheit zu Hause zu kämpfen."

Nur war für Younas zu Hause da schon nicht mehr das Land, in dem er geboren worden war, sondern hier. Und DIESES LAND war frei, DIESES LAND war gerecht.

Nein, er war nicht in dieses Land gekommen, um dieselben Fehler zu machen, für die er damals bereits mit ein paar Jahren Knast in jenem anderen Land bezahlt hatte.

„Wir könnten es uns doch wenigstens mal ansehen", bat Aziza.

„Nein", sagte Younas. Er hatte nicht in Deutschland so viele Jahre in jedem Job geschuftet, der sich ihm nur bot, nur, um das dabei zurückgelegte Geld jetzt ausgerechnet Halif in den Rachen zu werfen. Lange würde es nicht mehr dauern, dann war ihre Tochter Sertab mit dem Gymnasium fertig und bereit, auf eigenen Füßen zu stehen. Ein Jahr noch oder zwei, bis sie genug Geld zusammengekratzt hatten, um auch ohne Halifs Protektion das kleine Restaurant zu kaufen, von dem sie all die Jahre geträumt hatten.

3. September 1999. Gegen sechs stand er zusammen mit Aziza auf. Hörte sie, während er sich ins Bad zurückzog, in der Küche hantieren.

Er liebte die stillen Momente allein im Bad, bevor er morgens zur Arbeit aufbrach. Die einzige Zeit des Tages, in der ihm nichts und niemand zu nahe kommen durfte.

Alleinsein hatte ihn nie abgeschreckt. Schon als Kind war er stundenlang allein in immer weiteren Kreisen über die kärglichen Felder seines Dorfes gezogen, ohne dabei irgendetwas zu vermissen. Es lag auch nicht daran, dass er die Zeit mit seiner Familie nicht ebenso genoss. Doch gerade weil er seine Familie liebte, brauchte er auch diese wenigen kostbaren Augenblicke ganz für sich allein.

Er legte das Rasierzeug weg. Spülte Schaum und Barthaare durch den Ausguss.

So oder so: Es blieb dabei – Halifs Angebot war nichts für sie. Eines Tages, machte er sich vor, würde Aziza das einsehen.

Heiermann lenkte den röhrenden Transporter so vorsichtig, als transportierten sie rohe Eier, statt robustem Bauwerkzeug.

Sie fuhren von der Schnellstraße ab, eine stille Allee hinunter, die schließlich in eine ebenso stille Vorortstraße einmündete. Zwei- und dreistöckige Einfamilienhäuser mit Vorgärten. Die Straßenränder gesäumt von Mittelklassewagen.

„Wir sind da“, brummte Heiermann und parkte den Transporter am Straßenrand vor einem weitläufigen, weiß getünchten Bungalow.

Ein junger Mann in einem Anzug erwartete sie bereits. Younas verstand den Namen des Anzuges nicht, als der sich Heiermann vorstellte. Was er jedoch verstand, war, was er hier zu tun hatte: brüchige Fliesen von den Wänden eines Swimmingpools abschlagen.

Für den Anzug existierst du eigentlich gar nicht, dachte er, als er durchs Tor zurück auf die Straße trat, um sein Werkzeug vom Transporter zu laden.

„Ich komm dich dann um fünf hier abholen“, sagte Heiermann.

Den ganzen Vormittag hindurch brannte die Sonne unbarmherzig auf Younas’ nackten Rücken. Kein Stück Schatten in diesem verfluchten Loch.

Das Mineralwasser, das er von zu Hause mitgebracht hatte, war schon seit über einer Stunde alle. Aber da drüben auf der Terrasse hockte die Freundin des Anzuges in einem Bikini, der mehr freiließ als verdeckte, und glotzte ihn an, als sei er ein Tier im Zoo. Fehlte bloß noch, dass sie auf der Straße ein Schild aufstellte und Eintritt verlangte: „Echter Kanake, Oberkörper frei, macht echte Drecksarbeit. Eine Stunde zuschauen: zwei Mark."

Die Schläge, mit denen er die Fliesen des Swimmingpools malträtierte wurden fester.

Gerade mal zwei.

Vor fünf würde er hier nicht herauskommen.

Scheiße – ganze drei Stunden noch.

„He!"

Younas wandte sich um.

„Was trinken?"

Die Freundin des Anzuges war an den Rand des Pools getreten. In ihrer Hand eine halbvolle Flasche Mineralwasser.

„TRINKEN? WASSER?"

Younas lächelte. Trat an den Rand des Pools, nahm die Flasche und trank gierig. Wasser, das von seinen Lippen tropfte, feine helle Streifen in den Staub, Dreck und Schweißfilm zog, da wo es über seine Brust gelaufen war.

„Danke."

Die Freundin des Anzuges nahm die Flasche wieder an sich. Schob ihm dabei ihre halbnackten Brüste ins Gesicht. Ganz sicher kein Versehen.

„Du bist stark", flötete sie. Wies dabei auf Younas' Oberarme.

„Stark, verstehst du?"

Younas nickte.

„Ich hab noch mehr Wasser drüben. Wenn du was brauchst, sag einfach Bescheid."

Keine Frau sollte einem Mann ihre halbnackten Brüste so schamlos ins Gesicht hängen, dachte er. Der Geruch ihrer Sonnencreme und ihres Parfüms mischte sich mit dem seines Schweißes. Er verabscheute das.

Ihre Hand lag plötzlich auf seinem Gesicht. Ihre Finger strichen über seine Lippen.

„Da drin ist 'ne Dusche." Sie machte eine Geste in Richtung Haus. „Ich bin den ganzen Tag hier. Ich lauf dir nicht weg."

Younas kannte die Regeln. Er wusste, wo sein Platz war – ganz sicher nicht in ihrem Bett. Für sie war er nichts weiter als ein zugelaufener Hund. Der unerwartete Höhepunkt dieses gleißend hellen Tages.

„Nein."

Er schüttelte ihre Hand ab.

Sie gab ihm eine Ohrfeige. Ihr Schlag traf ihn so unerwartet, dass er davon ins Taumeln geriet.

„Du verdammter Schlappschwanz! Du Wichser! Wofür hältst du dich eigentlich?", brüllte sie.

Einen Augenblick griff Angst nach ihm. Möglich, dass sie den Anzug anrief und ihm irgendwelche Lügen auftischte. Der Anzug, der anschließend Heiermann anrufen würde. Und Heiermann, der ihn schließlich rauswarf.

Nein, sie war nicht der Typ dazu, dachte er. Sie

würde nichts weiter tun, als ihn den Rest des Tages zornig zu ignorieren. Sie war schlau genug zu wissen: Sie, nicht er, hatte die Regeln gebrochen.

Am Abend war Heiermann überpünktlich. Stand plötzlich am Rand des Pools. „Bist nicht fertig geworden, was?“, fragte er. Obwohl jeder, der auch nur den Anflug einer Ahnung davon hatte, wie schnell ein einzelner Mann in Beton gelegte Fliesen von einer Wand abschlagen konnte, auf den ersten Blick hätte sehen müssen, dass selbst vier Leute es an einem Tag nicht hätten schaffen können.

„Macht nix, machste eben morgen weiter“, verkündete Heiermann.

„Okay.“

Younas kletterte über die verchromte Leiter aus dem Pool heraus.

„Irgendwas gewesen?“, fragte Heiermann.

„Nix“, antwortete Younas.

Sie fuhren einen anderen Weg zurück. Zuckelten die von Alleebäumen gesäumte Straße herab, vorbei am parkähnlichen Komplex einer großen Irrenanstalt.

„Ich hab mir das überlegt: Kriegst morgen eben noch ’nen zweiten Mann mit auf die Baustelle. Dann schafft ihr das bis morgen Abend mit dem Swimmingpool ganz sicher. Und Kohle ist da auch so noch genug für alle drin“, meinte Heiermann.

Younas sah auf die Alleebäume.

„Bist ’n guter Mann, Ali. Das hab ich dir immer

schon mal sagen wollen. Nicht wie die Jugos oder die Irländer, die schon früh morgens besoffen auf die Baustelle kommen. Wirst sehen: Irgendwann, da machen se dich noch mal zum Polier."

Beinah hätte Younas über Heiermanns Lügen gelacht.

Ein Jahr später

1

4. September 2000, 11 Uhr – 20 Uhr 30

11 Uhr 03. Es war das einzige Haus der Straße, das der Abrissbirne bislang noch entgangen war. Verloren reckte es seine schäbige Fassade einer von tiefen Schlaglöchern vernarbten Straße zu. Der meterhohe, mit Graffiti verzierte Bauzaun, der gegenüber des Hauseingangs eine fast gänzlich abgesoffene Baugrube umschloss, machte den Eindruck von Tristesse und Verlorenheit, den die Gegend vermittelte, auch nicht besser.

Der einzige Wagen auf der Straße war Boyles neuer schwarzer Alfa Spider. Alle anderen Mieter des Hauses waren längst ausgezogen. Nur Boyle war geblieben und dass er allein hier war, sah er als Vorteil. Keine neugierigen Nachbarn, die registrierten, wann er ging und kam oder mit wem er seine Nächte verbrachte. Fast war es, als gehörte das Haus ihm.

Seine Wohnung bestand aus vier Zimmern, von denen er allerdings nur drei regelmäßig nutzte. Er besaß nicht viele Möbel. Im Bücherregal, im hohen Zimmer neben der Küche, standen einige Dutzend juristische und kriminologische Fachbücher und ein paar Gedichtbände. Boyle mochte keine Romane.

Die alte Kaffeemaschine hatte sich ausgeröchelt. Boyle griff nach der Kanne und goss die dampfende Flüssigkeit in einen Porzellanbecher.

„Morgen, Arschloch", prostete er durchs Küchenfenster dem Plakat auf dem Bauzaun gegenüber zu. Das Plakat zeigte ihn selbst, wie er breit lächelnd dem Betrachter eine Polizeimarke entgegenstreckte. Darunter stand in großen, vertrauenerweckend blauen Lettern: „EINER VON UNS."

Seit Wochen versuchte er vergeblich herauszufinden, wer von den Kollegen auf die bescheuerte Idee verfallen war, es ausgerechnet gegenüber seinem Küchenfenster an die Bretter des Bauzauns pappen zu lassen.

Auf dem Tisch im Wohnzimmer lag ein Flugticket nach Fuerteventura und neben dem ungemachten Bett im Schlafzimmer stand eine gepackte Reisetasche. Eine Woche Sonne, bevor Boyle den Dienst bei der Mordkommission antrat.

Boyle stellte den Kaffeebecher ab, trat wieder zum Küchentisch und schlug die *Abendzeitung* auf.

Nichts wirklich Aufregendes. Bloß die üblichen Spekulationen über die zwei Mal im Jahr stattfindende Autonomendemo. Was es in diesem Herbst allerdings aufregender als gewöhnlich machte, war ein Richter, der in letzter Instanz gleichzeitig zur dichtesten Konzentration von Linksautonomen im Land eine NPD-Demo zugelassen hatte. Boyle hatte die Kollegen des 7. Reviers dabei beobachtet, wie sie im Gemeinschaftsraum das Zeitungsfoto des Richters als Zielscheibe für Dartpfeile benutzten.

Er legte die Zeitung weg. Es war nicht viel zu tun

an diesem Morgen. Später würde er den Schreibtisch in der Pressestelle ausräumen und sobald das erledigt war, gegen Abend vielleicht einen Abstecher zu Sascha machen.

Boyle hätte ihr Verhältnis nie als Beziehung bezeichnet. Sascha und Boyle waren einfach zwei Menschen, die zufällig eines Nachts feststellten, dass sie im Bett gut zueinander passten. Boyle wusste kaum etwas über sie. Nur das, was er in ihrer Akte gelesen hatte, bevor er sie das zweite oder dritte Mal getroffen hatte. Sascha war Russin und vor ein paar Jahren als Aussiedlerin nach Deutschland gekommen. Wahrscheinlich waren ihre Papiere genauso gefälscht gewesen wie die von so vielen, die in den letzten Jahren hierhergekommen waren.

Sascha bot eine Menge Vorteile: Sie hatte noch nie Ansprüche an Boyle gestellt, zahlte all ihre Rechnungen selbst, hatte was im Kopf und sah außerdem ziemlich gut aus.

Boyle warf den CD-Player an. Er mochte Punk und Ska. Je lauter und härter, desto besser.

Gegen zwei hatte er die paar persönlichen Sachen, die sich im Schreibtisch der Pressestelle angesammelt hatten, in einen Umzugskarton geworfen, den er nun über den langen hell getünchten Flur des Präsidiums ein Stockwerk höher zur Mordkommission trug.

Keine Wehmut beim Abschied. Boyle würde dem Dienst in der Pressestelle bestimmt nicht nachweinen. Keine Talkshows mehr. Keine Lächeltermine.

Keine Lügen über all die unfehlbaren und gerechtigkeitsfanatischen Bullen, die alles taten, um den Bewohnern dieser Stadt die Sicherheit zu vermitteln, die sie für ihre Steuergroschen angeblich auch verdienten.

Die Plakataktion und einige Talkshowauftritte hatten ihn zum bekanntesten Bullen der Stadt gemacht. Ein paar Mal war er sogar um Autogramme gebeten worden.

Das Büro der Mordkommission war leer.

Boyle sah sich vergeblich nach einem freien Schreibtisch um und stellte den Umzugskarton zuletzt einfach vor einem der blauen Metallaktenschränke ab.

Ein Blick auf die Uhr: Genügend Zeit, um zu Hause zu duschen, bevor er zu Sascha fuhr. Boyle mochte es nicht, den Geruch des Präsidiums in ihr Bett zu tragen.

14 Uhr 05. Diese eine Nacht hatte alles verändert. Younas saß im Badezimmer auf dem Klo und starrte ausdruckslos auf die Wand gegenüber. Er hatte seiner Tochter Sertab vertraut. Er hatte sie mit ihren sechzehneinhalb für vernünftig genug gehalten, selbst zu entscheiden, was gefährlich war. Sie hätte nie in diesen Wagen steigen dürfen. Ganz gleich, wie spät sie dran gewesen war. Fast ihr ganzes Leben hatte sie in dieser Stadt verbracht. Sie hätte es einfach besser wissen müssen. In dem Wagen saßen vier Jungen, die sie kaum kannte. VIER!! Wie hatte sie nur so unendlich dumm sein können?

„Younas?!“ Die Stimme seiner Frau.

Gleich darauf Klopfen.

„Younas!!“

Aziza würde keine Ruhe geben. Younas öffnete die Tür.

„Wo ist sie?“

„In ihrem Zimmer. Sie will keinen Doktor. Der ändert jetzt auch nichts mehr.“

Younas drängte sich an ihr vorbei zum Zimmer seiner Tochter. Das Licht, das durch die einen Spalt weit offene Tür vom Flur hereinfiel, reichte kaum aus, um Sertab in der Finsternis ausmachen zu können. Die Beine angezogen, den Kopf auf die Knie gelegt, hockte sie auf dem Bett.

Behutsam ließ er sich neben ihr nieder.

„Ich muss mit dir reden.“

Die müde Bewegung, mit der Sertab zu ihm aufsah, brach ihm fast das Herz.

Ein einziges Mal in seinem Leben hatte er eine ähnliche Verzweiflung verspürt: Damals als er durch ein Gefängnistor auf einen staubigen Parkplatz getreten war und um ein Haar wirklich geglaubt hätte, das jene staubige endlose Leere alles sei, was er von sich und dem Rest seines Lebens noch zu erwarten hatte.

„Erzähl es mir. Und lüg mich nicht an dabei.“

Es dauerte einige Zeit, bis Sertab in stockenden Worten mit kaum hörbarer Stimme zu reden begann. Doch Younas war ein geduldiger Mann.

Aziza war dagegen gewesen, zur Polizei zu gehen. Younas blieb hart. Dieses Land war nicht wie das, aus dem sie gekommen waren. Hier herrschten Recht und Gesetz. Hier konnte ein Mann zur Polizei gehen, um eine Anzeige aufzugeben, ohne irgendetwas anderes befürchten zu müssen, als ein paar Formulare auszufüllen.

Aziza lachte bitter, als er nach dem Mantel griff. „Sie werden dich nicht mal anhören. Für die sind wir bloß Kanaken."

Sertab hatte steif an der Tür gestanden, während er den Mantel über den Arm legte und an ihr vorbei trat. Wieder stand dieser Blick in ihren Augen, bei dem es ihm kalt überlief.

Trotzdem war er losgegangen. Die wie leergefegte Straße hinab, vorbei an abweisenden Hausfassaden, hinter deren Gardinen bläuliches Fernsehflackern leuchtete. Müde war er schließlich die vier Stufen zur Glastür des Reviers heraufgestiegen.

Hinter der ersten Tür war eine zweite. Hinter der wiederum ein großer kahler Raum, durchschnitten von einer Theke, hinter der zwei Uniformierte an Schreibtischen hockten. Einer von ihnen hatte eine wie feucht schimmernde Glatze.

Vor der Theke eine schmale Bank, auf der bereits zwei Leute hockten: Ein junger Mann in einer dreckigen Jeansjacke und eine ältere Frau, die gerade dabei war ein Stullenpaket auszuwickeln.

Younas setzte sich neben die ältere Frau. Die kurz

aufblickte, begriff wer neben ihr Platz nahm, und gleich darauf ein Stück weiter rutschte.

Younas kannte das.

Die beiden Beamten hatten kaum von ihren Tischen aufgesehen, als er den Raum betrat.

Die Stullen der Frau rochen nach Käse. Der Mann in der Jeansjacke stank nach Bier, Zigaretten und Schweiß. An seinem Mundwinkel hing ein Fädchen geronnenen Blutes.

Der glatzköpfige Polizist stand von seinem Schreibtisch auf, trat an die Theke, öffnete eine Klappe und nickte dem Mann in der Jeansjacke zu. Gehorsam erhob sich der Mann und folgte dem Beamten zu dessen Schreibtisch. Lautstark begann er dann eine Geschichte von einer Frau zu erzählen, die ihm in der vergangenen Nacht Wagenschlüssel, Geld, Brieftasche und Kreditkarten geklaut hätte.

Younas' Nachbarin biss herzhaft in ihr Käsebrot und hörte neugierig zu. Der zweite Polizist legte inzwischen die Beine auf den Tisch und faltete eine Zeitung auseinander.

Volle fünfundvierzig Minuten sollte es dabei bleiben: Der Mann in der Jeansjacke erzählte seine Geschichte, der Polizist hackte sie Wort für Wort in seine klappernde Tastatur, die Alte genoss ihr Käsebrot und der zweite Beamte las in seiner Zeitung.

Als der Typ in der Jeansjacke schließlich ging, winkte der Glatzkopf die Alte mit dem Käsebrot zu sich hinter die Theke.

Schließlich hielt Younas es nicht mehr aus, er musste aufs Klo. Besser, er erledigte das, solange der Glatzkopf mit der Alten beschäftigt war.

Younas war ein geduldiger Mann. Doch zu Hause wartete seine Tochter, für die seit letzter Nacht nie wieder irgendetwas so sein würde wie zuvor. Dennoch nahm sich dieser Glatzkopf alle Zeit der Welt mit einer alten Frau über den Hund ihres Nachbarn zu reden. Er hatte nicht alles verstanden, was die Frau dem glatzköpfigen Polizisten erzählte. Dazu sprach sie zu leise und zu schnell. Was er jedoch verstand, war, dass sie wohl Probleme mit dem Hund ihres Nachbarn hatte.

Er erhob sich, trat in den Vorraum und entdeckte das Schildchen für MÄNNER an einer der drei Türen, die von ihm abgingen. Irgendwer hatte mit schwarzem Marker GOTT IST TOT auf die fleckigen Fliesen des Pissoirs geschrieben.

Younas beendete sein Geschäft und schloss die Hose. Er warf die Klotür heftig hinter sich zu. Drei Schritte zum Ende des grün getünchten Ganges. Dann die Tür zur Wachstube. Younas drückte auf die Klinke.

Die Tür war verschlossen.

Younas versuchte es noch einmal.

Dasselbe.

Verwundert klopfte er gegen die Tür: Totenstille.

Younas trommelte stärker, rief dabei „Hallo?“ und „Bitte!“ – nichts.

Schließlich von irgendwoher hinter der Tür das Geräusch von Schritten, ein Riegel wurde zurück geschoben, das missbilligende Gesicht des Glatzkopfes erschien in der halb geöffneten Tür. Er hatte einen Döner in seiner Hand, von dem helle Sauce tropfte.

„Was machen Sie denn noch hier?“, fragte er, den Mund voll Kraut. Die helle Sauce tropfte jetzt auch von seinen Mundwinkeln auf den Uniformkragen.

„Klo.“ Younas wies nach hinten. Die Blicke des Glatzkopfs folgten ihm. „Ich will Anzeige machen …“

Der Glatzkopf schüttelte den Kopf. „Heute nix mehr, Mustafa. Office closed. Verstehste? Morgen früh wieder.“

Der Glatzkopf biss in seinen Döner und schloss die Tür.

Zurück auf der Straße hallten Azizas höhnische Worte in Younas Ohren wider: „Die werden dich nicht mal anhören. Für die sind wir doch bloß Kanaken.“ Dazu ihr bitteres Lachen.

Was, wenn sie Recht hatte? Was, wenn diese Sache wirklich nur von ihm selbst erledigt werden konnte, um RICHTIG erledigt zu werden?

In Younas machte sich Leere breit. Leere, die schließlich Wut auf alles und jeden Platz machte.

Er fühlte sich, als hätte er den Boden unter den Füßen verloren. Als hätte ihn gleichzeitig mit der Wut auch die unerschütterliche Zuversicht verlassen, die ihn bisher mit beiden Beinen immer so fest und sicher am Boden gehalten hatte. Das Schlimmste daran war die Hilflosigkeit. Die Gewissheit, dass er zum zweiten Mal versagt hatte, als seine Tochter ihn am dringendsten gebraucht hätte. Sollte er zu einem anderen Revier gehen? Würde man ihn da anhören? Wahrscheinlich nicht. Oder falls doch, dann schickten sie ihn bestimmt wieder zu dem Revier in seiner Straße zurück, wo man ihm nicht zuhören wollte.

Vor seinem Haus glänzte ein nagelneuer Benz zwischen all den Fiats, Opels und Toyotas. Azizas Onkel Halif war gekommen. Etwas, das Younas jetzt ungefähr so dringend brauchte, wie einen Schuss ins Knie.

Am Ende der Straße lag das kleine Café, in dem Tag für Tag dieselben alten Männer dieselben alten Geschichten von einer Heimat wälzten, die so trocken, dürr und voll unbefriedigter Sehnsucht war, wie unter Mittagshitze gesprungene Feldsteine.

Younas stieß die Hände in die Manteltaschen, warf einen letzten Blick auf Halifs Benz, ging dann die Straße hinab und betrat das Café.

Träge Blicke aus schmalen dunklen Augen. Die Hände des Barkeepers verschwanden hinter der Resopaltheke. Er warf einen knappen Blick zu einem massigen Mann, an einem Tisch neben dem Klo. Der massige Mann nickte dem Typen hinter der Theke nach einem Blick auf Younas zu. Woraufhin dessen Hände wieder auf der Resopalplatte auftauchten.

Younas nickte seinerseits dem massigen Mann zu.

Er bestellte einen Raki und kippte ihn hinunter, ohne dabei mehr als ein warmes Kratzen zu verspüren.

Er war nicht sicher, wie oft er in all den Jahren schon hier gewesen war. Bestimmt nicht öfter als drei oder vier Mal, und doch fragte er sich, ob die Männer an den Tischen es schon wussten. Ob sie bereits über ihn, seine Tochter und die Jungen in dem Wagen redeten. Ob sie ihn bereits heimlich zu verachten begonnen hatten.

Sie MUSSTEN es ihm doch ansehen. Versagern sah man immer an, dass sie Nullen waren.

Der zweite Raki, der so viel bitterer schmeckte als der erste. Als er ging, hatte er das Gefühl, als sei sein Mund voll Salz.

16 Uhr 20. Saschas Augen waren grau mit einem leisen Stich ins Gelbliche. Sechs Tage die Woche stand sie hinter der Bar eines schäbigen Dance Clubs.

Sie war intelligent, gut im Bett und, was alles darüber hinaus betraf, ziemlich anspruchslos. Dem alten Spruch „Dumm fickt gut", hatte Boyle jedenfalls noch nie über den Weg getraut.

Zwei Stufen auf einmal nehmend, stürmte er gut gelaunt die Treppen zu Saschas Wohnung im vierten Stock hinauf.

Als sie die Tür öffnete, trug sie eine schwarze, weich fallende Lederhose zu einem dünnen roten Rolli und bat ihn wortlos herein.

Boyle versetzte ihr einen flüchtigen Kuss auf die

Wange, trat in den Flur und warf seine Wagenschlüssel auf den Tisch im Wohnzimmer.

„Was trinken?“

Boyle nickte.

Zwei Mal tigerte sie zwischen Wohnzimmer und Küchenecke hin und her, um Martinis zu mixen, die sie eigentlich ebenso gut auch im Wohnzimmer hätte zusammenschütteln können.

Boyle steckte sich eine Zigarette an. Sascha reichte ihm eines der Gläser.

Boyle, der seine Zigarette im Ascher ablegte, am Martini nippte, legte Sascha dann seine Hand auf den Hintern.

Ihr Duft in seiner Nase. Ihre Hand in seinem Nacken. Boyle schloss für einen Moment die Augen.

„Ich bin schwanger.“

Boyle schlug die Augen wieder auf.

„Von dir …“

Boyle griff nach der Kippe. Nahm einen tiefen Zug. Entließ Rauch aus Nase und Mund. Legte die Kippe zurück.

„Kommen da – vorsichtig formuliert – nicht noch ’n paar andere in Frage?“

Sascha schien von Boyles Frage weder erstaunt noch verletzt. „Du bist seit zwei Jahren der Einzige, mit dem ich es ohne gemacht habe, und seit sechs Monaten sowieso der Einzige.“

Boyles Kopf fiel kraftlos zwischen Saschas Brüste. Er versank in ihrem Geruch nach Shampoo und Parfum. Ihre Hände wühlten in seinen Haaren. „Ich will es haben. Ganz egal, was du dazu sagst."

Boyle hatte nie an Liebe geglaubt und eigentlich hätte er heftig Schiss vor dem haben sollen, was da in ihrem Bauch heranwuchs. Aber es stimmte nicht, dass man sich nicht nach etwas sehnen konnte, was man nie gekannt hatte. Er hatte nie eine wirkliche Familie gehabt und dennoch in dem Augenblick, als er zum ersten Mal die Polizeischule betrat, genau gewusst, was Gemeinschaft bedeutete. Nicht einmal Färbers und Salekis Erpressung hatte irgendetwas daran ändern können. Aber dieses Kind in Saschas Bauch lief auf einem völlig anderen Level. Er war nicht sicher, ob er sich davor fürchten sollte.

Sie schafften es kaum bis zum Bett. Den Weg vom winzigen Wohnzimmer zum Schlafzimmer markierte eine Spur aus Pullover, Hosen, Nylons, BH und Hemd. Sie trieben es hart und heftig. Beide Körper waren schweißbedeckt, sobald sie ihre Gier aneinander abgekühlt hatten.

Jetzt, da sie allmählich wieder zu Atem gekommen waren, lag Saschas Kopf auf Boyles schweißglänzendem Bauch.

„Ich brauch einen anderen Job. Von dem bisschen, was ich im Club kriege, kann ich mir nie und nimmer eine Wohnung, Klamotten, Versicherungen, das Auto UND einen Babysitter leisten. Ich weiß, dass Teddy einen zu vergeben hat. Ihr kennt euch so lange. Dir kann er nichts abschlagen."

Saschas Finger strichen über seine Lippen.

Boyle, der seinen Kopf hob und sie ansah, fragte: „Was für einen Job?"

„Er hat den Geschäftsführer vom *Reggiani* rausgeworfen. Ich könnte was aus dem Laden machen, das weiß ich."

Das *Reggiani* war eine Disco für Yuppies und Galerieaffen, die nichts Besseres mit ihrer Kohle anzufangen wussten als sie für Teddys überteuerte Cocktails rauszuwerfen. Wirklich gut gelaufen war der Club noch nie. Andererseits sollte er das aber auch gar nicht, da er Teddy ausschließlich dazu diente, um über die Verluste, die er damit einfuhr, die Gewinne aus seinen illegalen Geschäften zu waschen. „Das kann warten. Ich hab 'n Flugticket nach Fuerteventura. Ein Anruf und wir machen zwei draus. Du hast noch genug Zeit zu packen."

Sascha schüttelte den Kopf. „Ich kann nicht. Ich hab hier noch jede Menge zu erledigen. Außerdem bin ich ziemlich pleite. Rede mit Teddy. Heute noch. Er ist bestimmt im Büro. Wenn du ihn fragst, kann er gar nicht Nein sagen."

Sie stand vom Bett auf und ging zum Bad.

Boyle sah ihr nach. Dachte einen Augenblick darüber nach, ob es Zeit war, ihr zu sagen, dass für ihn Geld seit einiger Zeit nur noch eine ziemlich untergeordnete Rolle spielte.

Sascha blieb an der Tür zum Bad stehen, wandte sich aber nicht, wie er es erwartet hätte, noch einmal zu ihm um. Das Licht einer Stehlampe beleuchtete zwar ihren Körper, aber ließ ihr Gesicht im Halbdunkel. „Ich werde dieses Kind kriegen, Boyle, und wenn es sein muss auch ohne einen Vater dazu. Aber es wäre nicht dasselbe."

Boyle hatte zwar ihre Augen nicht sehen können, als sie ihm ihre Ansage machte, aber er war sich auch so sicher, dass sie jedes Wort genauso meinte, wie sie es gesagt hatte.

Als sie die Badtür öffnete und verschwand, war er sicher, dass er Angst vor diesem Kind in ihr hatte. Vor den Konsequenzen, die es mit sich bringen würde. Vater, dachte er, ich? Scheiße.

Vielleicht sah Sascha Boyle später durchs Fenster dabei zu, wie er über die Straße zu seinem Wagen ging. Und womöglich war er einen Moment sogar versucht, umzukehren.

Teddys Büro lag im Hinterhof eines unscheinbaren Mietshauses in einer stillen Seitenstraße in Sankt Georg, in der sich zwischen den alten Bars und dem Tante-Emma-Laden auch ein hipper Friseur und zwei Architekturbüros angesiedelt hatten.Ein Büro im herkömmlichen Sinne besaß Teddy nicht. Vor einigen Jahren hatte er sich mit dem Kauf des Hauses auch eine schlecht laufende Bierkneipe im Hinterhof eingehandelt. Er setzte ihren Pächter vor die Tür und machte aus der Not eine Tugend, indem er die Bar kurzerhand zu seinem Hauptquartier umfunktionierte und den Rest der Lokalität samt den darüber liegenden Wohnungen zu einem Swingerclub umbauen ließ, den er *Fleurs du Mal* nannte, weil Boyle ihm irgendwas von Baudelaires Gedichten erzählt hatte und Teddy einfach fand, dass der Name zu ihm und seinem Geschäft passte. Das Büro, der Swingerclub und das in einem schick renovierten ehemaligen Lagerhaus in der Speicherstadt liegende *Reggiani* bildeten nur den kleineren Teil von Teddys Besitz. Außerdem gehörten ihm ganz in der Nähe des *Fleurs du Mal* drei weitere Mietshäuser, in deren oberen Stockwerken sich vierundzwanzig Stunden am Tag ausgesucht attraktive Frauen vor Webcams räkelten und damit alles in allem sogar mehr Geld scheffelten, als ihre sechs Kolleginnen, die drei Stockwerke drunter ihre Freier noch auf die klassische Art und Weise bedienten.

Boyle blieb vor der massiven Metalltür mit dem winzigen vergitterten Klappfenster stehen. Betätigte den Klingelknopf, der daneben aus der Wand ragte.

Es dauerte, bis sich das vergitterte Fensterchen öffnete. Darin eine Frau, Anfang zwanzig, ihr kugelrundes Gesicht war von dunklen Löckchen umrahmt: „Tut mir leid. Wir fangen erst ab zwanzig Uhr an."

Löckchen war drauf und dran das Fensterchen wieder zu schließen.

„Boyle, für Teddy Amin."

Löckchen musterte Boyle eine Sekunde. Dann hörte er das Geräusch eines Riegels, der zurückgeschoben wurde.

Die Tür schwang auf.

Löckchen trug eine bonbonrosafarbene Pelle, die angesichts ihrer Speckröllchen durchaus von Tapferkeit zeugte. Unwillkürlich fragte sich Boyle, für welche Tätigkeit Teddy Löckchen engagiert haben mochte. Für eine Hure wirkte sie zu schroff, für eine Empfangsdame oder Sekretärin schlichtweg zu doof und als Lockvogel für hormonell überproportionierte Junggesellen oder müde Ehepaare, aus denen sich der Hauptteil der Besucher des *Fleurs du Mal* rekrutierte, um ein paar Nummern zu unattraktiv.

„Schuhe aus. Ist frisch gewischt", sagte Löckchen.

Boyle ignorierte das und schlenderte an dem verwaisten Tresen vorbei zu einer Tür mit der Aufschrift PRIVAT.

Löckchen rief ihm irgendetwas hinterher, das nach „Ignorant!" klang.

Boyle machte sich nicht die Mühe anzuklopfen.

Sorgsam gerahmt an der Wand über Teddy Amins billigem Ikea-Schreibtisch hing eine kleinere Ausgabe von Boyles „Einer-von-uns"-Plakaten. Die Luft war sauer vom Geruch unzähliger hier gerauchter Zigaretten.

Teddy Amin war blond, blauäugig und schlaksig. Er trug ein T-Shirt mit einem Bild von Karl Marx und dem Schriftzug PROLETARIER ALLER LÄNDER VERPISST EUCH. Wenigstens zu einem gewissen Teil, das war Boyle klar, meinte Teddy, was er da auf seinem Shirt vor sich hertrug.

„Wann hängst du das Teil endlich mal ab?" Boyles Hand zuckte in Richtung des Plakats hinter Teddys Schreibtisch.

„An dem Tag, an dem du endlich einsiehst, dass du bei der Schmiere bloß deine Talente vergeudest."

Boyle ließ sich in einen der beiden Bürostühle fallen. Teddy schob den Papierberg auf dem Tisch zu einem wirren Haufen zusammen. Er hob skeptisch eine Augenbraue. „Was verschafft mir die seltene Ehre?"

Boyle schlug die Beine übereinander und warf dabei erneut einen angeekelten Blick auf sein Bild hinter Teddys Tisch. „Sascha ist schwanger."

„Von dir?"

Boyle gab sich Mühe seinen Blick an Teddy vorbei auf dessen gut gefülltes Aktenregal zu konzentrieren.

„Du Blödmann hast sie wirklich ohne gepoppt?"

Boyle sah immer noch angestrengt an Teddy vorbei auf die Ordnerrücken.

„Hat sie 'nen Test gemacht? Bist du sicher, dass es deins ist?"

„Sie braucht 'nen Job. Sie sagt, du hättest einen zu vergeben."

„Das *Reggiani*? Sie hätte den Job schon vor 'nem halben Jahr haben können, aber damals war Mademoiselle sich ja zu gut dafür."

Boyle stöhnte genervt auf. „Mach jetzt gefälligst keinen auf beleidigt. Ich hab so schon genug Ärger am Hals ..."

Eines von Teddy Amins herausragenden Talenten

bestand darin, rechtzeitig zu wissen, wann es besser war vor Boyles Sturheit zu kapitulieren.

Er holte eine Flasche Scotch und zwei Gläser zwischen den Akten hervor, blies den Staub aus den Gläsern, schraubte den Verschluss vom Scotch auf, schenkte ein und schob eines der beiden Gläser Boyle herüber. „Auf Boyle junior. Möge er so hübsch sein wie seine Mutter. Aber nicht halb so bescheuert wie sein Vater."

Sie tranken.

Teddy schenkte nach.

„Boyle … hast du eigentlich Schiss davor … Ich meine …"

„Ich hatte noch nicht genug Zeit, wirklich drüber nachzudenken. Trotzdem … irgendwie weiß ich, dass ich nicht will, dass sie es wegmachen lässt. Und sie will es ja auch gar nicht. Und viel weiter sind wir noch nicht."

Teddy Amins Gesichtsausdruck veränderte sich. Boyle brauchte lange, bis ihm aufging, was es war. Und selbst dann konnte er es kaum fassen: Teddy war auf das Baby in Saschas Bauch so aufrichtig neidisch wie ein kleines Kind, bei dem es zu Weihnachten statt für das neue Zehngangfahrrad wie das des Nachbarjungen, bloß für ein Paar Socken und ein Modellauto gereicht hatte.

Teddy hob sein Glas. „Hör endlich auf, dir was vorzumachen: Die Bullerei ist nichts für dich. Komm zu mir."

Boyle stellte sein Glas ab und ließ es dann über die polierte Tischplatte hinweg auf Teddy zuschlittern. „Ich bin ganz zufrieden mit dem, was ich hab. Was ist nun mit Saschas Job?"

Ein böses Funkeln kroch in Teddys Augen. „Woher nimmst du nur diese scheiß Arroganz? Eine Menge Leute würden für so 'n Angebot ihre Mutter verkaufen, aber du pisst einfach drauf."

Boyle stemmte sich aus dem Bürostuhl, griff nach dem Scotch und füllte sein Glas nach.

„Unter anderem, weil ich seit dem Tag, als wir deinen Alten auf dem Zentralfriedhof verscharrt haben, alles bin, was du noch hast, wenn sie irgendwann an deine Tür klopfen, um dich ein für alle Mal fertigzumachen."

Boyle trank, stellte das Glas auf den Tisch zurück. „Am Sonntag um acht, sag ihr das."

Boyle stand auf und ging zur Tür.

„Hat der große böse schwarze Mann auch nur mal 'ne einzige Sekunde drüber nachgedacht, dass genauso gut auch irgendwer zuerst an seine Tür klopfen könnte, bevor er auf die Idee kommt, es auch mal an meiner zu versuchen?"

„Ja."

Boyle blieb an der Tür stehen, sah sich aber nicht nach Teddy um.

„Und zu welchem Schluss ist der große schwarze Massa dabei gekommen?"

„Das ihm das nie passieren wird."

Hinter der Bar drehte Löckchen sich einen Joint.

Draußen nieselte es.

Boyle schlug den Jackenkragen auf.

Boyle trieb den Alfa mit knapp hundertdreißig über die Stadtautobahn in Richtung Hafen. Vielleicht sollte er das Flugticket sausen lassen und hier bleiben. Seit Monaten war er nicht mehr in einem Kino oder einem guten Restaurant gewesen. Alles, was er zu tun hatte, war Sascha anzurufen und ihr mitzuteilen, dass er blieb.

Vor dem Alfa fuhr ein silberner Benz, aus dessen Fenster plötzlich eine Polizeikelle ragte. Boyle dachte an den Scotch in Teddy Amins Büro und fragte sich, ob er den Dienstausweis dabei hatte. Nur für den Fall, dass die beiden Kollegen in dem Benz die einzigen Bullen im Land sein sollten, die sein Gesicht noch nicht auf einem Plakat oder in einer Talkshow gesehen hatten.

Boyle erinnerte sich: Der Dienstausweis lag zu Hause auf dem Tisch im Flur.

Mist.

Der Benz bremste ein paar Meter vor ihm auf dem Standstreifen scharf ab.

Ein Kollege kam durch den Nieselregen auf ihn zu. Er hatte den Kopf tief im Jackenkragen versenkt, aber die Hand am Pistolenholster.

Der Kollege klopfte an Boyles Wagenfenster. Sein Gesicht war nicht zu erkennen. Boyle ließ das Fenster herunter und lächelte dem Kollegen freundlich entgegen.

„Legen Sie Ihre Hände gut sichtbar aufs Lenkrad."

Boyle war verwundert, tat aber was der Kollege verlangte.

„Ich bin selbst Polizist. Lewis Boyle, Fachkommissariat 1. Ich bin im Urlaub und hab deswegen meinen Ausweis nicht dabei. Meine Dienstnummer lautet: BE2214587. Checkt einfach meine Autonummer, wenn ihr mir nicht glaubt."

Der Unbekannte öffnete Boyles Wagentür. „Steigen Sie aus. Legen Sie Ihre Hände aufs Wagendach."

Irgendwas stimmte nicht. Boyle beschlich ein unbehagliches Gefühl. Der Typ hätte ihn zuerst nach dem Führerschein und den Wagenpapieren fragen sollen. Ganz abgesehen davon, dass es ihm offenbar scheißegal war, einen Kollegen von der Straße gefischt zu haben.

„Noch mal: Mein Name ist Lewis Boyle. Ich bin Hauptkommissar. Meine Dienstnummer lautet ..."

Ein Pistolenlauf an Boyles Schläfe. „Aussteigen!"

Boyle stieg aus.

„Kannst du beten, Nigger?"

Boyle war steif vor Angst. All der Verkehrslärm versank. Nur sein schneller, ängstlicher Atem trommelte ihm noch in den Ohren.

„Dann bete!"

Schritte.

Der zweite Mann war aus dem Benz gestiegen und

herübergekommen. „Schönen Gruß von Färber und Saleki!"

Eine Hand verbiss sich in Boyles kurzen Haaren, riss seinen Kopf nach hinten, um ihn anschließend kräftig auf das Hardtop des Alfa zu stoßen. Schmerz explodierte schwarz und rot in Boyles Hirn. Boyle ging zu Boden.

Die Stimme des ersten Mannes war ganz nah an Boyles rechtem Ohr.

„Tschüss, Nigger!"

Dann spürte Boyle den Pistolenlauf an seinem Hinterkopf. Etwas Heißes rann ihm die Schenkel herab, erzeugte dunkle Flecken in seiner Hose.

Das weich-goldene Licht des Sonnenuntergangs auf der Straße – so weit weg.

19 Uhr 02. Halif war nicht allein gekommen. Ein Fremder lehnte bei ihm an Younas' Küchentür. Der Fremde war jung, schlank und seine Haut zu dunkel, als dass er sich die Farbe an irgendeinem Strand geholt haben konnte. Halif wirkte wie immer: Fünfundfünfzig Jahre alt und merklich rund um die Hüften. Seine Augen waren braun mit einem guten Schuss schwarz darin. Seine Hände wirkten so glatt, weich und gepflegt, wie die eines Mannes, der längst nicht mehr in die Verlegenheit geriet, damit mehr als nur Papier und Kugelschreiber zur Hand zu nehmen.

„Wo ist sie?"

Aus Younas' Stimme klang ein peitschender Unterton. Trotz Halif, trotz des Fremden, der mit ihm zusammen gekommen war und nun so selbstverständlich, als hätte er tatsächlich ein Recht dazu, an Younas' Küchentür lehnte.

Aziza sah stumm aus dem Fenster auf die Straße herunter und machte sich nicht mal die Mühe Younas anzusehen.

„Sie schläft. Ich habe ihr eine Tablette gegeben."

Younas' Blick löste sich von Aziza. Auf dem Küchentisch lag ein in einen öligen Lappen eingeschlagenes Bündel.

Halifs Blick war Younas gefolgt. Er trat an den Tisch und schlug den Lappen auseinander: eine Pumpgun, eine Pistole mit Schalldämpfer, ein Stilett.

„Was soll das? Wieso bringst du so was in mein Haus?"

„Das Gewehr und die Pistole sind nicht registriert. Ich habe sie selbst eingeschossen. Wenn du meinst, lege ich jeweils noch eine extra Packung Munition drauf."

„Ich will sie nicht. Nimm sie wieder mit."

Halif schüttelte unmerklich den Kopf.

„Meine Nichte hat mir alles erzählt. Wir sind eine Familie. Euer Unglück ist auch meins. Du musst diese Tiere aus der Welt wischen."

In Halifs Stimme ein Tonfall, wie man ihn ungehörigen Kindern gegenüber gebrauchte.

„Das ist mein Haus. Du bist der Onkel meiner

Frau. Du bist hier immer willkommen. Aber ich will das da nicht hier haben. Nimm es wieder mit."

Halif warf dem Mann in der Lederjacke einen schnellen Blick zu.

„Ich habe euch in dieses Land gebracht, als ihr zu Hause wegen deiner Dummheiten keine Zukunft mehr hattet. Ich habe euch ein Geschäft angeboten. Du wolltest es nicht. Aber du hast mir auch jeden Pfennig, den ich euch geliehen habe, pünktlich zurückgezahlt. Glaubst du, ich verstehe nicht, dass ein Mann seinen Weg aus eigener Kraft machen will? Ich habe dich immer mit dem Respekt behandelt, den du verdienst. Aber das hier ist etwas anderes. Wir sind eine Familie. Es ist auch meine Ehre, die auf dem Spiel steht. Richter und Polizisten sind Fremde, die können uns nicht helfen. Das können nur wir selbst. Du oder ich."

Aziza wandte sich vom Fenster ab und sah Younas durchdringend an. „Ich will nicht mit einem Feigling leben. Das habe ich nicht verdient. Ich war dir immer eine gute Frau, das weißt du, aber wenn du das nicht erledigst, gehe ich. Und Sertab nehme ich mit."

Halif war gegangen. Younas saß allein am Küchentisch. Mit den Erinnerungen an das Land, das er, seit er hierhergekommen war, niemals wieder Heimat genannt hatte. Das Dorf im Nirgendwo. Wie weit der Himmel im Herbst gewesen war. Das Haus, in dem er aufgewachsen war. Heute erschien es ihm so winzig. Seine Mutter, wie sie Blut hustend auf ihrem Bett gelegen hatte. Sein Vater, der ihr ein paar Wochen drauf ein Laken übers Gesicht zog. Der lange Zug durchs Dorf und über die Felder zum Friedhof.

Der Tag, an dem sich der Lehrer den weiten Weg zu dem steinigen Stück Feld unter den Hügeln gemacht hatte, um Younas' Vater zu überreden, ihn auf die höhere Schule zu schicken. Der schmale Lehrer wirkte so eigenartig zerbrechlich und fremd vor dem Braun der Erde und dem tiefen Blau des Himmels.

Sein Vater, wie er den Hut in der Hand, dem Lehrer zuhörte. Der Lehrer, der von der wunderbaren Welt schwärmte, die sich Younas auf der höheren Schule eröffnen würde.

Schönheit allein, hatte sein Vater gesagt, hat noch keinen satt gemacht.

Der Tag, an dem er das Dorf letztlich doch verließ. Nebliger Dunst über den geduckten Häusern, als verbargen sie rachedurstig ihr Angesicht vor dem, der sie für immer verließ.

Die Stadt. Ihr Geruch nach Benzin, Kohlenfeuern, Sehnsucht und Gier. Die neue Schule: fremd, bedrohlich und geheimnisvoll.

Damals hatte er gelernt, dass Alleinsein nichts mit Einsamkeit zu tun hatte.

Vier Jahre später: Die Leute im Dorf, stolz darauf, dass es einer von ihnen bis auf die Universität geschafft hatte. Im Sommer, das Fest, auf dem er Aziza begegnete. Wie sie sich in ihrem gelben Kleid mit einem Tablett voller Flaschen einen Weg durch die Leute zu seinem Tisch gebahnt hatte. Die Männer, die von der Wüste redeten, die unaufhaltsam ihre Felder fraß. Aziza, die ihm an diesem Abend versprach, auf ihn zu warten. Ihr erster Kuss im Dunkeln.

Die Universität, von der er glaubte, dass sie ihm ein Leben weit weg von gefräßigen Dünen und steinigen Feldern eröffnen würde.

Ihre Hochzeit, die sie heimlich feierten, weil Azizas Familie einen Grundbesitzer und keinen Studenten für sie bestimmt hatte.

Die ersten beiden Jahre zusammen in der Stadt. Sertab, die in Azizas Bauch heranwuchs. Ein Wunder, über das er heute noch ebenso andächtig staunen konnte wie damals.

Vier Monate später – die Unruhen. Wasserwerfer, Tränengas und schreiende Studenten auf den Straßen, Soldaten, die in langer Reihe aufmarschierten, niederknieten und wahllos in die Menge feuerten. Blut, das die Rinnsteine hinabfloss. Fettige rötliche Schlieren, die sich in den Gullys verloren.

Er rannte – irgendwohin, Hauptsache weg von da. Zwei Soldaten, die ihn zu fassen bekamen, verprügelten und auf einen Lastwagen verluden.

Das Gefängnis: eine Hölle aus Beton, Maschendraht, Prügel und Durst. Jeder war allein, jeder war sich selbst der Nächste. Zwei, drei Monate, bis er sich angepasst hatte, zu einem Tier unter Tieren geworden war, dazu verurteilt in einem Betonkubus lebendig zu verfaulen.

Licht, das plötzlich brennend durch den dünnen Schleier seiner Augenlider drang. Er stellte fest, dass ihm Tränen die Wangen herabgelaufen waren.

„Younas."

Er schlug die Augen auf und sah Aziza, sie wirkte so unfassbar fremd, wie sie da in der Tür stand.

„Ich war nicht auf der Universität. Ich habe kein Diplom, das mir beweist, wie klug ich bin. Aber ich weiß trotzdem, wer ich bin. Ich weiß, was ich mir und meiner Tochter schuldig bin. Ich kann nicht einfach so weitermachen, Younas. Ich kann einfach nicht jeden Tag in die Gesichter der Leute sehen und dabei ganz genau wissen, dass diese vier Tiere nicht bestraft worden sind."

Younas dachte an den Glatzkopf, der ihn, den Mund voll Dönerkraut, hinausgeworfen hatte. Younas dachte an die alte Frau mit ihrem Käsebrot, die vom Hund ihres Nachbarn berichtete. Younas dachte an Sertabs Blick gestern Nacht. Younas dachte daran, wie Aziza ihn damals an der Bushaltestelle vorm Gefängnis erwartet hatte. Younas dachte an seinen Vater, der ganz allein gestorben war. Younas dachte an die Wüste und daran, dass ein einzelnes Sandkorn nichts, aber eine Düne stark genug war, um nach und nach Tausende von Hektar guten Landes zu ruinieren.

„Younas – ich WILL nicht gehen. Hörst du? Aber ich kann auch nicht bei dir bleiben, solange dir nichts

Besseres einfällt, als stumm in deiner verdammten Ecke hocken zu bleiben."

Was nützte ihm sein Glaube an Recht und Gesetz in diesem Land, wenn Aziza und Sertab gingen? Und lag nicht Wahrheit in dem, was sie sagte?

Was waren schon die paar Jahre Gefängnis, die sie diesen vier Tieren aufbrummen würden, gegen das, was ihre Verachtung und Arroganz den Träumen und Hoffnungen seiner Familie angetan hatten? Sein Leben lang war er klaglos bereit gewesen, den Preis für seine Träume zu zahlen. Und er hatte für sie bezahlt. Für manche sogar doppelt und dreifach. Zählte das gar nichts?

Younas dachte an die Wüste, an deren Rand er aufgewachsen war. Daran, dass sie kein Mitleid tolerierte und daran, dass die Welt ihren Anfang nicht in den sanften Wellen eines warmen Meeres genommen hatte, sondern aus dem Zorn einer Explosion geboren worden war.

„Ich weiß."

Younas sah Aziza zum ersten Mal wieder direkt in die Augen. Doch er hielt es nicht lange aus und blickte gleich darauf wieder an ihr vorbei zur Küchenwand.

Da war dieser Mann, damals im Gefängnis. Er war ein armer Bauer, irgendwo aus einem Nest ohne Kreuz und Namen auf der Landkarte. Er hatte seine gesamte Familie bei einem Busunfall verloren und war danach mit einer Feldhacke ins Hauptbüro der

Busgesellschaft marschiert, wo er drei Angestellten die Köpfe einschlug, und zwei weitere schwer verletzte, bevor er sich still und entschlossen der Polizei stellte.

Nach zwölf Jahren wurde er entlassen. Doch er kam nach weniger als einer Woche zurück. Lungerte vor dem Gefängnistor herum und verkündete, er hätte keinen Ort mehr, wohin er gehen könnte, außer dem Gefängnis. Irgendwer bestach irgendeinen Bürokraten und der Mann wurde als Hilfswache im Gefängnis eingestellt. Von diesem Tag an war er glücklich. Nacht für Nacht zog er nun mit einem groben Schlagstock aus Holz in der Hand seine Runden durch die Stille des Gefängnishofes.

Ein Schritt: PLONG. Er ließ den Stab auf den Boden krachen, weitere zwei Schritte: wieder PLONG.

Es gab immer noch Nächte, in denen Younas aus dem Schlaf schreckte, weil er sicher war, dieses PLONG gehört zu haben.

Noch etwas war an dem Mann mit dem Stock gewesen, das Younas nie vergessen konnte: „*Mein Blut ist röter*", hatte er geantwortet, als ihn einer der Wärter eines Morgens fragte, WIESO er damals getan hatte, was er getan hatte.

War Sertabs Blut röter als das anderer? Zweifellos. Und wenn schon nicht für den Rest der Welt – und ganz bestimmt nicht für jene vier Tiere, die ES ihr angetan hatten – dann schon für Aziza und ihn.

„Younas?"

In Azizas Augen glänzten winzige Tränen. „Tu mir das nicht an. Alles, nur das nicht."

Als Younas sich jetzt erhob, tat er es so mühevoll, krumm und steif wie ein um Jahrzehnte älterer Mann.

Er griff nach dem öligen Lappen über Halifs Waffen, schlug ihn zurück und einen langen Augenblick fürchtete er sich vor der Sicherheit, mit der seine Hände anschließend Schloss, Kammer und Abzug der Pumpgun überprüften.

2
4. September 2000, 20 Uhr 30 – 22 Uhr 10

20 Uhr 30. Boyle stand vor dem Spiegel in Tommy Grafs Bad und pappte ein Pflaster auf seine Stirn.

Tommy selbst verpasste dem Arzt, den er vor zwanzig Minuten gerufen hatte, einen flüchtigen Kuss auf den Mund. Der Arzt war keine achtundzwanzig und sah aus wie ein Filmstar.

„Das Pflaster hat was, Boyle. Sexy – echt."

Boyle schnitt eine Grimasse. Tommy flüsterte dem Arzt etwas zu. Der Arzt lächelte und begann seine Gerätschaften in eine dunkle Tasche zu packen.

„Ich dachte, du hättest was mit 'nem Geiger von der Oper."

Tommy schloss hinter dem Arzt die Tür und ließ sich breitbeinig auf dem Wannenrand nieder.

„Fagott. Ist aber trotzdem vorbei."

Boyle knöpfte sein Hemd zu. Im Waschbecken waren rötliche Schlieren. Sein Blut. Er konnte den Anblick nicht ertragen. Nicht jetzt.

Tommys Bad war nur um ein paar Quadratmeter kleiner als Saschas gesamte Wohnung. Eine Sekunde lang versetzte es ihm einen Stich. Wie alles hier war es großzügig, peinlich sauber und zu teuer für einen Bullen. Und noch etwas bewies das Bad: Unter Tommys gespielter Toleranz und Nonchalance verbarg sich irgendwo auch ein mieser kleiner Pedant.

„Ich will wissen, was los ist, Boyle. Und verarsch mich bloß nicht. Das hab ich nicht verdient."

Boyle schloss den vorletzten Knopf seines Hemdes.

„Zwei Typen in einem silbernen Benz. Sie hängen die Kelle raus und fischen mich von der Straße. Kein Grund zur Panik. Alles ganz normal. Wir halten auf dem Standstreifen. Einer steigt aus, der andere bleibt sitzen. Ich suche nach meinen Papieren. Der Kerl klopft an mein Fenster. Ich lass es runter. Der Kerl legt mir 'ne Wumme an die Schläfe und zwingt mich auszusteigen. Draußen knallt mir Nummer zwei den Kopf aufs Autodach. Tritt mir die Beine weg. Ich liege im Dreck. Nummer eins hält mir seine Wumme an den Hinterkopf. Nummer zwei richtet schöne Grüße von Färber und Saleki aus. KLICK. Als ich wieder voll da bin, ist der Benz lange weg. So in etwa."

„Scheinhinrichtung."

„Scheinhinrichtung."

Tommy zog die Nase kraus.

„Irgendwas stinkt hier …"

„Ich. Ich hab mir vorhin in die Hose gemacht."

Klopfen.

Beide Köpfe fuhren zur Badtür herum. Der Arzt. Er hatte ein Telefon in der Hand. „Für dich, Tommy. Becker oder so ähnlich."

Tommy nahm den Hörer entgegen und meldete sich. Sein Gesichtsausdruck: zuerst leise genervt, dann erstaunt und schließlich höchst konzentriert.

„Moment."

Tommy nahm den Hörer vom Ohr, bedeckte dabei den Lautsprecher mit seiner Hand und sah Boyle an. „Das glaubst du nicht. Der Alte hat 'ne Urlaubssperre verhängt. Sie suchen nach dir. Du bist schon ab heute zur MoKo versetzt. Ich auch. Stillers Sohn liegt mit 'nem Loch im Kopf auf der Straße bei seinem Haus. Stiller will uns als Ermittler dabei haben. Die Jungs von der MoKo müssen im Dreieck springen."

Dr. Carl Stiller war seit einem halben Jahr Polizeipräsident. Nach allem, was man im Präsidium über ihn hörte, galt er als der kommende Mann im Innensenat. Alles, was Boyle darüber hinaus von ihm kannte, war ein Zeitungsfoto, auf dem er lächelnd seine Ernennungsurkunde entgegennahm.

„Was soll ich Becker sagen, Boyle?"

Boyle dachte an die gepackte Reisetasche und das Flugticket auf dem Tisch im Flur. Doch er dachte auch an Sascha und das Kind, das in ihr heranwuchs. Er hatte sich noch längst nicht damit abgefunden. Aber immerhin war in ihm eine verschwommene Vorstellung vom Schmerz und den für immer enttäuschten Hoffnungen, die der Tod eines Kindes in dessen Eltern auslösen musste.

„Gib ihn mir."

Knapp dreißig Minuten nach dem Telefonat in Tommy Grafs Wohnung lenkte Boyle Tommys Dienstwagen um eine rot-weiße Polizeiabsperrung und parkte ihn vor einer Garagenausfahrt. Tommy saß neben ihm und tat cool.

Fünf Gestalten in hellen Wegwerfoveralls sicherten hinter der Absperrung Spuren. Ein Mann, den Boyle nicht kannte, machte Fotos.

Boyle trug seine Lederjacke zu dunklen Jeans und einem Button-Down-Hemd, das er sich zusammen mit der Hose von Tommy geborgt hatte. Die Jeans waren etwas zu kurz und das Hemd um Hals und Brustkorb zu eng. Aber wenigstens hatte er geduscht und sich rasiert. Das Gefühl von Frische danach, das dennoch nichts an der Scham zu ändern vermochte, die ihn überkam, sobald sein Hirn sich an die Erinnerung der Geschehnisse am Straßenrand herantraute.

„Wieso bist du zu mir gekommen und nicht nach Hause gefahren?", fragte Tommy.

„Keine Ahnung", log Boyle, aber dachte daran, dass er es weder hätte ertragen können, seine Verletzung allein vorm Spiegel in seiner Wohnung zu flicken, noch sich damit bei Teddy Amin oder gar Sascha blicken zu lassen.

Tommy machte auf harten Hecht. Er fragte: „Was hast du jetzt vor? Das kannst du Färber und Saleki nicht einfach so durchgehen lassen."

Boyle starrte stur geradeaus durch die Frontscheibe auf das stille Stück Straße vor ihnen.

„Falls du damit meinst, dass ich sie anzeigen sollte – das wird bestimmt nicht passieren."

Tommy, stieß die Wagentür auf. „Nein, das wird es wohl nicht."

Aus Tommys Blick glaubte Boyle stilles Einverständnis darüber herauszulesen, dass die Straße eben das eine war und das Präsidium etwas anderes.

„Pass dabei auf deine Marke auf, mein Freund", meinte Tommy.

Ein Uniformierter versuchte sie an der Absperrung aufzuhalten. Tommy hielt ihm seinen Dienstausweis unter die Nase. Der Beamte machte ihnen Platz.

Boyle warf einen Blick auf die Gestalt des Jungen, die mit ausgebreiteten Armen zwischen Müllcontainern, Plastiktüten und dem ersten Herbstlaub am Boden lag. Weitaufgerissene blaue Augen und volle halbgeöffnete Lippen unter einem blonden, mit Gel gestylten Haarschopf.

Bulldogge Haffner stand breitbeinig, die Hände tief in den Manteltaschen vergraben, vor Stillers Tür. Aus seinen intelligenten Insektenaugen konnte Boyle keine Empfindung ablesen.

„Du nicht." Haffner hinderte Tommy daran, Stillers Haus zu betreten. „Der Chef will mit Boyle allein reden", sagte Haffner mit seiner hohen mädchenhaften Stimme, die so gar nicht zu seiner massigen Erscheinung passen wollte.

Tommy zuckte gleichgültig die Achseln und steckte sich eine Zigarette an.

Haffner öffnete Boyle die Haustür.

„Ich weiß nicht, wie du das mit dieser Privataudienz bei Stiller gedreht hast, aber bilde dir bloß nicht ein, dass du bei mir irgendeinen Bonus kriegst, nur weil du Beziehungen zu 'n paar hohen Tieren hast."

Boyle erwiderte ungerührt Haffners kalten Blick.

„War's das?"

Haffner machte Boyle endgültig den Weg frei.

Ein Mann in einem Dinnerjacket führte Boyle in Carl Stillers Wohnzimmer und bat ihn, dort zu warten.

Boyle sah sich um.

Ein weitläufiger, hoher Raum, eingerichtet wie der feuchte Traum eines *Schöner Wohnen*-Redakteurs. Zwei riesige abstrakt rot-blaue Bilder an den Wänden zogen seine Aufmerksamkeit für eine Sekunde auf sich. Später sah er durch das Wohnzimmerfenster den Kriminaltechnikern in ihren weißen Overalls dabei zu, wie sie ihre Metallkoffer auspackten und noch mehr Absperrband von den Rollen wickelten.

Zwei Männer in schwarzen Anzügen schoben den Blechsarg mit der Leiche von Stillers Sohn ins klaffende Maul eines silbergrauen Leichenwagens.

Boyle fuhr herum, als eine Frau in einem moosgrünen Etuikleid fast lautlos ins Zimmer huschte und ihn einen Augenblick irritiert anstarrte.

„Wer sind Sie?"

Sie musste Mitte vierzig sein, vielleicht knapp

drunter. Eine attraktive Frau, schlank, mit einem Hintern, in den kein Joggingkilometer umsonst investiert worden war. Genau die Sorte Frau, die zu einem Haus wie diesem passte.

Boyle setzte ein beruhigendes warm-weiches Lächeln auf.

„Mein Name ist Boyle. Hauptkommissar Boyle von der Mordkommission."

In den Blick der Frau kroch Entsetzen. „Arbeiten Sie … für meinen … Mann?"

„Ja, Frau Stiller. Er hat mich rufen lassen."

Margaret Stillers Entsetzen wich allmählich widerwilligem Interesse. „Sie wirken nicht wie die Sorte Arbeitsklone, die er sich sonst so hält."

Sie war sehr direkt, das musste der Schock über den Tod ihres Jungen sein, dachte Boyle.

„Das scheint nur so, Frau Stiller. Es gibt keine Klone bei der Polizei. Wir sind keine Ungeheuer, wissen Sie. Nur ganz normale Männer und Frauen."

Ihr kurzes Auflachen wirkte erschreckend in seiner Hilflosigkeit und Leere. „Ich kenne Sie, Herr Boyle. Sie sind der von diesem Plakat, nicht? *Einer von uns*, oder?"

„Ja, das auf dem Plakat bin ich", bestätigte Boyle, justierte sein Lächeln etwas nach und trat einen Schritt auf Margaret Stiller zu. „Wo ist Ihr Mann?"

Wieder erklang jenes hilflos leere Auflachen. „Jedenfalls immer noch nicht dort, wo er eigentlich hingehört."

Boyle, der in Slowmotion seine Hand hob und ihr entgegenstreckte, als wolle er sie streicheln. Margaret Stiller wich entsetzt vor Boyles Berührung zurück, als übertrüge die irgendeine furchtbare Krankheit.

„Sie sind durcheinander. Der Schock. Besser, wir rufen einen Arzt“, flüsterte Boyle beruhigend auf sie ein.

Nun wirkten Margaret Stillers Augen plötzlich wieder erstaunlich klar. „Schock – worüber? Über den Tod meines Sohnes? Der ist schon vor langer Zeit gestorben, glauben Sie mir. Das, was da draußen im Straßendreck liegt, hat mit meinem kleinen Jungen schon lange nichts mehr zu tun. Das war nur noch ein bösartiges wildes Tier“, sagte Margaret Stiller so laut und entschlossen, dass Boyle allmählich wirklich überzeugt davon war, dass sie besser so schnell wie möglich einen Arzt aufsuchte, der sie mit ein paar Spritzen oder Pillen ruhigstellte.

Türenklappen.

Das Dinnerjacket erschien in Begleitung eines großen, gut aussehenden Mannes mit dunklen Haaren und fein geschnittenem Gesicht.

„Bringen Sie sie raus!“, befahl der Dunkelhaarige.

Boyle sah dem Dinnerjacket dabei zu, wie es sich Margaret Stiller näherte und ihr sanft die Arme um die Schultern legte. Sie quittierte das mit einem langen Blick voller Abscheu und Entsetzen auf Dinnerjacket, Boyle und den Mann im Anzug, der nur Stiller selbst sein konnte. Dennoch ließ sie sich widerstandslos von dem Dinnerjacket aus dem Zimmer führen.

Hinter den Scheiben der hohen Fenster rollte der silbergraue Leichenwagen eben die Straße herab Richtung Kreuzung.

„Boyle“, sagte Stiller und schien es nicht für notwendig zu halten, sich selbst seinem Mitarbeiter vorzustellen.

„Tut mir leid, was Ihrem Sohn passiert ist, Doktor Stiller. Wir werden selbstverständlich alles tun, um den Täter zu fassen.“

Stiller ignorierte Boyles ausgestreckte Hand.

„Bemühen Sie sich nicht. Ich hab das alles heute schon ein paar Mal zu oft gehört.“

Boyles Blick strich einige Male über Stillers fein gemeißeltes Gesicht, ohne dabei mehr als nur verbissene Entschlossenheit zu finden.

Stiller konnte alles sein, vom Ausputzer eines Drogenbosses über den Polizeipräsidenten bis hin zu Banker, Anwalt oder Politiker. Bloß Straßenkehrer oder Müllmann – das nun gerade nicht.

„Sie sind wahrscheinlich ein Dieb, Boyle. Ganz sicher aber sind Sie korrupt“, sagte Stiller.

Ein schmerzhafter Stich in Boyles Magengegend, gleich gefolgt von einer Art Lichtexplosion in seinem Hirn. Wie konnte dieser als Polizeipräsident verkleidete Dressman davon wissen?

„Sie haben Teddy Amin oder irgendeinem anderen Gangster den Tipp mit dem getürkten Koksdeal zwischen der Drogenfahndung und diesem Amerikaner gegeben. Wie viel ist dabei für Sie rausgesprungen? Die Hälfte von allem? Wie viel macht das? Knappe 400 000?"

„Das ist lächerlich."

Stillers Gesicht war keine zwanzig Zentimeter von dem Boyles entfernt. „IZ 451309", sagte er.

Boyle erstarrte. Und Stiller konnte das unmöglich entgangen sein.

„Erinnern Sie sich? Das ist die Nummer Ihres Kontos bei der Credit Suisse in Lausanne."

„Was soll das?"

Stiller trat einen Schritt zurück. Boyles Augen entging keine noch so winzige Regung in Stillers Gesicht.

„In ungefähr einer Viertelstunde werden sie meinen Sohn aus dem Leichenwagen laden und in der Pathologie auf einen Blechtisch packen. Aber Sie haben keine Ahnung, wie sich das anfühlt, oder Boyle?"

Boyle schwieg.

„Vielleicht habe ich nie wirklich an den Schmus von der Gerechtigkeit für alle geglaubt. Aber immerhin glaubte ich bis gestern, dass es wesentlich belanglosere Ideale als dieses gibt. Wissen Sie, was ich getan habe, nachdem sich der erste Schock gelegt hatte? Ich bin in mein Arbeitszimmer gegangen, habe eine Flasche geköpft und genau das getan, was ich vor zwanzig Jahren auf der Juristenfakultät mal gelernt habe: Ich habe mir ein Bild von den Fakten gemacht, die Gesetze geprüft und ein Urteil gefällt."

Boyle hatte in fünfzehn Jahren Polizeidienst viele furchtbare Dinge gesehen. Doch die überlegene Ruhe, mit der Stiller über den Mord an seinem Sohn sprach, jagte ihm einen Schauer über den Rücken.

„Wer immer meinen Sohn erschossen hat, müsste schon sehr viel Pech haben, wenn er dafür mehr als die üblichen zwölf bis fünfzehn Jahre kassiert. Aber zwölf bis fünfzehn Jahre Knast sind mir zu wenig. Das hat mein Junge nicht verdient."

Einen Moment starrte Stiller ausdruckslos zum Fenster.

„Legen Sie den Mann um, der meinen Sohn erschossen hat."

Boyle sah zu, wie zwei Uniformierte draußen eine Traube Schaulustiger von der Polizeiabsperrung zurückdrängten.

„Sie sind verrückt, Stiller", sagte Boyle halblaut. Eigentlich, dachte er, hätte ich es hinausbrüllen sollen. So laut, dass es sogar der letzte dieser Gaffer da draußen hören konnte.

Stiller hielt Boyles Blick zu lange stand. „Suchen Sie es sich aus – entweder das oder Sie gehen noch heute Nacht zusammen mit Teddy Amin in Untersuchungshaft. Und glauben Sie bloß nicht, ich hätte nicht den Mumm, Sie ins Gefängnis zu schicken. Ich bin schon lange darüber hinaus, noch auf irgendetwas Rücksicht zu nehmen. Mir ist scheißegal, von wie vielen Plakaten Ihre Visage gerade herunter grinst oder welche Talkshow-Queen Sie mal durch ihr Fernsehstudio geschleift hat. Legen Sie sich quer, schließt Haffner Teddy Amin und Sie heute Nacht noch weg."

Stiller meinte, was er sagte. Und doch gab es etwas in seinem Verhalten, das Boyle zuflüsterte: Er lügt.

Margaret Stillers bittere Worte rollten in Boyles Hirn umher: „Mein Sohn ist bereits vor langer Zeit gestorben." Sie hatte ihren Jungen ein „bösartiges Tier" genannt. Was, fragte er sich erschrocken, konnte eine MUTTER dazu bringen, so über ihren Sohn zu reden?

Die Stille im Flur erschien ihm plötzlich unglaublich laut. Boyle hatte drei Jahre im Sittendezernat gearbeitet, das unter anderem für jede Art von Erpressungen zuständig war. Eine Lehre hatte er aus dieser Zeit mitgenommen: Es gab nur drei Wege sich von einem Erpresser zu befreien: ihn zu töten, ihm zu geben, was er verlangte oder etwas zu finden, womit er seinerseits ebenso erpressbar war wie sein Opfer.

Es musste einen Grund dafür geben, dass Stillers Sohn erschossen worden war. Die wenigsten Mörder töteten schließlich aus reiner Mordlust.

Vor allem aber musste es einen Grund für die tiefe Verachtung geben, mit der Margaret Stiller über ihren Sohn gesprochen hatte.

Dieser Bruch zwischen dem Ehepaar war Boyle jedenfalls unheimlich. Versuchte Stiller da etwas vor ihm zu verheimlichen? Ganz bestimmt.

Er musste gewusst haben, dass Boyle unbedingt

zur Mordkommission wechseln wollte. Außerdem spürte er wohl, dass Boyle nicht auf dieselbe Weise fasziniert vom Töten war wie Haffner und seine Leute.

Boyle war klar, dass es letztlich nur zwei Eigenschaften gab, die einen Menschen überhaupt befähigen konnten zu morden: entweder wirklicher Mut oder rasende, blinde Wut.

Er bezweifelte nicht, dass er im Grunde ein Feigling war. Mehr noch als nur feige. In gewissem Sinn waren ihm alle Menschen sogar zutiefst gleichgültig. Doch paradoxerweise war es gerade diese Gleichgültigkeit, die ihn wahrscheinlich zum besten Mordermittler in dieser Stadt qualifizierte. Diese unterschwellige Gleichgültigkeit machte sein Denken geradliniger und analytischer. Er würde sich nicht von jenen kleinen Sympathien oder Abneigungen verwirren lassen, gegen die selbst die meisten altgedienten Mordermittler nie ganz gefeit waren.

Boyle fand es gespenstisch, dass Stiller ihn so klar und deutlich durchschaut hatte, wie niemand je zuvor.

Er fragte sich, was geschehen sein konnte, das den Mörder von Stillers Sohn entweder zu dieser ganz besonderen Art von kompromisslosem Mut oder jener blinden Wut motivierte, die er nun einmal nötig gehabt hatte, um auf einen unbewaffneten Teenager zu schießen.

20 Uhr 55. Younas stellte den Motor des Toyota ab. Vor ihm lag ein gepflasterter Weg, der sich im Dunklen des Stadtparks verlor. Dieser Ort war so gut wie jeder andere, dachte er. Es war vorbei. Er hatte es getan. Seltsam war, dass er statt Empfindungen nur tonlose Bilder sah, sobald er daran dachte. Wie eine grobkörnig gefilmte Schleife liefen die Bilder immer wieder von Neuem vor ihm ab.

Zu Hause hatte Sertab ihm Namen und Hausnummer des Jungen auf einen Zettel geschrieben. Es sei ein großes, sehr modernes Haus mit einem blauen Garagentor und Messinglettern am Pfeiler neben der Gartentür, sagte sie.

Younas hatte keine Schwierigkeiten damit gehabt, es zu finden. Dann saß er einige Zeit in seinem Toyota und wartete, bis es so weit war. Zwar hatte er das Klingeln des Telefons in dem Haus nicht hören können, doch hatte er diesmal keine Sekunde an Sertabs Zuverlässigkeit gezweifelt. Sie würde anrufen und ihm sein Ziel vor den Pistolenlauf treiben. Sertab berichtete, sie hätte das Haus zweimal besucht. Noch mehr Lügen, die ans Licht gekommen waren. Er musste sie tausend Mal davor gewarnt haben zu irgendwelchen Jungen zu gehen. Und Aziza hatte sie ganz sicher zweimal so oft davor gewarnt. „Er hat ein komplettes Tonstudio im Keller", hatte Sertab erzählt. „Er hat mir etwas vorgespielt. Nichts weiter – wir haben nur zusammen Musik gehört. Sein bester Freund ist DJ in einer Disco. Sie wollten zusammen ein Video machen, sie haben gefragt, ob ich darin mitspielen will. Sie haben ein großes Haus. Sein Vater ist Anwalt oder so was.“

Younas hatte dem Zeiger seiner Uhr dabei zugesehen, wie er unaufhaltsam von Sekunde zu Sekunde, von Zahl zu Zahl sprang.

„Wie sieht es in dieser Straße aus? Beschreib es mir“, hatte er Sertab aufgefordert. Sie schloss die Augen. Konzentrierte sich. Begann Haus und Straße zu beschreiben. Es dauerte kaum eine Minute, bis sich in Younas ein Plan aufzubauen begann.

„Da ist ein Platz für Müllcontainer in der Nähe vom Haus. Ich bin mal zusammen mit ihm da hingegangen. Sie hatten am Abend zuvor eine Party im Haus. Wir haben all die leeren Flaschen zu den Containern getragen. Da ist eine hohe Hecke um den Müllplatz. Keiner kann dich dort sehen.“

Mehr hatte Younas nicht gebraucht. Tiere zu Tieren. Und Müll zu Müll.

Er hätte nicht sicher zu sagen gewusst, wie lange er dort an dem Müllplatz im Schatten der Hecke gestanden und auf den Jungen gewartet hatte. Zehn Minuten? Weniger?

Schließlich war es so weit gewesen. Er drückte sich tiefer in den Schatten der übermannshohen Hecke.

Dann ging alles überraschend schnell und glatt.

Der blonde, hoch aufgeschossene Junge vor ihm war nicht mehr irgendjemandes Kind, nicht mehr länger irgendjemandes Freund oder Vertrauter gewesen, sondern nur noch ein Tier, das Younas' Willen, seinem Mut und seiner Verachtung wehrlos ausgeliefert war.

Younas hielt ihm die Waffe an den Kopf, dann stellte er ihm flüsternd die Fragen, die er sich ihm zu stellen vorgenommen hatte. Der Geruch nach faulenden Abfällen biss ihm in die Nase. Irgendwo in der Straße bellte ein Hund. Trotzdem war es ein leiser Schock gewesen, als das blonde Tier plötzlich tatsächlich auf Younas' Fragen antwortete.

Während er später zwei Schüsse in seinen Körper jagte, sah er seine Tochter ausgebreitet auf der Motorhaube eines dunkelroten BMW liegen. Ihr zerfetztes Höschen war neben dem Wagen herabgefallen. Ein himmelblauer Fleck auf dem dunklen Grund des Waldbodens. Ihre Bluse war über der Brust zerrissen. Ihre weit aufgerissenen Augen starrten flehend dem leeren Himmel entgegen. Younas glaubte das Lachen der Jungen zu hören und die Rufe, mit denen sie sich gegenseitig anfeuerten.

Töten konnte so unfassbar leicht sein.

Younas startete den Toyota. Es war zehn Minuten nach neun und sein einziger Vorteil lag im Überraschungsmoment. Er hatte nur diese eine Nacht, um zu erledigen, was zu erledigen war, und mit jedem Nachrichtenblock im Radio, der etwas von einem toten Jungen erwähnte, würden seine Chancen sinken. Doch bisher war nichts über einen Mord berichtet worden.

Younas ordnete sich in den Verkehrsstrom der Autobahn ein. Fünf Kilometer weiter fuhr er wieder ab. Links und rechts der Straße ragten die kantigen Silhouetten der nächtlich leeren Gebäude eines Gewerbegebietes in den Himmel.

Younas erinnerte sich an den Eifer, mit dem das blonde Tier seine Freunde verraten hatte, bevor er ihn erschoss. Wie ekelerregend Younas dieser Eifer vorgekommen war.

„Sein Vater hat im Gewerbegebiet draußen bei der Autobahn eine Wachschutzfirma. Freitagnachts macht er dort den Telefondienst. Ich war schon mal da, er ist bestimmt allein. Die Firma heißt *Safe Control.* Sie haben ein großes Schild an der Straße", hatte der Junge gesagt, bevor Younas' Kugeln ihn trafen.

Ein betonierter Hof und ein zweistöckiges Bürohaus. Im rechten Winkel dazu ein Lager- und Garagenkomplex. Im Erdgeschoss des Bürogebäudes waren vier nebeneinanderliegende Fenster beleuchtet. Ein stabiler, drei Meter hoher, von Stacheldraht gekrönter Metallzaun zog sich um Hof und Gebäude. Das Tor zur Straße hin war verschlossen.

Younas schlug den Mantelkragen hoch und warf einen Blick auf Hof, Zaun, Bürogebäude und Stacheldraht. Dann ging er zum Wagen zurück, öffnete den Kofferraum und wühlte in der Werkzeugkiste, die er darin aufbewahrte.

Eine Drahtschere, drei kleine Schraubzwingen,

ein kleiner Hammer und ein Glasschneider wanderten anschließend zusammen mit Halifs Pistole in Younas' weite Manteltaschen.

Zurück am Zaun suchte er nach dem tiefsten Schatten. Als er ihn gefunden hatte, befestigte er die Zwingen an den stabilen Stäben des Metallzauns, eine über der anderen wie die Stufen einer Leiter und stieg herauf.

Zwei Schnitte mit der Drahtschere – der gespannte Stacheldraht am oberen Zaunende sprang federnd beiseite.

Nachdem er auf der anderen Seite des Zauns herabgesprungen war, lief er dreißig, vierzig Schritte im Schatten der Garagen bis zur Flanke des Bürogebäudes. Kein anderes Geräusch als das kaum wahrnehmbare Knistern seiner Gummisohlen auf dem Beton.

Ein Fenster. Der Blick nach innen wurde durch Streifenjalousien verwehrt.

Younas zog den Glasschneider aus der Manteltasche und umriss damit einen weiten Kreis auf der Scheibe des Fensters.

Ein knapper Stoß seines Ellbogens.

PLOPP.

Das angeritzte Glasstück fiel nach innen.

Younas langte durch das Loch, tastete nach dem Fenstergriff, fand ihn und öffnete.

Drinnen Fliesenboden und der Geruch nach Shampoo und Männerschweiß.

Ein Waschraum.

Younas tastete sich an einer tiefschwarzen Spindreihe zur Tür entlang.

Von irgendwo hinter der dünnen Tür her schallte die Titelmelodie von Derrick zu ihm herüber.

Younas legte die Hand auf die Klinke der Tür. Drückte sie herab.

Nichts. Die Tür war abgeschlossen.

21 Uhr 22. Haffners improvisierter Kommandostand erschöpfte sich in zwei Funkgeräten, einer Thermoskanne und einem Mobiltelefon, die nebeneinander auf einem Gartentisch in Stillers leerer Garage platziert waren.

Zwei Uniformierte erstatteten Haffner eben über ihre Haus-zu-Haus-Befragungen Bericht.

„Keiner von denen, die wir bisher befragt haben, scheint irgendwas gesehen oder gehört zu haben."

Haffners Gesicht war zur üblichen missmutigen Bulldoggengrimasse gefaltet. „Wie viele habt ihr durch?"

„Sechs Häuser. Vier rechts die Straße runter. Die anderen beiden links die Straße rauf. Zehn Befragungen insgesamt."

„Ihr klingelt mir jeden hier aus dem Bett, habt ihr gehört? Jeden. Holt euch Verstärkung aus dem Präsidium. In spätestens zwei Stunden will ich die Berichte haben. Dieser Fall hat absolute Priorität."

Die beiden Uniformierten nahmen Habachtstellung an und verschwanden.

Bei Tommy Graf und Haffner standen auch Norbert Stolze und Gerhard Geist, beides altmodische Bullen, die für Bulldogge durchs Feuer gegangen wären, aber für Boyle nichts weiter waren als treue Schoßhunde ihres Bosses.

„Was wissen wir über den Hergang? Wieso ist der Junge dort hingegangen? Hat er den Müll rausgebracht?", fragte Haffner.

„Ein Anruf", antwortete Stolze. „Die Frau hat ihn entgegengenommen und dann den Jungen gerufen. Sie meint, es wäre ein Mädchen dran gewesen. Wir haben die Nummer überprüft. Ist 'ne Telefonzelle im Kanakenviertel. Einige Grüne sind unterwegs, um dort nach Zeugen zu suchen. Wahrscheinlich hat dort aber mal wieder sowieso keiner irgendwas gesehen oder gehört. Immer dasselbe Spiel."

Fragezeichen blitzten in Tommy Grafs Augen, sobald er Boyle am Garageneingang bemerkte. Die Fragezeichen verschwanden, sobald Boyle den Mund aufmachte. „Graf und ich bilden eine schnelle Eingreiftruppe. Wir gehen unabhängig von deinen Leuten vor und gleichen unsere Ergebnisse jede volle Stunde miteinander ab. Einverstanden?"

Haffner fuhr herum und musterte Boyle einen Moment, bevor er sich wieder seinen beiden Schoßhündchen Stolze und Geist zuwandte.

„Was soll *das* denn?" Haffners Gesicht blieb weiterhin Boyle abgewandt auf Stolze und Geist gerichtet.

„Anweisung von Stiller. Geh rein, lass es dir bestätigen, wenn du mir nicht glaubst“, sagte Boyle betont kühl.

Doch das war das Einzige, was Haffner derzeit ganz bestimmt nicht tun würde. Er sagte kein Wort, als Tommy Graf sich aus seiner Ecke löste und Boyle über die Auffahrt zur Straße hinunter folgte. Dort standen vier Streifenwagen, der VW-Bus der Kriminaltechniker und drei Zivilfahrzeuge der Mordkommission hinter der Absperrung. Einige hartnäckige Schaulustige lungerten immer noch herum.

„Zwei Schüsse, sagt der Doktor. Der Typ wusste, was er tut. Wenn du mich fragst: Sieht schwer nach ’ner Hinrichtung aus“, fasste Tommy den gegenwärtigen Ermittlungsstand zusammen.

„Ich brauch Kopien von allem, was zu diesem Fall auf Haffners Schreibtisch landet“, sagte Boyle und sah auf seine Uhr. „Wir treffen uns in ungefähr ’ner Stunde im Präsidium. Sieh zu, dass wir dort irgendwo ein Büro kriegen. Möglichst weit weg von Haffners Leuten. Außerdem rufst du die Bellini von der *Abendzeitung* an. Sag ihr noch nichts von der Scheiße hier. Sag ihr nur, ich bin in dreißig Minuten bei ihr.“

Tommys Blick war seine Verwunderung deutlich anzumerken. „Spinnst du, Boyle? Haffner und Stiller haben absolute Nachrichtensperre angeordnet.“

Doch Boyle war nicht in der Stimmung für Diskussionen. Nicht mal mit Tommy Graf.

An Boyles Auffassung über den Umgang mit Erpressern hatte sich nichts geändert und Francesca Bellini würde ihm verschaffen, was er brauchte, um sich Stiller vom Leib zu halten.

Boyle streckte Tommy die geöffnete Hand entgegen. „Nimm dir 'n Taxi. Oder fahr mit Haffners Leuten. Ich brauch den Wagen."

Zögernd zückte Tommy den Wagenschlüssel. „Bist du dir wirklich sicher, dass du weißt, was du tust?"

„Nein. Aber genau das ist der Witz dabei, oder?", antwortete Boyle, während er sich im Stillen bereits fragte, wie hoch der Preis ausfallen würde, den Francesca Bellini für ihren Gefallen bei ihm einfordern würde.

21 Uhr 45. Die verdammte Tür blieb zu. Ganz gleich, was er versuchte.

Younas legte den Kopf an die Wand, schloss die Augen und suchte fieberhaft nach einem Ausweg. Stimmen und Musik aus dem Fernseher wehten draußen den Gang hinab. Eine Minute verging.

Als Younas die Lösung plötzlich einfiel, wirkte sie lächerlich einfach. Der Junge war allein hier und er war es nicht zum ersten Mal. Er war hier wahrscheinlich so gut wie zu Hause. Und er fühlte sich absolut sicher. Der Junge würde die Tür, hinter der sein Tod lauerte, selbst öffnen.

Younas löste sich von der Wand, an der er lehnte, trat links neben die verschlossene Tür und zog Halifs Pistole aus dem Hosenbund.

„Hilfe!", rief er.
„Hilfeeeeeeeee!"
Kräftiger.
„Hilfeeeeeeeeee!" Noch lauter.
Türklappen.
Stille.
Dann zögernde Schritte.
„Hallo?" Die Stimme eines jungen Mannes. „Hallo? Ist da wer?"
Die Schritte verharrten.
„Hier …!", rief Younas.
Die Schritte wurden fester – zielgerichtet.
„Scheiße – was machst du da drin?", sagte der Junge.
Metallisches Klirren. Ein Schlüsselbund?
Kratzen.
Die Türklinke bewegte sich nach unten. Licht fiel durch einen schmalen Spalt in den Raum.
Younas hielt Halifs Waffe im Anschlag.
Erregung, Panik, Angst und Adrenalin.
„Iss'n los, hier?", brummte die Stimme eines MANNES.
Der Junge war nicht allein.
Younas stand im Schatten hinter der geöffneten Tür. Der Junge trug ein T-Shirt und Jeans, der Mann neben ihm eine Uniform mit dem Logo von *Safe Control* auf Brust und Schulterklappen.
„Was soll 'n das, Mann? Nimm die Knarre runter …", sagte der Mann, eher verwundert als ängstlich.

Younas' Waffe blieb, wo sie war und der Mann beging einen Fehler: Er trat einen halben Schritt auf Younas zu. „Hier is nix zu holen, Mann! Nimm die Knarre runter. Hau einfach ab. Wir halten die Bullen aus der Sache raus. Versuch's einfach woanders."

Younas wollte nicht auf den Mann schießen. Aber der Mann trat einen weiteren Schritt auf ihn zu.

Im Gesicht des Jungen stand eine merkwürdige Mischung aus Konzentration und Erstaunen. Er war bestimmt zu jung, um sich für sterblich zu halten und vielleicht sogar zu selbstsicher, um an eine konkrete Gefahr zu glauben, die von Younas' Waffe für ihn ausgehen könnte.

Younas entschied sich nicht bewusst. Was geschah, geschah einfach. Er feuerte zwei Schüsse ab. So kurz nacheinander, dass sie beinahe wie ein einziger klangen.

Der Junge taumelte.

Fiel.

Blut, das aus seiner Brust spritzte.

Das Gesicht des Mannes – ein einziges Fragezeichen. Schweiß, der im Lichtschein vom Gang auf seiner Halbglatze glänzte.

Die Angst in den Augen des Mannes würde Younas den Rest seines Lebens begleiten.

„Bleib!", sagte Younas, seine Stimme dabei kaum mehr als ein Krächzen. Der Mann blieb stehen. Seine Hände begannen zu zittern. Wie in Zeitlupe wandte er sein Gesicht dem Jungen am Boden zu.

„Runter!“, krächzte Younas.

Den Bruchteil einer Sekunde zögerte der Mann.

Panik lief in Wellen durch Younas' Hirn.

Dann sank der Mann doch auf die Knie und legte sogar die Hände hinter dem Kopf zusammen.

„Nicht schießen. Nicht schießen …! Bitte!“, flüsterte er.

Die Angst des Mannes war schlimmer als der Anblick des toten Jungen am Boden.

Younas wollte nicht ins Gefängnis zurück. Nicht in diesem Land und nicht in irgendeinem anderen. Er musste ihn töten. Der Mann hatte ihn gesehen. Doch irgendetwas in ihm verweigerte sich.

Younas trat die drei Schritte an den Mann heran und schlug ihm so fest er konnte Halifs Waffe ins Gesicht. Mit einem eigenwillig satten Ächzen fiel er in sich zusammen.

Younas bemerkte die Handschellen am Gürtel des Mannes und machte sie los. Einen Augenblick stand er unschlüssig über die Gestalt des Mannes gebeugt.

Von irgendwoher tief in seinem Inneren tauchten Bilder aus einem fast vergessenen Leben auf: Wie die Hirten am Rand der Hügel im Frühjahr ihre Schafe schoren.

Younas schloss einen Teil der Handschellen um den rechten Arm des Mannes, den anderen um dessen rechtes Fußgelenk. So wie die Hirten in jenem anderen Land es mit ihren Schafen taten, bevor sie sie zum Scheren in den kleinen Stall zerrten.

Sicher: Der Mann hatte ihn gesehen und würde ihn wahrscheinlich beschreiben können.

Andererseits: WAS hatte er schon wirklich gesehen? Im Grunde bloß irgendeinen Kerl mit schwarzen Haaren, einem dunklen Mantel und einer Waffe in der Hand. Wie weit würde man damit schon kommen? Es musste Tausende Männer in Hamburg geben, auf die die Beschreibung zutraf.

Nein, er hatte die richtige Entscheidung getroffen: Den Mann zu erschießen, wäre ein Fehler gewesen.

Younas ging, wie er gekommen war.

Sein Wagen stand ein Stück die Straße herunter. Sinnlos, sich jetzt noch etwas vorzumachen. Er war zu weit gegangen, um zurückzukönnen. Er würde weitermachen, als wüsste er nicht, dass nur ein Stück weit unter dem Panzer aus Wut, Zorn und Adrenalin, mit dem er sich umgab, sein Verstand lauerte, der ihm immer und immer wieder zuflüsterte, dass Mord seinen Preis hatte.

21 Uhr 55. Boyle hob seinen Kopf dem Videoauge über dem Eingang zu Francesca Bellinis Wohnung entgegen.

„Ganz oben."

Bellinis Stimme verzerrt vom Lautsprecher. Dann ein Summton. Die Eingangstür entriegelte sich.

Boyle trat ins Treppenhaus.

Während der Aufzug nach oben glitt, säuselte irgendein Popsong aus verborgenen Lautsprechern.

Während der Zeit bei der Pressestelle hatte Boyle Bellini immer mal wieder auf irgendwelchen Veranstaltungen getroffen, war neugierig geworden und hatte sich diskret über sie umgehört. Es kursierten jede Menge Gerüchte über sie. Dass sie unverschämt vermögend war zum Beispiel, und auch über ihre Arbeit als Redakteurin der *Abendzeitung* hinaus, angeblich auffallend gute Beziehungen zu jeder Menge hoher Tiere in Berlin pflegte. Eines Tages hatte sich Boyle ihre Polizeiakte beschafft und festgestellt, dass sie vor Jahren mal wegen Drogenbesitzes festgenommen, aber auf Intervention eines Fatzkes im Wirtschaftssenat gleich wieder laufengelassen worden war. Er wusste außerdem, dass Becker in seinem Safe ein Dossier über sie aufbewahrte, das er sorgsam vor fremden Blicken schützte. Becker, Haffner und ein paar andere hohe Tiere im Präsidium hassten Bellini so sehr, dass es fast zu einer Besessenheit geworden war.

Der Aufzug stoppte mit einem sachten DONG.

Bellini trug ein enges geschlitztes Kleid aus königsblauem seidigem Stoff, das ihre grünen Augen geschickt betonte. Um ihre kastanienbraunen Haare lag ein Handtuchturban und ihr Gesicht zierten Reste fettig weißer Creme.

„Sie haben exakt fünf Minuten."

Boyle schloss die Tür hinter sich. Ein quadratischer Raum. Eingerichtet in einem Mix aus schlichten Designermöbeln und antiken asiatischen Kalligraphien und Truhen.

„Vergessen Sie, was immer Sie heute Nacht noch vorhaben."

In Bellinis Augen zeigte sich ein abweisender Schimmer. „Sie verwechseln da was, Boyle, das hier ist nicht das Präsidium, sondern MEINE Wohnung. Und da macht mir keiner Vorschriften. Es sei denn, Sie hätten Handschellen dabei. Und den dazu passenden Beschluss …"

Boyle verzog das Gesicht. „Kommen Sie, Bellini, fahren Sie die Krallen wieder ein."

Der kalte Schimmer in ihren Augen blieb.

„Hier ist die Neuigkeit des Tages: Stillers Sohn ist vor anderthalb Stunden erschossen worden. Sieht nach 'ner Hinrichtung aus. Und nur um das mal klarzustellen: Stiller und Haffner haben 'ne strikte Nachrichtensperre verhängt. Ich riskiere hier gerade meinen Job."

Auf dem niedrigen Couchtisch standen ein Cocktailglas, in dem eine Olive schwamm, und daneben ein Ascher mit einer selbst gedrehten Kippe, die verdächtig nach Joint roch.

„Carl Stiller, der POLIZEIPRÄSIDENT?"

Bellini griff nach dem Joint. Zwei tiefe Züge, bevor sie ihn wieder im Ascher ablegte.

„Genau der. Und Dope fällt immer noch unters Betäubungsmittelgesetz – falls Sie es vergessen haben sollten."

Bellini zuckte die Achseln. Boyle steckte sich eine Zigarette an. „Ich brauch ein bisschen Hilfe von außerhalb. Sie müssen für mich im Dreck wühlen, Bellini. Ich muss mehr Informationen über Stiller haben. Irgendwas stimmt nicht an dem Typen."

„Was hab ich davon, dass ich für Sie das Trüffelschwein spiele?"

„Zum Beispiel kämen Sie um 'ne Vernehmung wegen des Joints in Ihrem Ascher herum."

In Bellinis Blick kroch ein samtig weicher Ausdruck, der Boyle überraschte. „Nur falls Sie persönlich mich verhören sollten …"

Trotz seiner inneren Anspannung zeichnete sich ein Lächeln auf Boyles Gesicht ab. „So was könnte aber heftig in die Hose gehen, Bellini."

Bellini schaute ihn an, als könnte sie ausgerechnet damit und ausgerechnet heute Nacht offenbar sehr gut leben.

„Ich brauche wirklich Ihre Hilfe, Bellini. Ich bin der Sonderkommission zugeteilt, die Stiller eingerichtet hat. Alles, was ich kriege, kriegen auch Sie. Außerdem schulden Sie mir immer noch einen Gefallen. Färber und Saleki, erinnern Sie sich? Ich hab Ihnen vor einem Jahr zu 'n paar netten Schnappschüssen verholfen."

„Nichts ist so alt wie die Schlagzeilen von gestern. Und versuchen Sie gefälligst nicht, mich für dumm zu verkaufen, Boyle: Färber und Saleki war für Sie was Persönliches und meine Story sozusagen das Sahnehäubchen auf IHRER Torte."

Bellinis Blick verhakte sich einen Moment an dem

Pflaster auf Boyles Stirn. „Die Treppe runtergefallen?“

„So ähnlich.“

„Steht Ihnen. Hat so was Männliches.“

Boyle hatte jedoch keinen Nerv für Komplimente. Noch nicht einmal, wenn sie von Bellini kamen.

„Wollen Sie nun die Story? Ich brauch alles, was Sie über Stiller und dessen Sprössling an dreckiger Wäsche nur kriegen können. Und ich brauch es noch heute Nacht.“

Bellini starrte an Boyle vorbei auf irgendeinen Punkt an ihrer Wohnzimmerwand. Dann löste sie ihren Turban, ließ das Handtuch fallen und griff anschließend nach dem Drink mit der Olive.

„Was soll das, Boyle? Wieso sind Sie so scharf darauf, in Stillers dreckiger Wäsche zu wühlen? Weil Sie denken, dass sich irgendwer für die Sünden des Vaters am Sohn rächen wollte? Oder wissen Sie es schon, aber wollen es mir nur nicht sagen?“

Boyle zuckte die Achseln. „Sie wissen doch genau, wie so was läuft, Bellini. Der beste Weg, um an einen Mörder zu kommen, ist immer noch der über die schmutzigen kleinen Geheimnisse seines Opfers.“

Boyle war klar, dass sein Lächeln zu schief und unsicher war, als dass er damit ausgerechnet Bellini hätte beeindrucken können. Trotzdem ließ er es da, wo es war.

„Dafür schulden Sie mir was, Boyle. Sie persönlich. Und Gott sei Ihnen gnädig, falls Sie es mir abschlagen, wenn ich deswegen irgendwann an Ihre Tür klopfe."

Boyle hatte keine große Wahl. „Ich rufe Sie an. Nicht umgekehrt. Wir wollen doch nicht, dass vielleicht irgendwer zufällig mithört."

Boyle hörte Bellini zum ersten Mal wirklich lachen. Ein tief aus dem Bauch heraufgekrochenes Kollern, das in ihm Erinnerungen an seine Mutter weckte, wenn sie sturzbesoffen auf der Suche nach einer Flasche auf allen vieren über den Küchenboden ihrer dreckigen Sozialwohnung gekrochen war.

3
4. September 2000, 22 Uhr 18 Uhr – 0 Uhr

22 Uhr 18. Immer noch nichts im Radio. Zwei Tote in einer Nacht und keiner schien Notiz davon zu nehmen.

Younas fragte sich, was das zu bedeuten hatte. Interessierte sich keiner dafür? Hatten sie eine Nachrichtensperre verhängt? Vielleicht. Was immer der Grund war – er spielte Younas in die Hände. Solange er ihnen immer um einen Schritt voraus blieb, hatte er eine Chance.

Der Toyota schnurrte eine düstere Vorortstraße voll hässlicher Siebzigerjahre-Plattenbauten herab.

„Wir sind einmal dort gewesen. An dem Abend, als du mit Mutter zu Halif gegangen bist", hatte Sertab erzählt. Selbst, wenn er jetzt nur daran DACHTE, versetzte es ihm einen Stich. „Er hat rotgefärbte Haare. Freitags legt er in einer Disco auf. In einem ehemaligen Supermarkt. Er ist groß und dürr. Die Disco heißt *Fun.*"

Younas zwang sich, jetzt nicht an das zu denken, was Sertab ihm sonst noch von jenem Abend erzählt hatte. Ein aufgemotzter Golf überholte ihn links trotz des Gegenverkehrs.

Ein Impuls: Younas folgte ihm und stieß ein paar Minuten darauf auf die ersten Hinweisschilder: Mädchen in engen Hotpants, die sich an einer Go-go-

Stange drehten. Darunter war ein dicker blauer Pfeil und das Versprechen auf die längste Happy Hour der Stadt. Am Himmel kreisten zwei riesige Spotlights.

Er war auf dem richtigen Weg.

Keine zehn Minuten darauf parkte Younas den Toyota bei dem ausrangierten Lastwagen, der der Disko als Träger für die Spots diente. Ein guter Ort für den Wagen, versteckt und doch nicht allzu weit von der Ausfahrt entfernt.

Pärchen und Grüppchen und Betrunkene – kaum einer davon über zwanzig.

Für Younas eine fremde Welt: laut, unübersichtlich und schnell.

Er folgte einer Gruppe angetrunkener junger Männer über den Parkplatz zu der dicken Menschentraube vor dem Einlass. Spürte ab und an verstohlene Blicke auf sich ruhen: Was will DER hier? Geflüster: „Bulle?"

Grinsen.

KANAKE!

Grinsen.

Da war ein Mädchen. Younas konnte seinen Blick nicht von ihr abwenden. Sie sah aus wie zwölf und der Typ neben ihr wie zwanzig.

Zwei Typen mit kurzen Stoppelhaaren und schweißglänzenden Oberarmen sicherten die Tür. Auf ihren ärmellosen T-Shirts stand SECURITY.

Ein Kerl, der sich irgendwo hinter Younas stöhnend übergab. Ein Mädchen, das ihre Kippe zu Boden fallen ließ, austrat, einen Flachmann zückte und trank. Ihr Lachen klang für ihn wie das einer alten Frau.

„Du nicht!"

Einer der Security-Männer schob ein abgerissen wirkendes Pärchen in die dichte Masse der Menschentraube zurück.

Der Arm des anderen Gorillas bildete eine Sperre ungefähr in Younas' Augenhöhe.

„Du nicht, Opa!"

Rundum Gedrängel.

Younas bekam aus dem Gedränge von hinten einen Stoß und stolperte.

Der Gorilla fing ihn auf. Younas bekam sein Gleichgewicht wieder unter Kontrolle. Im Gesicht des Gorillas vor ihm stand mäßiges Interesse.

Younas' Gedanken rasten. Er griff in seine Manteltasche und förderte einen Packen Scheine zu Tage.

Fünfzig?

Hundert?

Egal.

Er MUSSTE hier herein. Und er wollte kein Aufsehen.

Im Gesicht des Gorillas veränderte sich etwas. Er fischte die Scheine aus Younas' Hand und gab den Weg durch die Tür in einen schlauchförmigen Vorraum frei.

Hitze, Lärm und der Geruch nach Bier, Zigaretten, Parfüm und nackter Haut – so intensiv wie ein Faustschlag. Younas hatte das Gefühl, alles um ihn herum beginne sich zu drehen. Er zwang sich zur Ruhe. Irgendwas streifte ihn: ein Mädchen, Haare, Gesicht, Nacken und das Stück Bauch unter ihrem knappen T–Shirt schimmerten schweißnass. Ihr Anblick ätzte sich brennend heiß in Younas' Netzhaut.

Rote, blaue, gelbe, grüne Lichter, die in einem irre zuckenden Wechsel um sich selbst kreisten.

Schließlich: Ein Mann und eine Frau an einem schmalen hohen Tisch, die damit beschäftigt waren, hereinströmende Besucher nach irgendetwas ABZUTASTEN. Und in Younas' Hosenbund steckte, verdeckt vom Mantel, Halifs Pistole.

Stöße, Rufe und Lachen, als ein weiterer Schub Besucher hinter ihm durch die Tür in den Vorraum drängte.

Es gab Probleme, die wie Betonwände waren und sich nur im Staub und Lärm eines Presslufthammers lösen ließen. Andere hingegen hatten eher die Konsistenz feiner dünner Spinnweben: Bereits ein feiner Luftzug genügte, sie beiseite zu wischen. Doch das Problem der Security-Leute, die an dem Tisch die Discobesucher nach Waffen abtasteten, gehörte zu keiner dieser beiden Kategorien. Dieses Problem war, wenn überhaupt, nur durch schiere Ignoranz zu überwinden.

Eine Gruppe angetrunkener Jungen, die sich an Younas vorbei nach vorn drängelten.

Younas folgte ihnen.

Angstattacken überrannten ihn, so kurz, trocken und heftig wie Maschinengewehrstöße.

Younas nickte dem Mann in dem dunklen T-Shirt mit dem Security-Aufdruck knapp zu, breitete seinen Mantel aus und deutete lächelnd eine sanfte Drehung an.

Der Security Mann winkte ihn ohne ein Wort durch.

Drin.

22 Uhr 21. Boyle parkte Tommys Dienstwagen in zweiter Reihe vor einer Telefonzelle, stieg aus und sammelte Kleingeld aus seinen Hosentaschen. Schon nach dem zweiten Klingeln hob jemand ab.

„Amin."

„Erinnerst du dich an unser letztes Gespräch?"

Pause.

„Ja, Mann."

„Es ist passiert: Jemand hat an meine Tür geklopft."

Pause. Länger als zuvor.

„Wer?"

„Stiller höchstpersönlich."

„Weswegen?"

„Du darfst raten."

„Scheiße."

„Ich hab vielleicht eine Idee. Aber ich brauch noch etwas Zeit. Ich treffe dich zwischen eins und zwei bei Sascha."

„Ich bin dort."

Klick.

Boyle hatte aufgelegt. Draußen hupte irgendein Typ in einem BMW wegen Boyles unkonventioneller Art zu parken.

Boyle stieg in den Wagen. Der Typ hinter ihm zeigte ihm den Stinkefinger. Boyle kümmerte sich nicht darum.

Rauschen und Stimmen im Funkgerät.

Boyle legte einen Gang ein und gab Gas. Der Motor des Opels stöhnte genervt auf.

„… angeblicher Schusswaffengebrauch im Gewerbegebiet Ost", knisterte es aus dem Funkgerät. Boyle, der nicht sicher war, richtig verstanden zu haben, drehte das Funkgerät lauter.

„… möglicherweise Tötungsdelikt. Ich brauche zwei Wagen vor Ort. Vorsicht Schusswaffengebrauch …"

Die Ampel vor ihm wurde gelb, dann grün. Boyles Wagen blieb, wo er war. Ein Lieferwagen hinter ihm hupte.

Zwei Tötungsdelikte mit Schusswaffengebrauch in einer Nacht waren ungewöhnlich. Zu ungewöhnlich, um bloßer Zufall zu sein.

Boyle fragte in der Zentrale nach.

„… die Firma heißt *Safe Control*. Einer der Angestellten hat sich bei uns gemeldet. Gibt an, der 18-jährige Sohn seines Chefs sei erschossen worden. VOR SEINEN AUGEN."

Boyle dachte nach.

„Treibt Tommy Graf auf. Er muss irgendwo bei euch im Präsidium sein. Sagt ihm, ich bin im Gewerbegebiet Ost. Ich brauche ihn dort."

Boyle kappte die Verbindung und schaltete die Sirene ein.

Der Lieferwagenfahrer hörte auf zu hupen.

Während der Fahrt hinaus ins Gewerbegebiet Ost, rollten immer wieder dieselben Fragen durch Boyles Hirn: Zwei Jungen, die am selben Abend kurz nacheinander erschossen wurden? Das sprengte jede Statistik. Es sei denn, es existierte ein Zusammenhang zwischen den beiden. Doch was hatte Stillers Stammhalter mit diesem zweiten Jungen im Gewerbegebiet zu tun? Oder irrte er sich? War es doch nur ein Zufall? Nein, dachte Boyle, solche Zufälle gab es nicht.

Auf dem Parkplatz der Firma standen eine Ambulanz und drei Streifenwagen.

Boyle stoppte den Opel direkt vor dem Haupteingang, knallte die Wagentür zu und betrat das Büro.

„Hallo Boyle. Was machst du denn hier?" Bormann vom 4. Revier klappte sein Pistolenholster zu. Boyle kannte ihn aus der Zeit, als er wie alle anderen nach der Polizeischule sein Jahr bei der Bereitschaftspolizei abgerissen hatte.

„Bin seit heute bei der MoKo. Was ist passiert?" Boyle reichte Bormann die Hand.

„So was hab ich in dreißig Dienstjahren noch nicht erlebt. Der Tote ist der Sohn vom Chef dieses Ladens. Hat sich hier freitagnachts mit dem Telefondienst angeblich sein Taschengeld aufgebessert. Eigentlich hätte er allein hier sein sollen. Aber einer der Angestellten hatte Ärger mit seinem Dienstwagen und ist zur Zentrale zurückgekommen. Er heißt Reiche. Ist völlig durch den Wind. Der Arzt kümmert sich gerade um ihn. Reiche kommt gerade durch die Tür, da hört er irgendwen aus dem Duschraum um Hilfe rufen. Und das um zehn Uhr abends. Der Junge ist aus dem Büro raus und stellt sich vor den Duschraum in den Gang. Wieder die Hilferufe. Reiche und der Junge schließen die Tür auf und gehen rein. Hinter der Tür steht ein Kerl mit 'ner Wumme. Reiche hält ihn für 'nen Einbrecher und will ihn beruhigen. Aber der Kerl antwortet nicht, sondern knallt den Jungen einfach ab. Fesselt Reiche anschließend mit dessen eigenen Handschellen und haut ab. Mann, Boyle, das muss man sich mal reinziehen: Der Typ steht da hinter der Tür, schreit um Hilfe und wartet seelenruhig ab, bis er zum Schuss kommt. Das muss selbst für Hamburg echt 'ne Premiere sein!"

Boyles Hirn: KLICK. KLICK. KLICK.

„Was machst du nun hier, Boyle?"

„Hab ich doch schon gesagt: Bin seit heute Nacht bei der MoKo."

Boyle drängte sich an Bormann vorbei.

„Wo ist unser Zeuge?"

Bormann wies auf eine Tür rechts ein Stück den Gang herunter. In dem Raum: helle Wände, helle Plastikschreibtische, zwei rötlich braune Drehstühle und ein blaues Metallregal. An der Wand hing ein Werbekalender mit einer halbbekleideten Blondine, die sich über dem Firmenlogo rekelte.

Der Notarzt war jung, braungebrannt, dunkelhaarig und packte gerade Spritzbesteck und Stethoskop wieder in seine Tasche.

Reiche selbst saß in eine silbern glänzende Wärmedecke gehüllt auf einem der Drehstühle und starrte völlig teilnahmslos auf die Wand.

„Ich muss mit ihm sprechen."

Der Arzt zuckte die Achseln.

„Versuchen Sie es."

Boyle ging vor Reiche in die Hocke und blickte ihn freundlich lächelnd an. „Ich bin Hauptkommissar Lewis Boyle. Würden Sie mir ein paar Fragen beantworten, Herr Reiche?"

Keine Reaktion.

„Herr Reiche, verstehen Sie mich? Ich bin Polizist. Was ist passiert?"

Nichts.

Boyle wandte sich an den Arzt. Der zuckte bedauernd die Achseln. „Er hat einen Schock. Physisch scheint er so ziemlich auf der Höhe. Aber was den Rest angeht – das ist nicht mein Gebiet. Kann aber unter Umständen noch Stunden dauern, bis er wieder ansprechbar ist."

Mist. Was Boyle so gar nicht hatte, war Zeit.

„Geben Sie ihm irgendwas. Holen Sie den Mann zurück. Er ist ein wichtiger Zeuge. Wir brauchen seine Aussage."

Der Arzt schüttelte den Kopf. „Vergessen Sie es."

Boyle hatte genug. „Hören Sie, ich hatte heute Nacht schon einen Toten. Das hier ist Nummer zwei. Und keiner ist scharf auf noch einen. Irgendwo in der Stadt läuft ein Irrer herum, der Leute erschießt. Unser Taubstummer hier ist der Einzige, der ihn vielleicht beschreiben kann. Also tun Sie was und machen Sie mir meinen Zeugen gefälligst wieder flott!"

„Ich werde nichts tun, was den Mann in Gefahr bringt."

Boyle sah ein, dass der Arzt meinte, was er sagte. Er trat an den Tisch mit der Arzttasche und öffnete sie. Das Einzige, was er über Schockzustände wirklich sicher wusste war, dass sie irgendetwas mit dem Blutkreislauf zu tun hatten. Es musste irgendein Mittel geben, das Reiches Kreislauf so sehr ankurbelte, dass er wieder ansprechbar wurde. Im Koffer fand Boyle sterile Spritzen und Adrenalin. Er befreite sie von ihrer Verpackung, stach dann eine der feinen Spritzennadeln in den Deckel einer Adrenalineinheit.

Der Arzt sah ungläubig Boyles Treiben zu. Das ging offenbar über seinen Verstand. Er wurde bleich. „Sie bringen ihn ja um!", rief er schließlich.

Boyle ignorierte den Protest des Arztes und zog in aller Ruhe die Spritze auf.

„Wie viele Einheiten? Zwei? Bloß eine?"

Im Blick des Arztes stand Panik. Er stieß Boyle beiseite und wühlte selbst in seiner Tasche.

„Keine Psychopharmakascheiße, Doktor. Vollgedröhnt nützt er mir nichts."

Zwanzig Minuten später kam Tommy Graf. „Haffner hat sich von Stiller eine Liste geben lassen: sämtliche Irre der Stadt, plus die üblichen Gangstergrößen und ein paar Kanaken, die das LKA für Terroristen hält."

Tommy beugte sich über den toten Jungen. Kam wieder hoch und sah Boyle an. „Wenn du mich fragst: Bockmist. Weder das hier noch Stillers Junge gehen auf das Konto von irgendeinem Irren. Und von Terroristen schon gar nicht. Die stehen nur auf den ganz großen Bums"

So in etwa sah Boyle das auch. „Haben die Befragungen in Stillers Straße was gebracht?"

„Nein. Keiner hat was gesehen. Keiner hat was gehört. Das reinste Sizilien. Alles was Haffner hat, ist ein Hinweis auf einen verbeulten Toyota, den eine Oma drei Häuser weiter angeblich gesehen haben will."

Boyle stieg über das rot-weiße Absperrband und trat an einen der Kriminaltechniker heran.

„Habt ihr schon irgendwas für mich?"

Der Techniker wies auf einen seiner Kollegen, der gerade dabei war zwei Patronenhülsen einzutüten.

„War sicher 'ne 9 mm Para. Macht nicht viel Dreck,

ist nicht übermäßig laut, aber haut auf kurze Entfernungen genauso hässlich rein wie 'n Gewehr."

Wieder ein KLICK in Boyles Kopf: kurze Entfernung. Ihr Killer mochte es direkt. Die meisten Leute, denen er einen Mord zutraute, hätten es umgekehrt gemacht. Seinem Opfer beim Sterben zuzusehen, erforderte eine ganz SPEZIELLE Sorte Mut.

Es sei denn …

Tommy Graf ging sich einen Kaffee aus dem Automaten im Flur ziehen.

Boyle folgte ihm. In seinem Kopf: Es sei denn … was?

„Mir auch einen."

Tommy ließ eine zweite Münze in den Schlitz klimpern.

„Das kann kein Zufall gewesen sein."

Boyle schlürfte seinen Kaffee. Er hätte längst mit Teddy reden sollen. Er hätte längst nach Bellinis Ergebnissen fragen sollen. Stattdessen hing er hier herum und tat genau das, was Stiller von ihm erwartete: Er suchte einen Mörder.

Draußen rollte Haffners dunkelblauer Passat in den Hof. Haffner war nicht allein: Mit ihm stiegen auch seine beiden Schatten Stolze und Geist aus dem Wagen.

Der Ärger, mit dem Boyle gerechnet hatte, sobald er Haffners Wagen im Hof auftauchen sah, ließ nicht lange auf sich warten.

Brüsk forderte Haffner Boyle auf, ihn über die Geschehnisse zu informieren. Befahl ihm dann, beinah noch im selben Satz, mit Tommy Graf zusammen ins Präsidium zurückzufahren, um dort einen Bericht zu tippen und auf weitere Anweisungen zu warten.

Stolze grinste. Sein Kumpel Geist tat so, als ginge ihn nichts irgendetwas an.

Boyle hatte nur eine Chance, solange er Stiller UND Haffner immer um einen Schritt voraus war.

Daher: lügen – und zwar auf Teufel komm raus. Und doch unter den Lügen, die er Haffner auftischte, immer wieder dieselbe Frage: Es sei denn … was?

Antwort: Es sei denn … das Ganze war etwas *Persönliches*. Die meisten Mörder brachten nicht den Mut dazu auf, ihrem Opfer ins Gesicht zu sehen. Es sei denn, es war genug Hass im Spiel. Und Hass war immer etwas Persönliches. Kam wahrer Hass ins Spiel, dann war es auch Teil der Befriedigung des Mörders dem Opfer ins Gesicht zu blicken, während es starb.

„Der Zeuge wirkte durcheinander. War kaum ansprechbar, als ich ihn antraf. Er ist derzeit auf dem Weg ins Krankenhaus. Der Schock."

Haffner schluckte es. Stolze trippelte zum Klo. Geist zog sich einen Kaffee.

Erst mal weg hier. Alles Weitere würde sich dann schon finden.

Tommy lenkte den Opel an den Streifenwagen vorbei auf die Straße.

„Wohin? Präsidium?“

Boyle war in der knappen Beschreibung versunken, mit der Reiche nach der Spritze, die der Arzt ihm verpasst hatte, schließlich herausgerückt war: Ein Kanake, um die vierzig, dunkle Haare, VIELLEICHT dunkle Augen, trägt MÖGLICHERWEISE einen dunkelblauen Mantel.

Zitat von Bormann, dem Streifenbeamten: „Der Typ stand hinter der Tür vom Duschraum und hat um Hilfe gerufen. Der wartet seelenruhig hinter der Tür und ruft um HILFE.“

In Boyles Kopf KLICK: Der Kerl war kreativ. Der Kerl hatte eine erschreckend exakte Fähigkeit, sich in andere HINEINZUVERSETZEN.

Immer schon teilte Boyle sich seine Kundschaft in vier Gruppen ein: Idioten, blöde Schweine, arme Schweine und Kriminelle. Wobei sich die Kriminellen wiederum in drei weitere Gruppen aufspalteten: Gelegenheitskriminelle, unabhängige Berufskriminelle und Gangster. Die Gangster bildeten die absolute Spitze. Doch selbst unter denen gab es höchstens ein oder zwei Prozent, wie Premuda, Halif Kahn oder Teddy Amin, die kein Bulle je zu fassen kriegte.

Und trotzdem sagte Boyles Instinkt, dass ihr Killer irgendwie in keine der üblichen Kategorien passte. Vielleicht war er eine extrem seltene Ausnahme. Ein Amateur, mit Talent und einfach jeder Menge Glück.

Tommy stoppte den Opel an einer Ampel. Boyle

sah zu ihm herüber. „Du fährst ins Präsidium. Ich steig hinterm Tunnel aus."

Doch da war noch etwas anderes, das, je länger er über den Kanakenkiller nachdachte, aus seiner Erinnerung aufstieg. Ein einziges Mal in all den Jahren als Polizist war vor Boyle zwischen der üblichen Tristesse und Hilflosigkeit auch blanker Horror aufgeblitzt.

„Erinnerst du dich an Pepeu?"

Tommy blickte stur geradeaus auf die Straße. „Hab nur davon gehört. Dieser Sektenspinner, der dann im Knast umgekommen ist?"

Boyle nickte versonnen.

„So ähnlich. Er hatte eine Horde Straßenkids, die er auf den Strich schickte. Die meisten waren illegale Schwarze, Thais und Pakistani. Er hat 'ne Menge Geld damit gemacht. Aus dem ganzen Land sind sie zu ihm gekommen. Sein Credo war: Weiß ist immer Scheiß und Farbe immer *beautiful.* Sein Hauptquartier war 'n Plattenbau in Harburg. Alles voller Hühnerblut und Voodoo-Mist, als wir es gestürmt haben. Ich hab ihm damals die Handschellen umgelegt. Die Grünen und das SEK waren ihm egal. Ich nicht. Ich war schwarz. Er hat mich stundenlang mit seinem Voodoozeug belabert. Später in der Zelle haben sie dann 'ne Puppe mit Nadeln drin gefunden, die angeblich mich darstellen sollte. Für ihn war ich der mieseste nur denkbare Abschaum, denn ich war schwarz und hielt es freiwillig mit den Bullen."

Tommy hörte nur mit einem Ohr hin und fuhr mit

dem Opel knapp über der Geschwindigkeitsbegrenzung Richtung City. „Schon 'n herbes Schicksal, Boyle. Du hast mein aufrichtig empfundenes Mitgefühl."

Tommy griff nach einer Kippenschachtel, schüttelte eine heraus, steckte sie zwischen die Lippen und steckte sie mit dem Zigarettenanzünder an. Er musste unter heftigem Stress stehen, dachte Boyle, wenn er wieder mit dem Rauchen angefangen hatte. Auch Boyle steckte sich eine Kippe an und nuckelte eine Weile stumm daran herum.

Diese beiden toten Jungen waren weiß, aber ihr Killer, Reiches Aussage zufolge, ein Kanake – was immer das auch konkret bedeuten mochte.

War es vielleicht das: weiß und reich, gegen arm und Kanake? Hatte da irgendein talentierter Irrer Pepeus Credo wieder aus der Mottenkiste geholt?

Eine unbestimmte Beklemmung legte sich um Boyles Hirn. „Was ist, wenn er sie deswegen mehr oder weniger zufällig auswählt, weil es ihm eigentlich gar nicht um diese Jungen oder ihre Eltern selbst geht, sondern bloß darum, dass sie weiß sind?"

Tommy nahm sich ungewöhnlich viel Zeit für seine Antwort.

„So eine Art Rassending?"

„Ja."

Tommy ging allmählich mit dem Gas runter. „Na ja. Eigentlich unwahrscheinlich, oder? Aber wenn doch, dann haben wir ein richtiges Problem."

Das, fand Boyle, war eher milde ausgedrückt.

Telefonzellen wurden in dieser Nacht für Boyle zu einem Ersatzbüro. Er warf zwei Münzen ein, wählte, wartete das Klicken ab, mit dem sein Anruf irgendwo von irgendeiner Maschine zu der gewählten Nummer durchgestellt wurde.

Saschas Stimme, die vom Discolärm verzerrt, kaum zu verstehen war. „Hallo?"

„Ich bin's ..."

Die Erinnerung an ihren Geruch, die ihm vorkam wie ein Teil aus einem anderen Leben.

„Was ist, Boyle? Der Laden ist voll!"

Blackout. Da war nichts in ihm, das er ihr hätte antworten können. Nur in einem war er sicher: Er wollte ihre Stimme hören. Jetzt.

„Ich bin in der Stadt. Ich weiß nicht ... Ich ... Ach Scheiße ..."

Ihr Atem im Hörer.

„Boyle – WAS ist los?"

„Ich weiß es nicht. Ich ... wollte dich nur hören. Tut mir leid, war wohl 'n Fehler."

„War's nicht. Wo bist du? Du klingst so komisch."

„In 'ner Telefonzelle. Großer Fall. Bin zur MoKo versetzt. Mein Urlaub ist gestrichen."

Ihr Atem im Hörer machte ihn fast WAHNSINNIG.

„Boyle ...?"

KLICK.

Das Letzte, was er hätte ertragen können, wäre, ihr seine Angst einzugestehen.

Der nächste Anruf.

„Stiller."

„Boyle. Pfeifen Sie Haffner zurück. Ich habe eine Spur."

Schweigen.

„Dieser zweite tote Junge?"

„Ja. Ich brauch Bewegungsfreiheit."

„Die kriegen Sie."

KLICK.

Anschließend versuchte Boyle es bei Bellini, doch da meldete sich keiner. Er verließ die Telefonzelle, winkte ein Taxi von der Straße und gab dem Fahrer die Adresse der Eltern des zweiten ermordeten Jungen. Den ganzen Weg bis raus in die Vorstadt fragte er sich, was die beiden Opfer über ihre Herkunft hinaus gemeinsam haben konnten, das irgendwen auf die Idee brachte, sie zu töten? Natürlich nur, falls es sich nicht DOCH um ein Rassending handelte.

22 Uhr 55. Stroboskoplicht, Kunstrauch und hämmernde Beats, die Younas nie und nimmer als Musik eingestuft hätte.

Unsicher sah er sich auf der Suche nach dem Ursprung von Licht und Lärm um. Irgendwo dort musste der Junge mit den rotgefärbten Haaren sein.

„Hast du 'ne Kippe?", fragte ihn ein pummeliges Mädchen in einer knallroten Hose, so eng, dass sie die Fettpolster an Hüfte und Bauch zu zwei festen Ringen zusammendrängte. Ihr Oberteil war auch nicht wirklich besser. Es sah aus, als sei es in einen Reißwolf geraten, bevor sie es sich über ihre beachtliche Oberweite und die Bauchspeckröllchen gezwängt hatte. Ihre langen blonden Haare waren zu einem wirren Turm aufgesteckt.

„'ne Kippe? Oder rauchste etwa nicht?“, setzte das Pummelchen nach. Ihre blaugrauen, lebhaften Augen bissen sich in Younas' Gesicht fest.

Younas, dem seine Umgebung wie ein Blick in den Wartesaal der Hölle anmutete, schüttelte den Kopf.

Plötzlich traf ihn ein harter Stoß.

Verwirrt taumelte er ein paar Schritte voran.

Stieß an andere Körper.

Taumelte weiter.

Wurde weggestoßen, traf auf weitere Körper und wurde erneut weitergestoßen.

Rotes, blaues, gelbes, grünes Licht, das die Gestalten, der um ihn Stehenden in buntes Rauschen verwandelte. Ein plötzlicher Einfall brachte ihn dazu, nach Brieftasche und Pistole zu tasten.

Beides war verschwunden.

Er war auf den ältesten Trick der Welt hereingefallen: Das pummelige Mädchen zieht seine Aufmerksamkeit auf sich, ihr Partner rempelt ihn an und während er überrascht sein Gleichgewicht wiederzufinden sucht, greift das Mädchen ihm in die Tasche.

Es wäre lächerlich, hätte sie nicht zusammen mit seiner sowieso leeren Brieftasche nicht auch die Pistole genommen.

Younas' Geld steckte jedenfalls immer noch in der Manteltasche. Alles, was das pummelige Mädchen und ihr Partner außer der Pistole erbeutet hatten, war eine speckige Brieftasche mit Fotos von Aziza und Sertab und jeder Menge alter Tank- und Aldi-Quittungen.

Younas sah sich um.

Rechts von ihm führte eine breite Treppe auf eine Galerie. In all dem Kunstnebel unmöglich zu sehen, wie es von dort aus weiterging. Und wenn sie doch noch irgendwo hier unten war?, fragte er sich, während er mühsam die Tanzfläche zu überqueren versuchte.

Nur weil er selbst dazu geneigt hätte nach oben zu verschwinden, hieß das noch lange nicht, dass das Mädchen und ihr Partner dasselbe getan hatten. Trotzdem musste er irgendwo beginnen.

Ein betrunkener Junge in Jeans und schwarzer Lederjacke verschüttete sein Bier über Younas' Mantel und begann nach einer Schrecksekunde mit weit aufgerissenem Mund zu lachen.

Younas drängte weiter. Der lachende Junge war nur noch ein Schemen. Andere Gesichter, andere Körper, andere Augen, an denen vorbei er sich zur Treppe schob.

Der Kunstnebel drohte ihm den Atem zu nehmen. Endlich die ersten Treppenstufen.

Die breite Treppe war bevölkert von lachenden, trinkenden und sich umarmenden Discobesuchern.

Plötzlich das sanfte Lächeln eines Mädchens und die großen ungläubig geweiteten Augen des Jungen neben ihr. Die Unschuld im Blick dieses Mädchens irritierte ihn.

Weiter. Er musste weiter.

23 Uhr 00. Zwei Grüne warteten bei ihrem Streifenwagen, als Boyle vor dem Haus des zweiten toten Jungen aus dem Taxi kletterte.

„Keiner da."

Vom Haus war nicht viel mehr als ein eisernes Tor zu erkennen, das auf einen gewundenen Kiesweg führte.

„Die haben 'ne Gegensprechanlage. Die Haushälterin meint, ihre Herrschaft sei zu 'ner Varnissage im Kunsthaus."

„Vernissage. Es heißt Vernissage nicht Varnissage."

„Wegen mir."

„Was is nu? Solln wir reingehen, hier warten, oder was?"

„Hast du ihr schon irgendwas gesagt?"

Der ältere der beiden Beamten schüttelte den Kopf.

„Dann übernehme ich das. Ihr bleibt hier. Und bis ich zurück bin, kommt mir keiner außer den Eltern durch dieses Tor, verstanden?"

Der Ältere der beiden schüttelte den Kopf. „Dasselbe hab ich vor zwei Minuten schon von Bulldogge Haffner gehört. Der will sich das hier persönlich anschauen!"

In Boyles Augen lag ein dunkler Schimmer. „Keiner heißt keiner – kapiert? Wenn Bulldogge Haffner Schwierigkeiten macht, soll er sich bei Stiller beschweren."

Abrupt wandte Boyle sich ab und trat ans Tor, wo er auf die Klinke der Tür drückte und sich den Kiesweg hinunter zum Haus aufmachte.

„Arroganter Niggerarsch", flüsterte der ältere der beiden Beamten.

„Was jetzt?", fragte sein Kollege.

„Funk Bulldogge Haffner an. Sag ihm, dass der Nigger schneller war."

Das Haus war ein großer wilhelminischer Kasten, unübersichtlich, kalt und ganze drei Stockwerke hoch. Die Haushälterin war eine zarte Brünette, keine fünfundzwanzig Jahre alt. Sie trug samstags nach elf immer noch eine weiß-blaue Uniform.

Boyle stellte sich vor.

„Was ist denn passiert? Wir hatten noch nie die Polizei im Haus."

Boyle erzählte ihr, was geschehen war. Er hasste diesen Teil des Jobs. Manchmal, wenn er Angehörigen mitteilte, dass irgendwer, der ein wichtiger Teil ihres Lebens gewesen war, tot war, sahen sie ihn an, als sei er selbst ein Mörder.

„Ich muss sein Zimmer sehen."

Das Mädchen starrte ihn einen Augenblick verwirrt an und trippelte schließlich auf eine breite mit grünlichem Teppich belegte Treppe zu. Im ersten Obergeschoss angekommen, gingen sie zwei lange düstere Flure entlang, bis das Mädchen vor einer Tür stehen blieb.

„Hier."

Boyle legte die Hand auf die Klinke.

„Dürfen Sie das eigentlich? Ich meine, geht das einfach so ...?"

„Ja."

Es waren vier Zimmer, so clean und aufgeräumt, dass Boyle sich fragte, ob das Mädchen ihn nicht zur falschen Tür geführt hatte.

Gleich darauf entdeckte er jedoch ein mit Autogrammen versehenes Metallica-Poster über dem Kamin. Man hatte es hinter Glas in einen Rahmen gesteckt und wie einen Picasso über dem Kamin aufgehängt. Unmöglich, dass der Junge das selbst getan haben sollte. Vielleicht waren Poster und Rahmen ein Geschenk seiner Eltern.

Unwillkürlich kehrte die Erinnerung an den Verschlag in Teddy Amins Wohnung zurück, in den er sich manchmal zurückgezogen hatte, wenn seine Mutter so betrunken war, dass er den Anblick einfach nicht mehr ertragen konnte. Die Joints, die sie dort auf dem durchgewetzten Teppich geraucht hatten, die Pin-ups an den Wänden und die wackeligen Stühle und Schränke, unter denen sie in alten Bananenkisten ihre Pornohefte und Automagazine vor Teddys Altem versteckt hatten.

Dagegen das hier, diese vier Zimmer, die so sauber und unpersönlich wirkten wie ein OP-Saal. Entweder war dieser Junge heftig krank oder er hatte irgendwo eine zweite Absteige, in der er nicht nur einfach existierte, sondern wirklich LEBTE.

Boyle begann dennoch Schubladen und Schränke zu öffnen. Schulzeug, Lehrbücher, Hefter – so ordentlich und sauber, dass Schubladen und Schränke eher an das Büro eines Buchhalters oder Rechtsanwalts erinnerten. Keine Bilder, keine CDs, keine zerlesenen Playboyhefte, nicht einmal ein Computer, MP3-Player oder Fernseher.

Boyle verbrachte über zwanzig Minuten in den Zimmern des toten Jungen, bis er schließlich doch noch über etwas stolperte.

23 Uhr 11. Man hatte zwei riesige Plastikpalmen neben die grob aus Bambusstangen gezimmerte Bar platziert und das dann „Aloha-Corner" genannt. Aus den Lautsprechern drang Reggae und die Barfrau trug ein buntes, unter der Brust verknotetes Hawaiihemd. Fünf Jungen hielten sich lustlos an mit Strohhütchen verzierten Cocktails fest.

Younas war seit Stunden unterwegs. Er hatte zwei Menschen getötet. Er hatte in die Augen dieses knienden Mannes gesehen und immer noch sein Flehen im Ohr. Er war zu diesem Ort gefahren. Er hatte viel Geld ausgegeben, um hierein zu kommen. Und das alles nur, um sich wie ein Dummkopf von diesem pummeligen Mädchen seine Waffe klauen zu lassen.

Er schwitzte. Er stank. Er war hungrig. Er hatte keine Ahnung wie es weiter gehen sollte. Er brauchte einen Drink.

Die Barfrau schien froh, den trägen Anmachen eines der Jungen entkommen zu können.

„Whiskey, Cola – zwei Gläser – ja?“, bat Younas.

Verwundert sah die Barfrau Younas an.

„Will Scotch in ein Glas – Cola in anderes. Nur ein Eis in Whiskey – ja?“

Die Barfrau nickte, lächelte weich, wandte sich ab, suchte Gläser, Eis und eine Scotchflasche zusammen.

Eine Minute darauf: zwei Gläser auf der Theke.

Younas trank und nickte der Barfrau lächelnd zu.

„Frage ...“

Die Augen der Barfrau zogen sich skeptisch zusammen.

„Suche DJ, hat rote Haare. Ist Freund von meiner Tochter. Hat bei ihr Führerschein vergessen. Will ihm geben zurück, ja?“

Er war ein 43 Jahre alter Kanake in einem langen, dunklen Mantel – aber mit einem leisen Lächeln in den dunklen traurigen Augen. Diese Barfrau war ein paar Jahre zu alt, um gern in einem Laden wie diesem zu arbeiten. Vielleicht war es einfach nur das.

„Wenn sie nicht gerade auflegen, hocken die DJs zusammen in der Garderobe. Ganz oben, an der Klotür vorbei, den Gang bis zum Ende, dann die letzte Tür rechts."

Younas kippte den Scotch hinunter, spülte gleich darauf mit Cola nach und legte einen Zwanziger auf die Theke.

Die Barfrau deutete eine Verbeugung an, bevor sie den Schein krallte und, ohne den Umweg über die Kasse, in der Tasche ihrer engen Jeans verschwinden ließ.

Als Younas auf die Empore zurücktrat, meinte er, alles um ihn herum beginne sich zu drehen.

Lichter, Lärm und Hitze. Dazu der Scotch auf leeren Magen. Younas hatte das Gefühl in einen bunten Abgrund zu stürzen. Er blieb stehen und atmete ein paar Mal tief durch. Es wurde besser.

Ganz oben, hatte sie gesagt, an der Klotür vorbei, den Gang bis zum Ende, dann die letzte Tür rechts.

Ein kurzgeschorener Teenager in einer an Knien und Schenkeln zerrissenen Jeans rief erregt nach dem glatzköpfigen Security, der sich auf halber Treppe suchend umschaute.

Younas' Blick blieb auf dem Jungen haften. Sein Instinkt schlug an. Er drängte sich an einer Gruppe Mädchen vorbei, zu ihm durch.

Einer der Rausschmeißer war jedoch schneller. Eine grimmige Geste, die den Jungen zu irgendetwas aufforderte.

Zwei Stufen weiter.

Drei.

Younas war nah genug, um hören zu können, worüber der Junge mit dem Security-Typen sprach.

„Mein Geld, meine Autoschlüssel – alles weg. Was is'n das für 'n scheiß Laden, wenn sie einen hier beklauen?"

Der Rausschmeißer blieb ruhig.

„Wer hat dich beklaut?"

Der Kurzgeschorene begann aufgeregt herumzufuchteln.

„Ne Tucke. Fett. Blond. Mit 'nem langen Mantel. So glänzend, gruftimäßig, verstehste? Hat mich oben an der Bar angerempelt. Dann wollte ich löhnen, da waren meine Asche und der Autoschlüssel weg. Ich will meinen Autoschlüssel zurück, Mann!"

„Scheiße. Schon wieder", stöhnte der Gorilla und griff nach dem Funkgerät an seinem Gürtel.

„Haste gesehen, wo die Tucke hin ist?".

„Nee. Aber hier runtergekommen isse nich. Das hätte ich gesehen, Mann."

Die Worte des kurzgeschorenen Halbwüchsigen flossen durch Younas' Hirn. Stauten sich, wurden reflektiert und mündeten schließlich in zwei klar umrissenen Erkenntnissen: Dieses Mädchen, die den Jungen bestohlen hatte, war dieselbe, die auch seine Pistole hatte.

Doch diese halbe Portion irrte sich. Ausgeschlossen, dass sie so blöd gewesen sein sollte, auf der oberen Etage der Disko untätig abzuwarten, bis irgendwer nach ihr suchen kam.

Younas blendete Lärm, Lichter, Rufe und Gerüche um sich herum aus und lief die Treppe wieder hinab.

Sie musste dort unten sein. Der blonde Junge hatte von einem langen Mantel gesprochen, den die Diebin getragen haben sollte. Nur hatte sie vorhin ein zerfetztes T-Shirt angehabt und keinen Mantel dabei.

Irgendwo musste sie sich umgezogen haben. Irgendwo hier musste es einen Ort geben, an den sie sich zwischen ihren Raubzügen ungestört zurückziehen konnte.

Die Tanzfläche: brodelnd von Schweiß, Sex und Lärm.

Younas atmete tief durch, konzentrierte sich und blickte über den weiten Saal.

Da war eine schmale Tür beim Eingang zu den Klos. Ein schief hängendes Schild daran: Privat.

Younas beschloss, besser nicht erst anzuklopfen.

Ein Abstellraum: schwarze, grüne, blaue Metallspinde, am Boden ein zerbrochenes Waschbecken, dazu jede Menge übereinander gestapelte Tische und Stühle. Spärlich beleuchtet vom zuckenden Diskolicht, das durch die Tür fiel. Younas trat einen Schritt in den Raum hinein. Tastete neben der Tür nach einem Lichtschalter.

Etwas sprang ihn aus dem Schatten heraus an. Gerade, dass er noch seine Hände hochreißen konnte, um sein Gesicht zu schützen.

Jenes Etwas umschlang Younas' Hals und Taille. Ein irrsinniger Schmerz schoss durch sein rechtes Ohr.

Schwerer Atem. Schweiß und Angst.

Panik.

Unerwartet spürte er die Wand in seinem Rücken. Younas stieß sich von ihr ab und fiel samt dem Angreifer vornüber ins Dunkle. Sein Gegner stieß überrascht einen dumpfen Schrei aus.

Younas' Ohr pochte und etwas klebrig Warmes tropfte daraus hervor.

„Lass los!" Die Stimme des pummeligen Mädchens.

Sein Arm legte sich auf ihre Kehle.

„Ruhig." Younas' Stimme war nur ein gefährliches Zischen.

„Ich schrei den Laden zusammen! Was meinste, was die hier mit Kanakenvergewaltigern machen?"

Statt einer Antwort erhöhte Younas den Druck auf die Kehle des Mädchens.

„Wo ist?"

Zucken und Strampeln. Er schloss die Augen – schlug auf irgendeinen Punkt der sich unter ihm windenden Masse.

„WO?"

Einige krampfartige Zuckungen. Dann – nichts.

Plötzlich ein Tritt nach Younas' Genitalien, abgelenkt von seinem Schenkel.

Rot-gelbe Bälle explodierten in ihm und forderten ihn zu einem weiteren Schlag heraus.

Das pummelige Mädchen bäumte sich noch einmal auf und fiel zurück.

Stille.

Younas glitt von dem Mädchen herab. Seine Finger fuhren über ihren Hals und suchten einen Puls. Verharrten, sobald sie unter weicher Haut leises, gleichmäßiges Beben verspürten.

Er stand auf und machte sich zum zweiten Mal auf die Suche nach einem Lichtschalter. Fand ihn. Drückte darauf – eine nackte Glühlampe verbreitete trübes Licht.

Das pummelige Mädchen lag zusammengekrümmt und flach atmend auf dem Boden. Unwahrscheinlich, dass in nächster Zeit Gefahr von ihr ausgehen würde.

Einer der Spinde erregte Younas' Aufmerksamkeit. Alle anderen schienen entweder verschlossen oder waren wie überdimensionale Legosteine im hinteren Teil des Raums achtlos übereinandergestapelt.

Dieser jedoch nicht. Sorgsam war er an ein Stück freie Wand gerückt. Ein kleines Vorhängeschloss hing von dem Riegel herab, mit dem er verschlossen wurde.

Unterdrücktes Stöhnen. Das pummelige Mädchen rührte sich. Am Boden neben der Tür lag eine Rolle rot-weißes Plastikabsperrband.

Younas beugte sich herab, griff nach dem Band, trat zwei Schritte zu dem Pummelchen, griff fest nach ihren Armen und schlang das Plastikband ein paar Mal um ihre Handgelenke. Er benutzte seine Zähne, um es zu zerreißen und die Fessel schließlich mit einem Knoten zu sichern.

Younas war sicher, sie war zu clever, jetzt noch um Hilfe zu rufen.

Das pummelige Mädchen öffnete die Augen. Younas fing ihren Blick auf. Legte den Zeigefinger über seine zusammengepressten Lippen.

Er trat zu dem Spind, der zuvor seine Aufmerksamkeit erregt hatte. An der Innenseite der Spindtür waren zwei Blechhaken, an denen ein langer glänzender Plastikmantel hing, daneben war eine Aldi-Tüte voll verschiedener Perücken.

Im Spind selbst: Mobiltelefone, Brieftaschen, Kreditkarten, ein Paar Lederturnschuhe und zwei Rucksäcke, deren Inhalt Younas nicht erriet. Aber er fand auch ein sorgsam in einen Schal gewickeltes Paket.

Er zog es hervor. Wickelte es aus: die Pistole. Sie war gesichert und man hatte das Magazin herausgenommen.

23 Uhr 15. Auf dem Foto waren vier Jungen zu sehen, die sich vor einem auffällig rot lackierten Freelander lachend gegenseitig umarmten. Zwei von ihnen hatte Boyle in dieser Nacht in einen Plastiksack wandern sehen.

Da war die Verbindung, nach der er gesucht hatte.

Das Hausmädchen wirkte immer noch erstaunlich ruhig.

Boyle zeigte ihr das Foto.

„Ich kenne nur zwei. Das Gesicht des dritten sagt mir nichts. Der mit den roten Haaren macht Musik.

Oder vielleicht ist er auch DJ. Ich weiß nicht mehr so genau. Jedenfalls haben die beiden Jungs sich über Musik unterhalten, wenn er mal hier war."

„Den Namen kennen Sie nicht?"

Abwesender Blick an Boyle vorbei. Dann zögerndes Kopfschütteln. „Unser Junge, der Claas, hat ihn, glaub ich, Elvis genannt. Weiß Gott wieso. Wie Elvis sieht der nun wirklich nicht aus."

„Erinnern Sie sich! Jede Kleinigkeit kann mir weiterhelfen. Ich muss den Jungen finden. Wahrscheinlich ist er in Lebensgefahr und weiß nichts davon."

„Tut mir leid. Mehr weiß ich wirklich nicht." Das Bedauern in ihren Augen war echt.

Boyle fragte nach einem Telefon. Das Hausmädchen führte ihn nach unten in die Halle zurück.

Boyle steckte das Foto in die Jacke und wählte Tommy Grafs Nummer. „Ich hab was."

Ein fordernder Seitenblick auf das Hausmädchen. „Wo ist diese Vernissage, zu der Ihre Herrschaft gegangen ist?"

Ihre Herrschaft, dachte er, das klang ja wie im Mittelalter. Doch das Hausmädchen schien keinen Anstoß daran zu nehmen.

„Nicht hier in der Stadt. Sie sind gestern losgefahren und wollten morgen Nacht zurück sein. Er sammelt Kunst."

Boyle wandte sich wieder Tommy Graf zu.

„Ich treffe dich im Präsidium. In 'ner halben Stunde."

Boyle legte auf.

„Ich nehme das Foto mit. Sie kriegen es zurück. Vorm Tor warten zwei meiner Leute. Ich werde einen von ihnen hereinschicken. Keiner rührt mir Claas' Zimmer an. Sie nicht. Seine Eltern nicht. Verstanden?"

Etwas irritierend Weiches schlich sich in den Blick des Hausmädchens.

„Was?" Boyles Stimme wirkte kratziger.

Das Hausmädchen zupfte unsicher an ihrer Schürze herum. „Ähm ... ich ... und Sie sind wirklich von der Mordkommission?"

„Ja. Wieso?"

Immer noch dieser irritierend weiche Blick. „Ich hab Sie auf den Plakaten gesehen. Sie wissen schon: EINER VON UNS. Ich ... na ich dachte nur, Sie seien 'n Model, oder so was. Aber nicht echt."

„Ich bin echt." Das zaghafte Lächeln, das Boyle dazu aufsetzte, schien sie zu ermutigen. Sie ließ ihre Schürze, Schürze sein und strich sich stattdessen mit halb geöffnetem Mund durchs Haar. „Ich bin erst ein paar Wochen hier. Ich kenne so gut wie keinen in der Stadt. Wenn Sie also mal ... Na ja, dienstags und sonntags hab ich frei. Hinterlassen Sie auf dem Anrufbeantworter einfach 'ne Nachricht für Sophie."

Tommy Graf hatte einen Ausdruck für Frauen wie sie: Bullengroupie. Doch vielleicht war dieses Hausmädchen ja wirklich nur allein und genervt von diesem dunklen Kasten von Herrenhaus, in dem sie eingesperrt war.

„Tut mir leid. Meine Tanzkarte ist voll."

Schmollmund. Augenaufschlag.

„Schade. Aber Sie wissen ja jetzt, wo Sie mich finden", grinste das Hausmädchen.

Boyle trat durch das schmiedeeiserne Tor auf die Straße. Die beiden Beamten, die er zu warten verdonnert hatte, waren nicht mehr allein.

Bulldogge Haffners dunkelblauer Passat stand quer zum Tor in der Auffahrt. Er selbst lehnte, eine Zigarette in den Mundwinkel geklemmt, an der Fahrertür. Kein zweiter Blick nötig. Bulldogge Haffner war sauer.

„Verpisst euch", zischte er dem älteren der beiden Streifenbeamten zu.

Gehorsam griff der nach dem Arm seines Kollegen und zog ihn von Haffners Wagen weg.

„Du bist fertig, Nigger. Ich kann beweisen, dass du trotz der Nachrichtensperre mit der Bellini von der *Abendzeitung* kungelst."

Jeder hochrangige Polizist hatte seine Beziehungen zu Zeitungen und Fernsehen. Haffner bildete da keine Ausnahme. Durchaus möglich also, dass irgendwie etwas von Boyles Deal mit Bellini zu ihm durchgesickert war. Lähmende Angst jagte durch Boyles Hirn.

Haffners Grinsen war so breit und siegessicher wie die Vorderfront eines Sattelschleppers.

Boyles Angst machte Entschlossenheit Platz. Er hakte seinen Blick in Haffners wässrige Insektenaugen.

„Leck mich am Arsch. Ein für alle Mal."

Boyle wandte sich ab und sah sich nach den beiden Kollegen um, die sich ein paar Meter weiter unschlüssig an ihrem Streifenwagen herumdrückten.

„Einer von euch geht rein. Das Hausmädchen weiß Bescheid. Keiner betritt mir das Zimmer des Jungen, kapiert? Keine Eltern. Kein Hausmädchen. Und vor allem – keine Bullen."

Die Blicke des Jüngeren der beiden huschten hilfesuchend zwischen seinem Kollegen, Haffner und Boyle hin und her.

„Tut, was er sagt!", meinte Haffner.

Der Ältere der beiden Beamten löste sich zögernd von seinem Kollegen, trat auf das Tor zu und klingelte.

Haffners Totschlägerhand schloss sich um Boyles Arm.

„Nur damit's hier keine Missverständnisse gibt: Das ist 'ne Festnahme, Boyle."

Beckers Schlips hing ungebunden über seiner speckigen Weste und unter den Hosensäumen ragten verschiedenfarbige Socken hervor. Irgendwer hatte ihn vom Fernseher weg ins Präsidium geklingelt.

Bulldogge Haffner lehnte mit ausdruckslosem Gesicht neben der Tür an der Wand von Beckers Büro.

Boyle saß auf dem Stuhl vor Beckers Schreibtisch und Tommy Graf hockte halb auf einem niedrigen Blechaktenschrank.

„Hör zu, Bulldogge. Solange du es nicht hieb- und stichfest beweisen kannst, ist mir scheißegal, ob du in deinem Bericht schreibst, dass Boyle mit irgendwem von der Presse kungelt. Nicht egal ist mir, dass du, ohne mich zu informieren, einen meiner Leute festnimmst und von einer wichtigen Ermittlung abziehst."

„Lies doch den Bericht, Becker! Hätte ich weiter zusehen sollen, wie dieser Wichser meine Arbeit sabotiert? Ich hab acht Mordermittler und über hundert Grüne auf der Straße. Auf 'nen inkompetenten Hampelmann kann ich dabei ganz bestimmt verzichten. Und diese schießwütige Schwuchtel hier hat auch noch nichts weiter zustande gebracht, als mir mit seiner scheiß Geheimnistuerei sinnlos auf die Nerven zu gehen."

Tommy Graf sah von seinen Fingernägeln auf, die er all die Zeit, seit er in Beckers Büro marschiert war, gelegentlich gemustert hatte.

„Bulldogge, Mann, bist ja fast sexy, wenn du so einen auf hart machst."

Keiner hätte sagen können, was Tommy stärker gegen den Strich ging: als schießwütig oder als Schwuchtel bezeichnet zu werden.

Boyle hatte sich erhoben und stand in Habachtstellung vor Beckers Schreibtisch. „Herr Kriminalrat, ich mache hiermit von meinem Recht Gebrauch, Sie um ein Gespräch unter vier Augen zu ersuchen."

Stille.

Plötzlich Tommy Grafs Lachen.

Ein pikierter Blick Beckers, der Tommy Graf zum Schweigen brachte.

„Ich entspreche Ihrem Gesuch."

„Setz dich." Becker durchwühlte seine Schreibtischschublade nach der Flasche Cognac, die er für Notfälle darin aufzubewahren pflegte.

„Ich hab eine Beschreibung unseres Killers. Es ist ein Ausländer. Wörtlich: ein Kanake, um die Vierzig."

Becker wühlte weiterhin in seinen Schubladen. Verharrte. Sah auf. „Und morgen Abend haben wir hier die größte Neonazidichte seit Bestehen der Republik."

„So ungefähr ..."

Boyle fiel in Beckers Besuchersessel zurück. Becker hatte den Cognac gefunden. Schraubte den Deckel von der Flasche und trank.

„Hast du ein Motiv?"

Boyle schüttelte den Kopf. „Zwei Teenager aus gutem Haus. Beide drauf und dran, im Oktober ihr Studium zu beginnen. Keiner je aufgefallen. Die haben noch nicht mal irgendwo falsch geparkt. Und Tommy Graf wettet hundert zu eins, dass unser Mörder 'n Profi ist."

„Eines der Opfer ist immerhin der Sohn vom Präsidenten. Schon mal drüber nachgedacht, dass es irgendwas damit zu tun haben könnte?"

„Ja."

Becker zog den ungebundenen Schlips unter dem Hemdkragen hervor und warf ihn auf den Tisch.

„Wir haben über 20 000 junge Ausländer in den Betongettos. Die werden bestimmt nicht stillhalten, falls 2 000 Neonazis wegen der beiden toten weißen Jungen morgen nach Rache brüllen sollten. Wir brauchen ein gutes handfestes Motiv für die Morde. Dann müssen wir bis übermorgen früh den Deckel auf dem Fall halten und alles wird gut."

Boyle steckte sich eine Zigarette an. „Hat Bulldogge Recht, hast du mit der *Abendzeitung* gesprochen?"

Boyle stand auf, sah sich nach irgendetwas um, das er als Ascher benutzen könnte.

„Ja."

Boyle griff einen Kaffeebecher und setzte sich wieder.

„Weshalb?"

Boyle aschte ab. „Weil ich nicht glaube, was Tommy Graf glaubt. Unser Mann ist kein Profi. Vielleicht war er bei der Armee. Aber er ist kein Gangster. Dafür geht er nämlich viel zu nah an seine Opfer heran. Ein Pistolero oder 'n Berufsschläger geht so ein Risiko nicht ein. Ich bin sicher, der Typ hat ein persönliches Motiv. Und derzeit sehe ich nur einen, bei dem ich danach suchen sollte. Irgendwas an Stiller stinkt.

Ich muss wissen, was. Aber in diesem Laden hätte es mir keiner gesagt. Nicht mal du, Becker."

Becker fuhr zusammen.

„Du hättest es zumindest versuchen sollen, bevor du losgehst und Dienstgeheimnisse an die Presse verrätst, findest du nicht?"

Becker hatte sich auf der Schreibtischkante abgestützt und funkelte Boyle zornig an.

„Sie wird es nicht bringen, ohne dass ich es freigebe."

„Wer ist sie?"

„Bellini."

Becker fiel in seinen Stuhl zurück. Jede Kraft, die er noch gehabt hatte, schien aus ihm entwichen zu sein. Von einer Sekunde zur anderen hatte er sich in einen alten Mann verwandelt.

„Du verdammter Scheißkerl", raunzte Becker halblaut.

Boyle erhob sich und trat den halben Schritt zu Beckers Schreibtisch. „Seit fünfzehn Jahren mache ich diesen Job. Seit fünfzehn Jahren werde ich angepisst, verarscht, beleidigt und wie ein Stück Dreck behandelt. Hast du schon mal drüber nachgedacht, dass ich genauso gut auf der anderen Seite stehen könnte? Oder hast du Färber und Saleki schon vergessen? So groß kann der Unterschied zwischen uns und den anderen nämlich nicht mehr sein, wenn wir ausgerechnet zu Premuda gehen müssen, um unseren eigenen Stall auszumisten."

Boyles Ausbruch hatte Becker getroffen, was allerdings lange nicht hieß, dass er sich bereits geschlagen gab.

„Du bist kein Opfer. Du zuallerletzt. Mach dir doch nichts vor: Für die meisten Leute in diesem Land wärst du ohne deine Marke auf der Straße nur 'n scheiß Nigger."

Beckers Blick voll uneingestandener graugrüner Resignation traf auf Boyles kompromisslos blaue Härte.

Boyle wusste, hier und jetzt war etwas für immer zu Ende gegangen. Vielleicht hatte es einfach nur damit zu tun, dass Becker ihn als Nigger bezeichnet hatte. Vielleicht aber auch damit, dass Boyle ihn plötzlich zum ersten Mal als das zu sehen glaubte, was er wirklich war: Ein alter Mann, der ein paar Mal zu oft mit den falschen Leuten aus den falschen Gründen einen faulen Kompromiss eingegangen war.

„Was hat Bellini dir getan, dass du sie so sehr hasst?"

Becker schlug den Blick nieder. „Das ist der falsche Ansatz. Du solltest dich besser fragen, wieso sie so dicke mit Premuda ist, dass er seit Jahren ihre Rechnungen bezahlt."

„Quatsch, jeder weiß doch, dass Bellini reich ist."

Becker schüttelte den Kopf. „Die Sorte Rechnungen meine ich nicht."

Boyle wandte sich zur Tür. Aber Becker war noch nicht fertig mit ihm. „Du blöder Idiot. Wegen deiner Scheiße darf ich wahrscheinlich in ein paar Stunden meine Bullen zu jedem verdammten Mullah, Sozialarbeiter und Gangsterboss in dieser Stadt schicken, um sie zu bitten, dafür zu sorgen, dass ihre Leute morgen Nachmittag von den Straßen wegbleiben, wenn die Nazis ‚Kanaken raus!' und ‚Türken an die Wand!' zu brüllen beginnen."

Boyle sah sich nicht zu Becker um, sondern setzte einen Augenblick darauf seinen Weg zur Tür wortlos fort.

„Eines garantiere ich dir: Wenn es so weit ist, wirst du mit Premuda reden. Und Gott sei dir gnädig, falls du ihn nicht dazu bringst zu spuren."

4
5. September 2000, 0 Uhr 06 – 2 Uhr 20

0 Uhr 06. Younas hatte die Pistole aus dem Lappen gewickelt, geladen und wieder in den Mantel gesteckt. Jetzt hockte er auf dem Boden des Abstellraums und dachte nach.

Es musste einen Weg geben, diesen DJ aus der Disko herauszulocken. Ihn hier drin zu erledigen, war zu gefährlich – sowohl für ihn selbst als auch alle anderen hier.

KLOPFEN.

Leise zwar, aber dennoch in der Stille hier nur umso deutlicher zu hören.

Younas sprang auf.

Die Tür öffnete sich.

„Tonne? Ich bin's Pauli? Hey – biste hier?" Die Stimme eines Teenagers von dem Younas im zuckenden Gegenlicht von der Tanzfläche hinter ihm nicht viel mehr als Umrisse erkennen konnte.

Taschendiebe arbeiteten im Team. Pauli, dort in der Tür war der Partner des pummeligen Mädchens!

Younas trat aus dem Schatten, der ihn bisher vor Paulis Blicken verborgen hatte, und richtete die Pistole auf ihn.

„Die is nich geladen ..."

„Vielleicht. Vielleicht ... nicht. Dein Risiko."

Pauli zögerte.

„Das is deine Wumme, oder?“

„Tür … zu!“

Pauli schloss die Tür.

„Hinlegen … neben … Mädchen!“

Pauli legte sich vorsichtig neben sie auf den Bauch. Younas beugte sich herab, griff nach dem rot-weißen Plastikband und fesselte ihn, wie er zuvor das Mädchen gefesselt hatte.

Younas sah auf die beiden regungslosen Gestalten zu seinen Füßen.

Eine Panikattacke ergriff ihn. Seine Hände zitterten und sein Mund trocknete aus. Vor ein paar Stunden war er losgezogen vier Jungen zu töten, die für ihn nichts Menschliches mehr hatten, weil sie sich mit dem, was sie seiner Tochter angetan hatten, aus jeglicher menschlichen Gemeinschaft herausgelöst hatten.

Younas bereute ihren Tod nicht. Trotzdem blieben die Augen dieses Mannes in dem Duschraum. Gleichzeitig so voller Angst und Lebensgier. Er hatte mit all dem nichts zu schaffen gehabt. Ein Opfer. Ebenso unschuldig, wie der Junge und das Mädchen jetzt vor ihm auf dem Boden.

Aber sie hatten ihn gesehen, konnten bezeugen, dass er eine Waffe mit sich herumtrug. Eine Waffe des Typs, mit dem in dieser Nacht zwei Jungen getötet worden waren. Zwecklos sich vorzumachen, dass die Polizei nicht zwei und zwei zusammenzählte, sobald irgendwer die beiden fand. Früher oder später würden sie reden. Angesichts des Lärms draußen würde höchstwahrscheinlich keiner die zwei, drei Schüsse hören, die nötig wären, die beiden für immer zum Schweigen zu bringen. Bloß konnte er dann ebenso gut auch die Barfrau töten, die ihm gesagt hatte, wo er die DJs fand.

Younas war bereit seiner Tochter zu verschaffen, was ihr seiner Auffassung nach zustand, doch in diesem Augenblick wurde ihm klar, dass er nicht fähig war, es UM JEDEN PREIS zu tun.

Younas zögerte es hinaus.

Eine Sekunde.

Zwei.

Drei.

Vier.

Fünf.

Zehn.

Dieses Mädchen, das Pauli „Tonne" nannte, hatte ihn bestohlen. Und ihr Kumpel hatte ihr dabei geholfen. Er konnte sie nicht töten. Aber benutzen.

Younas beugte sich zu Pauli herunter.

„Du hier. Ganz still. Tonne kommt mit mir. Mein Kollege … draußen vor Tür. Wenn ich mit ihr weg bin … ganze Zeit. Du … machst Ärger … Kollege … macht Ärger mit dir. Ich mache Ärger mit Tonne. Kapiert?"

Nichts und alles hatte sich verändert. Seine Hand um die Pistole in der Tasche verkrampft, trat Younas hinter dem pummeligen Mädchen durch die Tür des Lagerraumes. Draußen war alles genauso, wie er es hinter sich gelassen hatte: die Musik, die Tanzenden, der Kunstnebel, der Geruch nach Bier, Alkohol, Schweiß, Zigaretten und Parfüm.

Younas zweifelte nicht daran, dass das Pummelchen auf seinen Bluff hereinfiel. Zu deutlich war die Angst in ihrem Blick, während er sie von ihren Fesseln befreit hatte. Zu deutlich die Panik im Blick des Jungen, sobald Younas hinter dem Mädchen den Lagerraum verließ.

Tonne machte ihre Raubzüge hier sicher nicht zum ersten Mal. Sie wusste, wie sie sich davor schützte, von irgendeinem ihrer Opfer wiedererkannt zu werden.

Bevor sie den Lagerraum verließen, hatte sie Younas mit einer stummen, aber bestimmten Geste zu warten gebeten, war an den Spind getreten, hatte sich den Pullover über den Kopf gestreift und ein knappes Ledertanktop über die nackten Brüste gezwungen und anschließend noch eine mit roten, grünen und blauen Strähnen durchzogene Perücke über die blonden Stummelhaare gezogen. Aus der fülligen Rothaarigen, die Younas vorhin bestohlen hatte, war eine bunt gelockte Punkerin geworden.

Die Tanzfläche schien größer geworden zu sein, die Beats härter, der Nebel dichter, die Bewegungen der Tänzer wilder.

Wie ein Film liefen durch Younas' Hirn wieder und wieder die Bilder des Momentes, als das pummelige Mädchen ihren Pullover abstreifte. Der Anblick ihrer festen bloßen Brüste. Einen Augenblick lang Begehren. Gleich darauf die Gewissheit. Wie die zutiefst verängstigten panischen Blicke des Mannes im Duschraum, würde der Anblick von Tonnes bloßen Brüsten auf ewig in ihm bleiben. Und Younas' Scham darüber, diesem einen flüchtigen Augenblick des Begehrens nichts entgegengesetzt zu haben.

Younas' Hand legte sich auf die Schulter des Mädchens. Seine Lippen waren so dicht an ihrem Ohr, dass er meinte, ihren Herzschlag hören zu können.

„Du … gehst … rauf zu Zimmer von DJs … Ist einer, hat rote Haare, ja? Du … sag ihm … sein Kumpel draußen auf Parkplatz … rechts von Eingang … bei Zaun, da wo alter Laster steht … heißt Lukas … Kumpel für DJ mit rote Haare. Lukas … traut … sich nicht in Disko, wegen Mädchen von gestern … deshalb er wartet bei Lastwagen auf Parkplatz. Du verstanden?"

Tonne nickte.

„Sag … geht um Mädchen von gestern … Weiß dann schon Bescheid. Lukas ist so alt wie DJ, groß, hat blonde Haare, Augen … grau … verstanden? Und geht um Mädchen von gestern."

Nicken.

Heftiger jetzt.

Younas sah sich um. Er fand, wonach er suchte und versetzte Tonne einen sanften Stoß. Zögernd setzte sie sich in Richtung der breiten Treppe in Bewegung.

Younas schüttelte eine Zigarette aus der zerknüllten Schachtel, trat auf einen breiten Glatzkopf zu, bat ihn lächelnd um Feuer und klopfte ihm dann in übertriebener Dankbarkeit freundschaftlich auf die Schulter.

Ein knapper Blick aus den Augenwinkeln bewies ihm, dass sein Plan aufgegangen war: Tonne hatte sich nach ihm und dem Glatzkopf umgeblickt.

Völlig ausgeschlossen, dass sie gehört haben sollte, worum Younas ihn gebeten hatte. Für sie musste er Younas' geheimnisvoller Partner sein, der so lange vor der Tür des Lagerraums Wache schob, bis sie Younas' Forderung erfüllte und den rothaarigen DJ aus seiner Garderobe zum Parkplatz lockte.

0 Uhr 28. Tommy Graf klappte den Aktendeckel zu. Seit einer halben Stunde ratterten die Gesichter der Jungen von dem Foto, das Boyle im Haus des zweiten toten Jungen gefunden hatte, durch jede Datenbank über die die Hamburger Polizei, das Landeskriminalamt und der Bundesgrenzschutz verfügten.

„In spätestens 'ner Viertelstunde haben wir die Namen. Wenn da irgendwas ist, finden wir es."

Boyle wandte sich vom Fenster ab. „Bin gleich wieder da."

Nächtlich stille Flure. Irgendwo klapperte ein angelehntes Fenster.

Ein Streifenbeamter, der Boyle entgegenkam, ihn grüßte und weiterlief.

Eine Treppe.

Erdgeschoss.

Boyle durchquerte die weitläufige Eingangshalle und trat durch eine zweiflüglige Tür in einen halbdunklen Flur.

Lief ihn hinab.

Stoppte vor einer Bürotür.

Drückte die Klinke herunter – offen.

Aktenschränke, zwei Schreibtische und ein kitschiges Poster über dem Urlaubsplan an der Wand. Manchmal fragte er sich, wie eine Behörde, deren Mitarbeiter dermaßen wenig Fantasie bei der Gestaltung ihrer Arbeitsräume bewiesen, dennoch ihre Aufklärungsraten von Jahr zu Jahr steigern konnte.

Auf einem Schreibtisch stand ein Telefon. Boyle hob ab und wählte.

„Bellini."

„Ich hab nicht viel Zeit."

„Dann die Kurzfassung. Stiller hat …"

„Stopp. Ist etwas dran, dass Sie Ihre Rechnungen von Premuda begleichen lassen?"

„Ich bin 'n großes Mädchen. Ich bezahl meine Miete schon lange selbst."

„Die Sorte Rechnungen meine ich nicht."

Zögern.

„Wer hat Ihnen davon erzählt?"

„Becker."

„Er lügt. Oder jemand hat ihn falsch informiert."

„Ich will nicht missverstanden werden, Bellini: Was immer da zwischen Ihnen und dem Alten läuft, ändert nichts an unserem Deal. Nur muss ich wissen, wer außer Ihnen und mir sonst noch im Spiel ist. Ich riskier hier meinen Job. Und falls ich bloß ein kleines bisschen Pech hab, sogar noch 'ne Menge mehr als nur das."

Kein Zögern als Bellini antwortete. „Nur Sie und ich. Es sei denn, auf Ihrer Seite hätte sich irgendetwas geändert."

„Hat es nicht."

„Noch was, oder kommen wir endlich zum Punkt?"

„Fangen Sie an …"

„Dann hier das Wesentliche in Kurzfassung: Vor fünf Jahren war Stiller noch ein kleiner Staatsanwalt mit einer reichen Frau und ein paar eher mittelmäßigen Beziehungen. Dann macht er plötzlich Karriere. Zuerst Abteilungsleiter des LKA, danach kommissarischer Leiter und schließlich Hauptreferent im Innenministerium. Dann, vor zwei Jahren, treibt er auf einmal so viel Geld auf, dass er zum größten Spendensammler seiner Partei wird. Seine Leute machen zwar das Rennen, aber trotzdem kommt am Ende für ihn nur ein Posten als Polizeipräsident heraus."

Bisher war da nichts, was Boyles Fantasie sonderlich angeregt hätte. „Dumm gelaufen. Aber alles auch nicht gerade sehr spannend."

„Trotz seines fleißigen Spendensammelns fällt unser Freund die Leiter eher *runter* als *rauf.* Wundert Sie das nicht?"

„Sie meinen, er hätte mindestens Innensenator werden sollen?"

„Genau."

„Wieso ist er es dann nicht geworden?"

„Gegenfrage. Fragen Sie sich nicht, wie viel Kohle Stiller für seine Freunde im Rathaus aufgetrieben hat?"

„Jetzt schon."

„Über den Daumen gepeilt dreieinhalb Millionen."

„Nicht übel."

„Oh ja. Für Stiller muss der Tag damals achtundvierzig Stunden gehabt haben, weil nämlich keine Einzelspende unter seinen schönen dreieinhalb Millionen über 10 000 Mark liegt. Macht exakt 3 500 Einzelspenden. Jede Spende wurde cash eingezahlt. Und für jede gab's, wie es sich gehört, eine Quittung. Und das alles innerhalb von nur einer einzigen Woche. In der er, nur mal so nebenbei, auch noch jeden Tag von neun bis fünf in seinem Büro beim Innenministerium gearbeitet haben will. Diese Rechnung geht nicht auf, Boyle."

„Was steckt wirklich dahinter?"

„Kennen Sie den Mädchennamen von Stillers Frau?"

„Nein."

„Sie ist eine Braugast. Doch ihre Großmutter war eine astreine Aarlberg. Aus dem wirklich engen Kreis.

Die leibliche Schwester des großen Zaren und Zampanos Anton Joseph."

Boyle hatte keine Ahnung, wer der große Zar und Zampano Anton Joseph war oder, was dessen Nichte mit seinem Problem zu schaffen haben sollte.

„Keine Ahnung, wer diese Leute sind."

„Nicht *wer,* Boyle, sondern *was.* Die Aarlbergs sind in vierter Generation Banker. Und zwar hier, in Lausanne, Paris und New York."

„Okay, Bellini. Das ist interessant, aber nicht verboten."

„Stiller hätte niemals all die Spenden einzeln eintreiben können. Dazu hätte er gar nicht die Zeit gehabt. Aber mit derart guten Beziehungen zu gleich mehreren diskreten Bankhäusern konnte er ..."

ADRENALIN.

Boyle unterbrach Bellini. „Verstehe ich Sie richtig? Sie glauben Stiller hat von irgendwem die vollen drei Millionen Spendenkohle cash im Koffer kassiert und seinen Parteifreunden gegeben? Aber damit alles schön legal aussieht, anschließend falsche Quittungen dafür ausgestellt und dem Schatzmeister der Partei gegeben, damit der offiziell so tun konnte, als seien all die Millionen, die Stiller in diesem Koffer vorbeibrachte, eigentlich handliche kleine Einzelspenden gewesen? Und weil er so gute Beziehungen zu seinen Bankerverwandten hatte, haben die ihm auch noch so zum Schein das passende Spendenkonto dafür eingerichtet, damit alles auch wirklich legal aussah?"

„Na endlich, Boyle!"

„Haben Sie Beweise? Ich meine, auf irgendwen müssen die Quittungen doch ausgestellt gewesen sein."

„Das müssen sie, aber bei Einzelspenden bis zu 10 000 Mark ist die Partei nicht verpflichtet, die Quittungen länger als ein paar Monate zu archivieren. Beweise? Vergessen Sie's. Die Quittungen sind längst im Reißwolf gelandet. Alles, was Sie dazu noch in der Parteizentrale finden werden, sind die Protokolle, mit denen ihre Vernichtung bestätigt wurde. Und Banken müssen auch schon seit Jahren keine Auskunft mehr darüber geben, von wem Einzelspenden gekommen sind, solange die unter 3 000 Mark liegen."

Boyles Gedanken überschlugen sich: Dass Stiller vorhin in seinem Haus Boyles Schweizer Kontonummer aufsagen konnte, hatte ihn geschockt. Bisher hatte er geglaubt, dass entweder die Steuerfahndung dahintergekommen sein müsste, oder irgendwer in Teddy Amins Organisation gesungen hätte. Aber das war Unsinn. Keiner hatte gesungen und auch die Steuerfahnder waren nicht plötzlich einfach so irgendwie über seinen Namen gestolpert. Alles, was dahintersteckte, war nur ein Polizeipräsident mit exzellenten Beziehungen zu bestimmten Schweizer Bankern. Beziehungen, die ihm zwar Einblick in bestimmte Konten verschafft haben mussten, aber unmöglich so weit gehen konnten, die Informationen, die er sich auf diese Art beschaffte, auch vor einem Gericht auszubreiten. Kein Banker konnte das riskieren. Gesetze hin oder her, in den Drogen, den Waffen und dem Schmuggel steckte zu viel Geld, als dass die Schweizer es wagen konnten, den Deckel auf ihren Nummernkonten jemals so weit anzuheben, dass darunter selbst jeder kleine Staatsanwalt einen Blick in den Topf mit dem Eingemachten hätte werfen dürfen.

Erkenntnis: Stiller bluffte.

„Boyle?"

„Ich schulde Ihnen was, Bellini."

„Ich hab mich für diese Information weit aus dem Fenster gelehnt. Ich hoffe, dass es das wert war. Aber ehrlich gesagt ist da noch etwas, was mir Kopfschmerzen bereitet. Denn niemand investiert dreieinhalb Millionen für nix."

Boyle legte auf und starrte in den kitschigen Inselsonnenuntergang, den die Kollegen an die Wand ihres Büros geheftet hatten.

Bellini lag richtig mit ihren Bedenken.

Keiner investierte dreieinhalb Millionen für nix.

Die Frage war, wer sich damit was von Stillers Partei erkaufen wollte. Aber die Frage war außerdem, ob es nicht gerade den Leuten, die Stiller auf seiner Sammeltour ihre Brieftaschen so weit geöffnet hatten, nicht sehr zupasskam, dass Stiller statt Innensenator bloß Polizeipräsident geworden war. Es konnte sein, dass Stillers mysteriöse Spender bloß ein paar Immobilienspekulanten waren, die sich von Stillers Partei im Rathaus den einen oder anderen Vorteil beim Verkauf der Grundstücke in der neuen Hafencity erwarteten. Aber es gab eben auch noch eine andere Möglichkeit. Würde es Premuda oder Halif Kahn dreieinhalb Millionen wert sein, einen Polizeipräsidenten in ihrer Tasche zu haben?

Und ob! Das wäre sogar noch ein Schnäppchen gewesen. Dreieinhalb Millionen setzten Gangsterbosse wie sie in einem einzigen Monat allein an Pillen oder Pott um.

Tommy sah vom Schreibtisch auf, nachdem Boyle die Tür ins Schloss geworfen hatte.

„Becker und Haffner haben drüben gerade die Eltern des zweiten Jungen an der Strippe. Der Vater ist eine wirklich große Nummer. Er droht mit dem Innensenator und will außerdem, bevor er irgendwas sagt, zuallererst seinen toten Sohn sehen. Becker muss auf hundertachtzig sein, zumal er nun in ein paar Stunden gezwungen sein wird, Leute zu den Mullahs, den Russen, Türken, Jugos und was weiß ich noch wem rauszuschicken, damit die dafür sorgen, dass ihre jungen Helden morgen Nachmittag zu Hause bleiben, wenn die Nazis in den Straßen nach Blut schreien sollten."

Boyle hockte sich auf Tommys Schreibtischrand. „Sonst irgendwas dabei herausgekommen?"

„Bei dem Anruf der Eltern? Nein. Aber ich habe die Jungs auf dem Foto identifiziert."

Tommy warf Boyle über den Schreibtisch hinweg eine Akte zu, auf deren Deckel eine Namensliste angeheftet war.

Boyle griff sich die Akte, sah die daran angeheftete Namensliste durch und schüttelte kaum merklich den Kopf. Keiner der Namen sagte ihm irgendetwas. Er blätterte die Liste zur Seite, schlug die Akte auf und las. Er stockte – blätterte zur Namensliste zurück und sah zu Tommy. Es war eine Ermittlungsakte und sie gehörte zu einem der Jungen auf dem Foto.

Boyle wedelte mit der Akte vor Tommys Gesicht herum. „Der Typ, zu dem die Akte gehört, war doch zusammen mit Stillers Sohn auf dem Bild?"

Tommy nickte.

„Die übrigen Jungen von dem Foto sind sauber. Nicht mal 'ne Verkehrssache, oder so. Aber der ist ein echter Stammkunde. Vater unbekannt. Die Mutter kommt aus der Türkei. Im Computer von der Sitte ist ein Eintrag. Sie hat vor Jahren mal als Prostituierte gearbeitet. Scheint aber vorbei zu sein. Jetzt schlägt sie sich als Putzfrau durch. Sohnemann hat drei Ermittlungsverfahren wegen gewerbsmäßigen Handelns mit Betäubungsmitteln auf der Latte. Keines davon ist je vor einem Richter gelandet. Trotzdem sind die Kollegen von der Drogenfahndung sicher, dass er für Halif Kahn dealt."

Boyle blätterte wieder in der Akte.

„Nur damit ich das jetzt richtig verstehe, Tommy. Stillers Sohn hat Beziehungen zu einem Dealer. Das alleine ist nichts wirklich Aufregendes. Der Junge war achtzehn. In dem Alter haben wir alle mal an irgendwas Verbotenem genascht. Aber dann taucht unser Kanakenkiller auf, der immerhin ganz gut zu Halif Kahn passen könnte, von dem die Drogenfahndung meint, dass unser vierter Junge für ihn arbeitet. So weit, so gut. Bloß, wieso konzentriert sich unser Mann dann auf die beiden anderen Jungs?"

„Ich weiß ja, dass du nicht an einen Profi glaubst. Aber selbst für einen Semiprofessionellen ist er immer noch unerhört gut. Und er ist nun mal, nach allem, was wir wissen, 'n Kanake. Nehmen wir mal an, Nummer vier und unser Kanake kennen sich aus dem Dunstkreis um Halif Kahn. Und nehmen wir mal weiter an, Nummer vier hätte irgendein Problem mit seinen beiden Kumpels."

„Du meinst Nummer vier könnte unseren Mann ins Spiel gebracht haben, weil er irgendwas mit seinen beiden Kumpels geregelt kriegen wollte? Das wäre aber echt herb, Tommy. So blöd, dass er nicht damit rechnen konnte, sich ordentlich Ärger einzuhandeln, wenn er den Sohn des Polizeipräsidenten umlegen lässt, kann er doch nicht gewesen sein."

Tommy wiegte den Kopf und trommelte mit den Fingern auf der Schreibtischplatte herum.

„Ich bin mir da nicht so sicher, Boyle. Denk mal drüber nach, was du anstellen würdest, wenn dir aus irgendeinem Grund Halif Kahn im Nacken sitzt. Schließlich haben wir keine Ahnung, wieso Nummer vier so sauer auf seine beiden Kumpel geworden ist. Vielleicht sind die ja gar nicht mal sein größtes Problem, sondern Halif Kahn ist es. Und über eins sind wir uns doch wohl einig: Hast du auf der Straße Ärger mit Halif Kahn, würdest du, solange du keine Marke hast, Teddy Amin heißt oder Nicolas Premuda bist, so ziemlich alles tun, um ihn dir wieder vom Hals zu schaffen."

Tommy hatte Recht. Sich Halif Kahns Zorn zuzuziehen, war so ziemlich das Gefährlichste, was einem auf der Straße passieren konnte. Halif Kahn hatte noch nie Gefangene gemacht. Entweder hältst du dich aus seiner Ecke des Ringes heraus oder du tanzt nach seiner Pfeife. Doch falls du ihn anpisst, bist du von da an nur noch ein Toter auf Urlaub. Und zwar einem sehr kurzen Urlaub.

„Touché, Tommy."

Boyle versank wieder in der Betrachtung der Namensliste auf dem Aktendeckel. „Holen wir uns Nummer vier und diesen dritten Jungen her. Mal sehen, was sie zu sagen haben."

„Gleich nachdem ich die Namen und Adressen hatte, hab ich zwei Streifenwagen losgeschickt. Wenn sie zu Hause in ihrem Bett gelegen haben, sind sie in spätestens einer halben Stunde hier."

„Heute ist Freitag, Tommy. Ziemlich unwahrscheinlich, dass die um diese Zeit zu Hause im Bettchen sind, oder?"

Tommy zuckte die Achseln.

„Warten wir's ab."

Boyle legte die Akte auf den Tisch zurück.

„Nicht wir – du. Ich bin in 'ner Stunde zurück. Ich ruf dich von unterwegs an."

Boyle streckte Tommy wortlos die Hand entgegen. „Ich brauch den Wagen."

Tommy griff in seine Tasche und warf Boyle die Opelschlüssel zu.

„Und Tommy, keine Alleingänge, kein Bulldogge, kein Becker, keiner außer dir und mir. Wenn wer fragt, lässt du dir einfach eine schöne Geschichte einfallen, okay? Und sobald du sie hier hast, schließt du sie so lange weg, bis ich wieder zurück bin."

„Aye, aye, Massa!"

0 Uhr 48. Younas stand auf dem Parkplatz hinter einem mit Breitreifen aufgemotzten Škoda. Wie damals im Gefängnis, hielt er seine Zigarette mit Daumen und Zeigefinger, so dass seine hohle Hand ihre Glut verbarg.

Vor einigen Minuten hatte er den Kofferraum des Toyota geöffnet, eine grüne Plastiktüte aus dem Durcheinander darin hervorgezogen, sie zerteilt und die beiden Stücke anschließend über beide Nummernschilder gestreift und in den beiden schmalen Spalten zwischen Nummernschildern und Stoßstangen festgeklemmt. Es würde nicht lange halten. Doch das sollte es schließlich auch gar nicht.

Während er hier auf das pummelige Mädchen

wartete, hatte er versucht, sich auf den Augenblick zu konzentrieren, nachdem getan war, was getan werden musste, er in seinen Wagen sprang und den Parkplatz verließ. Immer wieder hatte er im Kopf seitdem die wenigen Schritte zum Toyota vermessen und die Lautstärke eines Schusses mit den dumpfen Schlägen der Beats, die aus der Disko drangen, verglichen.

Ganz in der Nähe Geflüster.

Younas fuhr herum. Er starrte in Richtung der geparkten Wagen.

Zehn Sekunden. Zwanzig.

Unter dem geschlossenen Verdeck eines rostigen Saab-Cabrios rührte sich etwas.

Younas' Augen verwandelten sich in zwei schmale, dunkel schimmernde Schlitze. Ein heller wirrer Haarschopf, der rhythmisch immer wieder über der Fensterkante der Beifahrertür auftauchte. Dann für eine Weile ganz verschwand. Schließlich Arme und Oberkörper einer jungen Frau, die ihr Oberteil über ihren Kopf streifte.

Da war das pummelige Mädchen, von dem er immer noch nicht sicher war, wie er es aus dem Weg schaffen sollte, wenn es so weit war. Und nun auch noch dieses Pärchen in dem Saab. Fast unmerklich begann der schwere alte Wagen, in den Federn zu wippen.

Er hatte geglaubt, der erste Mord würde der schwerste sein. Alles andere danach konnte nur leichter sein.

Doch das war ein Irrtum. Es wurde nicht leichter. Das Töten und die Gewalt hatten ihn nicht unempfindlicher gemacht, sondern in ihm eine Sensibilität selbst für nebensächlichste Details geweckt. Eine Sensibilität, die ihn jetzt hier sogar daran hindern könnte, ebenso schnell, überlegt und kühl wie die beiden Male zuvor, zu tun, was nun mal zu tun war?

Die Hitze seiner heruntergebrannten Kippe schnitt ihm schmerzhaft ins Fleisch.

Schmale, geisterhafte Hände, die sich jetzt aus dem dunklen Inneren des rostigen Saab zu den wippenden Brüsten des nackten Mädchens ausstreckten.

Younas, dem unvermittelt aufging, wie unfassbar die strikte Endgültigkeit des Todes wirklich war. Ein Knoten löste sich in ihm. Plötzlich war es ihm egal und er hörte auf, sich über das Pärchen in dem Saab oder das pummelige Mädchen Gedanken zu machen. Sollten sie eben zusehen oder nicht.

Das Geräusch von Schritten. Younas sah sich vorsichtig um. Halb hinter dem Toyota verborgen, zog er die Waffe aus dem Mantel.

„Ich hab keine Ahnung, Mann. Der Typ hat mir 'n Zehner versprochen, wenn ich dich hier rausbringe", sagte das pummelige Mädchen.

„Is ja schon gut. Ich versteh's bloß nich", antwortete eine männliche Stimme.

Younas' Hirn leerte sich, während er jetzt die Hand mit der Waffe vorsichtig auf das Wagendach legte, den Lauf der Pistole ausbalancierte – wartete.

Da waren sie.

Der Junge bei dem pummeligen Mädchen war mittelgroß, fast dürr und hatte tatsächlich feuerwehrautorote Haare.

Younas atmete ruhig und tief ein. Justierte dann noch einmal die Waffe.

Ein trockenes halblautes KLACK.

Die Stirn des Rothaarigen explodierte in einer feinen Wolke aus Knochen, Blut und graugelber Hirnmasse, die sich über Gesicht und Oberkörper des pummeligen Mädchens verteilte.

Ungläubig streckte sie ihre Arme dem fallenden Jungen entgegen und glitt – sein Gesicht an ihrer Brust, mit ihm zusammen zu Boden.

0 Uhr 57. Es war nicht so weit vom Präsidium am Berliner Tor bis zu dem Dance Club, in dem Sascha arbeitete. Eigentlich hätte Boyle den Dienst-Opel dazu gar nicht gebraucht.

Der tätowierte Typ am Eingang nahm keine Notiz von Boyle, als er sich an ihm vorbei durch die bläulich schimmernde Schwingtür ins Innere des Clubs schob.

Seit Boyles letztem Besuch hatte sich nichts verändert. Dieselbe Diskokugel, die sich in demselben Tempo an der Decke drehte, dieselbe aus Spiegeln und falschem Holz errichtete Bar, mit genau derselben Sorte Quartalssäufern, Touristen und pflastermüden Nachtschwärmern davor. Zwei Frauen wiegten sich auf der Tanzfläche eng umschlungen zu einem kitschigen Popsong. Alle Tische waren besetzt. Nur an der Bar sah er ein paar freie Hocker. Eine Menge der männlichen Gäste starrte auf die beiden Frauen, die auf der Tanzfläche ungerührt davon weiter ihre Show abzogen.

Boyle trat an die Theke und sah sich um. Zwei Männer in mittelprächtigen Anzügen stießen neben ihm miteinander an. Boyle entschloss sich für einen der wenigen freien Barhocker, pulte seine Kippen aus der Hemdtasche, warf sie auf die Theke und steckte sich eine an.

Durch den Rauch hindurch entdeckte er Sascha, die sich am entgegengesetzten Ende der langen Theke halb gebeugt mit einem spitzen Messer über eine Limette hermachte.

Plötzlich und stärker als je zuvor, hatte er das Gefühl, vor einer unüberwindbaren Grenze zu stehen. Etwas ins Auge sehen zu müssen, das alles, was je war und sein würde, für immer veränderte.

Sascha richtete sich auf, lächelte einem Gast zu und ließ die Limettenstücke in ein Cocktailglas gleiten, gab Rohrzucker dazu und griff nach einer Flasche Pitú. Der ärmellose Seidenrolli, unter dem sich ihre Nippel so deutlich abzeichneten, der enge rote Satinrock und dazu die Hochhackigen – verdammt, sie sah aus wie eines der mittelprächtig teuren Callgirls, die in den Bürohäusern und Drei-Sterne-Tourihotels arbeiteten.

Bloß ein Augenblick. Und doch brannte er sich schmerzhaft tief in Boyles Netzhaut ein. Das sollte die Mutter seines Kindes sein? Des Kindes, von dem er nicht mal sicher war, ob er es wirklich wollte? Dieser Nuttenfummel, in den sie sich gewickelt hatte, ihre hervorstehenden Nippel und ihr Hintern in dem engen glänzenden Rock.

Und dann all diese Gockel und Provinzvertreter an der Theke, die jedes Wackeln ihres Hinterns mit ihren sabbernden Hundeblicken verfolgten. Boyle stieß seine kaum angerauchte Zigarette hart vornüber in den Ascher.

Auf Teddy konnte er genauso gut auch draußen warten, dachte er. Was ihm immerhin Saschas Anblick zwischen all diesen gaffenden Arschlöchern ersparen würde.

Doch Sascha stellte das Cocktailglas mit Limette, Zucker und Pitú ab und kam erstaunt auf ihn zu. In ihrem Gesicht standen Überraschung und Freude.

Boyle blieb. Wenn auch mehr oder weniger gegen seinen Willen.

„Was machst du hier?“, fragte sie lächelnd.

Boyles Blick strich über ihren weichen vollen Mund bis hoch in Saschas schräg gestellte graue Augen. Jeder Rest von Abscheu und Ekel in ihm löste sich in Luft auf. Was übrig blieb, war schmerzlich brennendes Verlangen.

Der Moment zerbrach, als am anderen Ende der Theke irgendein Gast nach seinem Drink rief. Sascha griff das Cocktailglas und ging mit wiegenden Hüften Richtung Thekenende los.

Zwei, drei Barhocker weiter schloss sich plötzlich eine Hand um ihren Arm. Der dazugehörige Kopf tauchte hinter den anthrazitfarbenen Anzugrücken der beiden Männer neben Boyle auf. Ein schwammig grauer Blick verkrallte sich in Boyles Gesicht.

„He, Kanake, hier treten wir unsere Hühner selber!“, rief der Kerl mit dem grauen Blick.

Sascha löste sich mit einer eleganten Drehung aus dem Griff des Grauauges. „Was anderes als Hühner wirst du auch nie treten!“, sagte sie. Ihre Lippen verzogen sich zu einem überlegenen Lächeln. Gleich darauf brach rundum Gelächter aus.

„Bestell deiner Kleinen, sie hat den Job.“

Boyle fuhr herum.

Da stand Teddy Amin. Er trug zwar noch immer die abgewetzte Jeans, hatte aber das Karl-Marx-T-Shirt mit einem Button-Down-Hemd getauscht, an dessen Kragen feine Streifen dunklen Lippenstifts klebten. Darüber trug er ein Sakko, das mehr gekostet hatte, als Boyle in einem Monat verdiente.

„Du glaubst einfach nicht, wer mich vor ungefähr einer halben Stunde angerufen hat …“, grinste er.

Boyle schlug gegen den Nieselregen den Kragen der Lederjacke hoch. Die Straße vor dem Club war so kalt wie leer und bildete damit in etwa die äußerliche Entsprechung zu Boyles derzeitigem Gemütszustand.

„Wer wartet da auf mich, Teddy?“

„Premuda. Hat mich höchstpersönlich angeklingelt. Aber das hat noch ’n bisschen Zeit. Viel wichtiger, was läuft da zwischen Stiller und dir?“ In Teddys Stimme lag etwas Lauerndes.

Boyle brauchte ungefähr eine Zigarettenlänge, um Teddy mitzuteilen, womit Stiller ihn erpresste. Und was Stiller sich davon versprach.

„Scheiße Mann, wenn er tatsächlich über Premudas Coup Bescheid weiß, sollten wir uns irgendwas wirklich Kluges einfallen lassen.“

Boyle wurde ungewohnt heftig. „Ich hab das im Griff. Du lässt die Finger davon, kapiert? Das ist allein mein Problem.“

Teddy schüttelte trotzig den Kopf. „So läuft das nicht, Boyle. Selbst wenn du ihn uns wirklich ’ne Weile vom Leib halten kannst, meinst du, der hört einfach so auf? Denk doch mal nach, Mann! Auf uns ist Stiller nie wirklich scharf gewesen. Für den sind wir bloß mittelkleine Fische. Nein, mein Freund, der Typ ist hinter größerem Wild her. Der will Premuda.“

Teddy langte in seinen Hosenbund, zog eine kleine Walther hervor und hielt sie Boyle entgegen.

„Was soll das?“

„Was ist, wenn auch Premuda schon Bescheid weiß? Und da hinten in dem Auto mit ’nem Killer, statt ’nem warmen Händedruck wartet? Jeder auf der Straße weiß, dass du nie eine Waffe trägst. Vielleicht werden sie dich deswegen ja gar nicht erst durchsuchen. Besser also, du hast was, wenn es ernst wird. Wisch sie danach gründlich ab und lass sie einfach liegen. Ich kümmere mich anschließend schon darum."

An Teddys Argumentation war etwas dran. Premuda war nicht zu trauen. Solange er sich nur heftig genug bedrängt fühlte, würde er wahrscheinlich auch vor dem Mord an einem Polizisten nicht zurückschrecken.

Boyle steckte die kleine Pistole wortlos in den Hosenbund und zog die Lederjacke darüber. Immerhin, selbst die besten Bodyguards machten Fehler. Zumal sie sowieso nicht ernstlich damit rechneten, irgendetwas bei ihm zu finden.

Boyle wandte sich wieder der Straße zu.

Doch Teddy hielt ihn zurück. „Boyle … ich weiß, dass es nicht dein Ding ist … aber wenn du das Gefühl hast, dass da unten jetzt irgendwas schief geht, *musst* du sie platt machen, kapiert? Genau wie damals im Boxring, Alter: Nicht erst lange überlegen, sondern heftig draufhauen. Zuerst verpasst du dem Gorilla seine Packung. Dann dem alten Mann. Und wenn er noch einen Fahrer dabei hat – dann den zuletzt. Aber den Alten auf jeden Fall. Du wirst ziemlich nah dran sein, also geh auf Nummer sicher und schieß ihnen ins Gesicht."

Tatsächlich machte sich Premudas Gorilla nicht die Mühe, Boyle nach Waffen zu durchsuchen, sobald er an dem dunklen Lexus auftauchte, der einsam mit gelöschten Lichtern an der Kreuzung parkte.

Premuda war nicht mehr der Mann, der er noch vor einem Jahr gewesen war. Seine Wangen waren eingefallen, die vollen lebenslustigen Lippen nur noch zwei schmale Striche, die sich ab und an zu einem dunklen, gelblich gerahmten Schlund öffneten.

Auf Boyle wirkte er wie ein kleiner dürrer Vogel, der sich nur aus Versehen in den Fond des massigen Wagens verirrt haben konnte.

„Boyle."

Ein unmerkliches Beben unter der ockerfarbenen Stoffmasse des hellen Kamelhaarmantels, die Premudas Gestalt umfing.

„Sie haben gerufen, ich bin gekommen."

„Ja, du bist gekommen."

Eine von Altersflecken und Runzeln übersäte Hand fuhr in die Tasche des Mantels, brachte ein Plastikfläschchen hervor und kickte den Verschluss auf.

„Sie sagen, ich hab die verdammte Krabbe besiegt. Kannst du das glauben? Ich bin einundsiebzig und der scheiß Krebs beißt sich an mir die Zähne aus."

Boyle war klar, dass er zu warten hatte, bis der Alte von sich aus auf den Grund ihres Treffens zu sprechen kam.

„Jemand hat Stillers Sohn umgelegt?"

„Ja."

„Und du bist hinter ihm her?"

„Ja."

„Wieso?"

„Weil das mein Job ist. Sie haben mich zur MoKo versetzt."

„Weshalb flüstern sie dann auf der Straße, dass Stiller hinter dir und dem Juden her ist?"

„Blöde Gerüchte."

Ein rhythmisches Beben ging durch Premuda. Es dauerte, bis Boyle erkannte, dass der alte Mann lachte.

„Wieso haben Sie mich sehen wollen?"

Das Beben brach ab.

„Um dir einen Gefallen zu tun. Halt die Klappe und hör mir zu."

Ein gefährliches Funkeln glitt dazu über seine tief liegenden Augen.

1 Uhr 10. Tonne hatte Blut an ihren Händen und auf dem billigen schwarzen Kunstledertop. Obszönes Rot, das auf dem Schwarz feine, ineinander fließende Spinnennetze bildete.

Sie schrie.

In Younas das Gefühl, sich hilflos in einem dunklen Traum verfangen zu haben.

Tonnes Stimme überschlug sich. Ein Motor, der kratzend und pfeifend irgendwo ansprang. Wild durchdrehende Reifen.

Younas erwachte aus seiner Starre. Riss die Wagentür auf, warf die Waffe in den dunklen Innenraum, glitt hinters Steuer und drehte am Zündschlüssel.

Nichts.

Tonne warf sich auf die Motorhaube seines Toyota. Ihr starrer Blick bohrte sich tief in seine Seele.

Wieder drehte er den Zündschlüssel.

Der Motor des Toyota erwachte endlich.

Das Mädchen begann zu zittern, aber blieb, wo sie war.

Ihre Hände schienen durch die Frontscheibe hindurch nach Younas greifen zu wollen. Deutlich erkannte er die Blutströpfchen auf ihren Wangen und der Stirn.

Eine Stimme in Younas' Kopf rief: Leg sie um!

Seine Panik und Angst liefen für einen Augenblick zu Hass zusammen.

Irgendetwas befahl ihm dennoch einen Gang einzulegen. Das Geräusch, mit dem der Toyota auf den hinter ihm parkenden Wagen knallte, nachdem Younas den Rückwärtsgang eingelegt und aufs Gas getreten hatte.

Tonne, deren Hände und Gesicht aus seinem Blick verschwanden.

Er hatte keine Erinnerung daran, wie er hierher, an den Rand der Autobahn gelangt war, wo er jetzt auf den Knien neben seinem Wagen lag und seinen Mageninhalt auf den Asphalt kotzte.

Die Lichter der vorbeirasenden Wagen waren ein beständiges Flimmern, das es nicht bis ganz in sein Hirn schaffte.

Younas richtete sich auf und lehnte sich mit Rücken und Hintern gegen den Wagen. Er hatte seine Seele in dieser einen Nacht mit mehr monströsen Bildern verseucht, als selbst für wesentlich abgebrühtere Männer als ihn gesund gewesen wäre.

Nichts konnte jetzt je wieder gut, nichts jemals wieder friedlich werden.

Es war sinnlos, sich noch irgendetwas vorzumachen. Sein Leben war vorbei.

Irgendwo hatte er einmal gehört, dass Seelen ein Gewicht hätten. Angeblich wogen sie exakt einundzwanzig Gramm. Er dachte, dass seine Seele seit dieser Nacht schwerer sein musste. Die Morde, die er begangen hatte, mussten sie einfach schwerer gemacht haben.

1 Uhr 23. „Es gibt nichts, was du in dieser scheiß Stadt nicht kaufen kannst, solange du nur den Mumm hast, den Preis dafür zu zahlen."

Boyle steckte sich eine Kippe an.

Premudas pergamentartigen Nasenflügel saugten gierig den Duft der Zigarette ein.

„Ich weiß, dass du Bellini von der *Abendzeitung* darum gebeten hast, mehr über Stillers Vergangenheit herauszufinden. Also erzähl mir nicht, dass ihr keinen Zoff miteinander habt. Ich hab damals den Stoff geklaut. Wenn Stiller hinter dir her ist, ist er auch hinter dem Juden und mir her. Aber ich bin zu alt für den Knast. An dem Tag, an dem Stillers Leute wegen des Stoffs vor meiner Tür stehen, seid ihr tot, du und der Jude. Kapiert?"

Das war es also. Der Alte wollte ihnen drohen.

Boyle griff nach der Tür. Um sich Drohungen anzuhören, war er nicht gekommen.

Premuda hielt ihn zurück. Angst durchflutete Boyle. Er wusste, er hatte nicht den Mumm zu tun, was Teddy ihm geraten hatte.

Doch wenn der alte Mann ihn hätte tot sehen wollen, wäre er es wahrscheinlich schon. Zumal der Ort, an dem er den Lexus hatte parken lassen, denkbar ungeeignet für einen Mord war. In der Gegend lebten zu viele gute Bürger, die womöglich über das redeten, was sie vielleicht zufällig mit ansahen.

Boyle glitt in den Sitz zurück. Feine Schweißperlen auf seiner Stirn zeugten trotz allem immer noch von seiner Angst.

„Stiller ist mein Feind so gut wie deiner, Bulle. Also hör dir an, was ich zu sagen habe. Eine Menge Leute vermuten, dass Stiller damals das Geld für den Wahlkampf seiner Partei aufgetrieben hat. Aber ich weiß, woher die Asche gekommen ist, kapiert?"

Ein unangenehmes Surren klopfte sanft an die ausgefransten Ränder von Boyles Unterbewusstsein.

„Ich habe *selbst* in den Topf gezahlt. Aber du musst die ganze Geschichte kennen, Bulle."

Trockener Husten unterbrach Premudas Worte. Als er danach wieder zu sprechen begann, war seine Stimme noch rauer und leiser als zuvor.

„Vor drei Jahren kam ein belgischer Anwalt zu mir. Ein Jahr nach der nächsten Wahl, meinte er, stünde die Kasinolizenz im Hafenhotel zur Neuausschreibung an. Für drei Millionen cash im Koffer könnte er dafür sorgen, dass dieses Mal die anderen die Wahl gewinnen. Und die würden sich dafür erkenntlich zeigen, sobald die Kasinolizenz zur Ausschreibung anstand. Solange man weiß, wie man es anfängt, ist das Kasino im Hafenhotel eine Goldgrube. Also rief ich ein paar Freunde an. Vier Wochen drauf war die Kohle dort, wo sie der Belgier hatte haben wollen: in einem Liechtensteiner Bankschließfach. Was der Belgier nicht wusste: Ich habe dem Banker, dem ich den Koffer übergeben habe, ein bisschen was zusätzlich draufgelegt. Alles, was er dafür tun sollte, war mir zu sagen, *wer* die Kohle abholen kommt."

KLICK. KLICK. KLICK. In Boyles Hirn rasteten Rädchen ein.

„Es war Stiller selbst, der die Kohle abgeholt hat, oder? Für irgendeinen Handlanger war denen die Sache zu heiß, also haben sie einen aus dem inneren Kreis geschickt. Bloß haben sie euch dann nach der Wahl hängen lassen, weil im Hafenhotel immer noch dieselben Leute drinstecken, die auch vorher schon drin waren. Stiller und seine Leute haben euch beschissen."

„Ja, sie haben unser Geld genommen, ein paar hundert falsche Spendenquittungen ausgeschrieben, aber nichts dafür geliefert."

„Dann haben *Sie* den Mann geschickt, der Stillers Sohn umgelegt hat?“

Der kleine Vogel schüttelte mühsam den Kopf. „Ich halte nichts davon, Kinder für die Fehler ihrer Eltern büßen zu lassen. Außerdem will ich keinen Krieg auf der Straße. Weder mit den Bullen noch mit sonst wem.“

Boyles Gesicht verzog sich unwillkürlich zu einer sarkastischen Grimasse. „Das haben Sie vor ein paar Jahren aber noch ganz anders gesehen. Und sobald etwas von Ihrem geplatzten Kasinodeal durchsickert, wird Ihnen weder im Präsidium noch auf der Straße irgendwer glauben, dass Sie mit dem Tod von Stiller junior nichts zu tun hatten.“

„Und deswegen werde ich der Erste sein, der von dir erfährt, wer Stillers Sohn umgebracht hat. Und warum. Und jetzt, Bulle, will ich wissen, was du über diese Made, die in meiner Stadt ungefragt Schuljungen tötet, herausgefunden hast.“

Premudas Tonfall duldete keinen Widerspruch. Kein Zweifel, dass er die Wahrheit gesagt hatte. Kein Zweifel außerdem, dass er unter seiner gleichmütigen Maske ebenso verunsichert durch den Mord an Stillers Sohn war wie Boyle selbst.

„Dieser Killer hat nicht nur Stillers Sohn getötet, sondern auch einen weiteren Jungen. Dabei gab es einen Zeugen. Er hat den Killer als Kanaken beschrieben, ungefähr vierzig, mittelgroß, dunkle Haare, Schnurrbart, keine Brille und auch sonst nichts Besonderes. Wir wissen immer noch nicht, WIESO er es tat. Alles, was wir bisher haben, sind ein paar Namen von Freunden des zweiten Opfers. Und dass sie, bis auf einen, alle völlig sauber sind und aus gutem Haus stammen. Der eine hat's allerdings in sich, der dealt für Halif Kahn."

Halif Kahns Name löste ein Grunzen bei Premuda aus. „Ein Kanake? Und einer der Jungs, die mit den Toten zusammensteckten, arbeitet für Halif Kahn?"

„Ja. Sagt Ihnen das irgendetwas?"

Der Alte versank einen Augenblick in tiefe Konzentration. „Wie war das mit dem Zeugen? Wusste der Killer, dass ihm irgendwer zusieht? Hat euer Zeuge wirklich sagen können, wie *alt* der Killer war?"

Worauf auch immer Premuda hinauswollte, Boyle war überzeugt, dass Reiche nicht gelogen hatte, als er den Killer beschrieb.

„Unser Zeuge kniete keine zwei Meter von ihm entfernt am Boden, als er den zweiten Jungen erschossen hat. Ich hab ihn selbst befragt. Er hat nicht gelogen."

Dennoch schien dem Greis irgendetwas an Boyles Auskunft aufzustoßen. „Wirklich so alt, ja?"

Premudas Stimme war nachdenklich leise, kaum mehr als ein kratziges Flüstern.

„Dann kann er nicht von Halif Kahn kommen. Der benutzt für solche Jobs ausschließlich Kinder. Und eines glaub mir Bulle: Die machen solche Fehler nicht."

Boyle zuckte überrascht zusammen.

„Kinder?"

Der Alte begann still glucksend zu beben. „Kinder."

„KINDER wie – KINDER, Premuda?"

Der dürre Greis vollführte irgendeine rasche Bewegung, deren Zweck Boyle entging.

„Kinder wie Kinder, Bulle. Teddy Amin, der arbeitet mit den russischen Juden und kriegt sein Dope von libanesischen Christen über Spanien und das Koks von Russen, die es von den Bolivianern einkaufen und dann für ihn über die holländische Grenze in die Stadt schaffen. Seinen Verkauf übernimmt Teddy selbst. Da lässt er nichts zwischen kommen. Seine Koscha Nostra-Jungs spielen zwar die Boten, aber kassieren tut der Jude seine Asche immer noch höchst selbst. Richtig?"

Boyle bekundete zerstreut seine Zustimmung. Teddy wusste, was er tat.

„Ich selbst arbeite mit Kroaten, Albanern, Italienern, Weißrussen und Kolumbianern. Vielleicht sind es noch ein paar andere, aber das tut jetzt nichts zur Sache. Halif arbeitet mit Türken, Bulgaren und ab und an mit Rumänen. Aber die bringen ihm seinen Stoff nur über die Grenze. Damit ist er allerdings noch lange nicht verteilt. Wer übernimmt also Halifs Verteilung auf der Straße? Den Hauptteil wickelt er über die schwarzen Illegalengangs aus Nigeria und Sierra Leone ab, die er aus den Asylantenlagern in Ostdeutschland in die Stadt kommen lässt. Müssen alles in allem ein paar Dutzend sein, die hier in Berlin und Frankfurt für ihn arbeiten. Obwohl er sich bei den Kurdengangs, die in Berlin seit Kurzem den Kuchen neu verteilen, in letzter Zeit ein bisschen die Zähne ausgebissen hat. Die haben was gegen Türken, die nebenbei noch für die grauen Wölfe und den türkischen Geheimdienst arbeiten."

Schlagartig wurde Boyle die Konsequenz aus Premudas Andeutungen klar: Im Präsidium nahm man an, Halif importiere seinen Stoff über persische, kurdische und rumänische Gangs und verkaufe ihn, war er erst einmal in der Stadt, an verschiedene türkische und deutsche Zwischenhändler. Die ihn dann wiederum in eigener Regie an ihre Kleindealer verteilten.

Lag Premuda jedoch mit seiner Aussage richtig, dann war den Drogenfahndern im Präsidium und dem Landeskriminalamt ein fataler Irrtum unterlaufen. Dann importierte Halif den Stoff nicht nur, sondern beherrschte auch den gesamten Rest der Verteilerkette bis hinunter zum kleinen Zwanzig-Mark-Straßendealer.

„Was ist das nun mit den Kindern, die er angeblich zum Killen einfliegen lässt?"

Premuda machte eine abwiegelnde Geste. „Ich weiß sicher, dass er vor drei Jahren das erste Mal eines dieser Kinder für einen Mord hat hierherkommen lassen. Meine Leute am Flughafen haben mir davon erzählt. Es kam aus Sierra Leone. Halifs schwarze Dealerkumpels haben das geschaukelt. Erinnerst du dich, Bulle? Die Kuriere, die ihr damals draußen in dem Aparthotel an der Autobahn mit zwei Löchern im Kopf gefunden habt? Und die Hure, die über die Polengangs auspacken wollte? Ist noch gar nicht so lange her. Die Kuriere waren was Eigenes, aber die Hure hat Halif im Auftrag der Polen umlegen lassen. Hat die Polen ganz ordentlich was gekostet, nebenbei bemerkt."

Boyle sah das Bild eines kargen Hotelzimmers vor sich. Zwei Drogenkuriere lagen mit ausgefransten Löchern in ihren Köpfen quer über dem Bett. Die polnische Prostituierte war wie Müll unter der Kennedybrücke abgelegt worden. Auch ihr hatte man zwei Mal in den Kopf geschossen.

„Und was sollte auch schon mit den Killern passieren, wenn ihr sie denn irgendwann mal kriegen solltet? Das sind KINDER. Keine vierzehn Jahre alt. Die sind noch nicht mal alt genug für den Jugendknast. Und selbst, falls ihr sie kriegt. Die reden nicht. Da unten in Nigeria oder Sierra Leone reden die nicht mal, wenn ihnen irgendeiner 'ne Kalaschnikow an den Kopf hält. Was für Möglichkeiten hättet ihr hier schon, die *die* zum Sprechen bringen könnten?"

„Vielleicht so was wie 'ne Zukunft?", flüsterte Boyle, aber glaubte selbst nicht an das, was er sagte.

„Darauf vertraut nur, wer weiß, was das ist."

Schweigen.

„Unser Zeuge lügt nicht, Premuda. Der Killer ist kein Kind. Und auch nicht schwarz. Wenn der Killer aber nun nicht von Halif Kahn kommt, weshalb zieht er dann los und tötet nacheinander zwei bisher unbescholtene Teenager?"

In Premudas Augen glitzerte ein winziger Schimmer gelben Lichts. „Es muss etwas Persönliches sein. Alles andere passt nicht."

„Es kann nichts Persönliches sein. Jedenfalls nicht ausschließlich", zischte Boyle.

Premuda schien von Boyles unbedingter Strenge ehrlich erstaunt.

„Stiller will, dass ich den Killer umlege, sobald wir ihn aufgestöbert haben. Ich hab ihm in die Augen gesehen, als er damit herausrückte. Der Tod seines Jungen hat ihn zwar getroffen. Aber so tief nun auch wieder nicht. Ich bin sicher, dass er nicht nur um seinen Jungen trauert, sondern wirklich Angst vor irgendwas hat. Und er glaubt, dass der Killer irgendetwas mit dem zu schaffen hat, was ihm solche Angst einjagt."

Premuda schien Boyles Argument ganz und gar nicht zu überzeugen. „Vielleicht glaubt er einfach nur, dass er damit durchkommt, dich als Killer einzuspannen. Jeder weiß doch, Bullen sind die besseren Kriminellen. Du selbst bist ja der beste Beweis dafür."

1 Uhr 38. Younas hatte lange steif in seinem Toyota gesessen, bis er sicher war, dass er weiterfahren konnte. Er ordnete den Wagen in den Fahrzeugstrom ein, der über die Autobahn glitt. Die Reihen der roten, gelben und weißlichen Lichter vermittelten ihm ein Gefühl von Sicherheit.

Ein rotes Lämpchen im Armaturenbrett zeigte ihm, dass er tanken musste. Younas lenkte den Toyota in die Auffahrt der nächsten Tankstelle, rollte zur Zapfsäule, suchte ein paar Scheine aus seinen Taschen zusammen, tankte voll und ging durch die Tür des Tankstellenshops.

Plastikregale mit jeder Menge buntem Nippes, Bier, Cola, Wasser, Magazine und Zeitungen vom vergangenen Tag. Er verschwendete keinen Blick daran.

Kein Kassier zu sehen.

Schließlich – Türenklappen.

Ein Kaugummi kauendes Mädchen erschien. Draußen war beinah gleichzeitig das Brummen eines schweren Motorrades zu hören. Younas und das Mädchen sahen sich danach um.

Eine Frau in Lederjeans und einer roten Jacke, klappte den Ständer ihrer Harley herunter, setzte den Helm ab und machte sich auf in den Shop.

Younas löste sich von ihrem Anblick und trat an die Kasse.

Die Motorradfahrerin betrat den Shop, öffnete den Reißverschluss ihrer Jacke, schüttelte mit einer sanften Bewegung ihr Haar aus, das ihr daraufhin in weichen Locken um die Schultern fiel.

Die Blicke des Kaugummi kauenden Mädchens hinter der Kasse verhakten sich auf den Nippeln der

Motorradfahrerin, die unter ihrem dünnen T-Shirt hervorstanden. Die Harleyfrau baute ein breites herausforderndes Lächeln in ihr Gesicht. Auf ihrem T-Shirt prangte ein kitschig buntes Jesus-Porträt mit der Aufschrift: *Too old to die young*.

„Zahlen. Nummer 4", sagte Younas zu der Kassiererin. Er sagte es laut und klar.

Sie reagierte nicht. Ihre Blicke klebten an der Harleyfahrerin wie Hundescheiße an einem Schuh.

Younas wiederholte seinen Spruch: „Will zahlen. Nummer 4." Noch lauter als zuvor.

Für das Kaugummimädchen war er weniger als Luft.

„Hi!", sagte die Harleybraut und drängte sich vor Younas an die Theke.

Die Kleine hinter der Theke lächelte die Harleytussi selig an.

„Hi, Claire!", flötete sie.

Younas hatte sich ordentlich angestellt. Er war kein Dieb und er hatte deutlich angesagt, was er wollte. Für das Kaugummimädchen konnte sein Geld nicht schlechter sein als das der Harleyfrau. Trotzdem war er für sie offenbar nicht einmal Mensch genug, um wenigstens als Störfaktor in ihrem Augen-Spielchen mit der Harleyfahrerin registriert zu werden. Diese beiden Weiber waren nicht besser als der glatzköpfige Polizist auf dem Revier, der ihn am Nachmittag mit seinem Mund voller Dönerkraut einfach abgewiesen hatte. Eigentlich waren die beiden Frauen sogar noch mieser als der Polizist. Younas war ein Fremder. Er war ein Mann und sie mussten ihm trotz ihrer Ignoranz angesehen haben, was er von ihren gegenseitigen gierigen Blicken hielt. Trotzdem machten sie völlig schamlos einfach weiter.

Er hatte in dieser Nacht drei Menschen getötet. Er hatte wenigstens so viel Respekt verdient, *wahrgenommen* zu werden.

Unbändiger Zorn ergriff ihn. Er sah rot. Er riss Halifs Pistole aus dem Mantel und hielt sie dem Mädchen hinter der Kasse ins Gesicht.

Wie in Trance trat sie zwei Schritte von der Shoptheke zum Tabakwarenregal zurück und hob die Hände.

Aus den Augenwinkeln heraus bemerkte er eine Bewegung der Harleyfahrerin. Younas wirbelte herum. Der Lauf seiner Waffe richtete sich auf ihre Brust.

Das Kaugummimädchen begann zu schreien. Es waren hohe, quiekende Schreie, unkontrolliert und durchdringend. Die Harleyfrau öffnete den Mund. Ihre Lippen waren braun geschminkt. Sie sagte keinen Ton, sondern starrte Younas nur weiter ängstlich flehend an.

„Will zahlen … Nummer 4!“, sagte Younas.

Das Kaugummimädchen hörte auf zu schreien und sah ihn an, als hätte er gerade einen Blowjob von ihr gefordert.

Younas begriff, dass sie ihn für einen Verrückten hielt. Die Angst der Frauen unterschied sich von der des Mannes in dem Duschraum und der des pummeligen Mädchens in dieser Disco. Younas wurde klar, dass sie überzeugt waren, er sei hier, um ihnen beiden auf dieselbe Weise weh zu tun, wie die vier Tiere seiner Tochter weh getan hatten.

Er hatte das Gefühl in einen blau-grünen Teich gezogen zu werden, tiefer und tiefer sank er herab, bis er irgendwann auf dessen schwarz schlammigen Grund stieß. Etwas in ihm zerbrach.

Die Harleyfahrerin trat sehr vorsichtig zwei, drei, vier langsame Schritte von ihm weg in den Raum hinein.

Younas glaubte jeden Moment zu ertrinken.

Das Mädchen hinter der Shoptheke begann wieder zu schreien.

Er jagte die letzten beiden Kugeln seines Magazins neben dem Kopf des Kaugummimädchens in die Videokamera und das Aufzeichnungsgerät im Warenregal.

Zigarettenpackungen, Rekorderteile, Zeitungen und CDs flogen in einem chaotischen Wirbel umeinander. Das Kaugummimädchen knickte ein und verschwand hinter der Shoptheke. Jesus lächelte dazu immer noch unerschütterlich süßlich vom T-Shirt der Harleyfrau. Ihr Mund klappte zu. Sie atmete heftig und vielleicht schrie jetzt auch sie.

Younas warf drei Zwanziger über die Papierschnipsel, die wie ein Schneeschauer auf die Shoptheke herabgerieselt waren, wandte sich ab und lief hinaus.

Er warf die Pistole in den Toyota, drehte den Zündschlüssel und raste davon.

1 Uhr 40. Premuda erwachte aus seinem minutenlangen Schweigen. „Ganz egal, was am Ende wirklich dahintersteckt. Du wirst diesen Mörder nicht umlegen, bevor ich nicht weiß, weswegen er in meiner Stadt Leute erschießt, Bulle. Und das war keine Bitte, sondern ein Befehl."

„Sie verwechseln da was, alter Mann. Ich steh nicht auf Ihrer Gehaltsliste. Ich bin keiner Ihrer Laufburschen."

Premudas Hand verkrampfte sich um Boyles Handgelenk. „Du bist, was du bist, Bulle. Und ich bin, was ich bin. Du wirst tun, was man dir sagt, kapiert? Du schuldest mir was."

„Ich schulde Ihnen nichts, Premuda. Wir hatten einen Deal. Teddy und ich haben unseren Teil erfüllt. Sie haben Ihren Teil erfüllt. Wir sind sauber auseinander gegangen."

Der dürre Vogel löste seinen Griff um Boyles Handgelenk. „Vor ein paar Stunden hat Bellini von der *Abendzeitung* jeder Menge Leuten in dieser Stadt jede Menge Gefallen versprochen, um dir die Informationen zu verschaffen, um die du sie gebeten hast. Hast du wirklich gedacht, du kriegst hier irgendwas umsonst?"

Verdammt, dachte Boyle, Bellini hatte ihn offenbar kalt lächelnd belogen. „Was ich geglaubt habe war, dass ich Bellini etwas schulde, wenn ich Bellini um einen Gefallen bitte. Nicht Ihnen."

„Da hast du dich geirrt, Bulle."

Die drückend feindselige Stille zwischen den beiden Männern ließ den Innenraum der Limousine auf Erbsengröße schrumpfen.

Auf den Revieren, den Straßen und im Präsidium gab es jede Menge Polizisten, die sich mit Informationen an die Presse ein paar Scheine nebenbei verdienten. Selbst wenn Bellini ihre Zusage einhielt, nichts über den Kanakenkiller zu bringen, bevor Boyle es freigab, wussten mittlerweile einfach schon zu viele Leute Bescheid. Es war nur noch eine Frage von Stunden, bis etwas darüber zu den Zeitungs- und TV-Redaktionen durchsickerte.

Dann würden ein paar tausend aufgeputschte Neonazis durch die Stadt marschieren. Die Story eines Kanaken, der scheinbar ohne klares Motiv nacheinander zwei deutsche Jungs umlegte, musste ihnen wie ein Geschenk des Himmels erscheinen. Bewies es ihnen doch angeblich einmal mehr ihre bescheuerten Thesen von den minderwertigen Ausländern. Sonst brüllten sie in ihren Sprechchören „Ausländer raus!" und „Deutschland den Deutschen!" Aber nach der Story vom Kanakenkiller schlügen sie garantiert andere Töne an. Mit den Nazis und den Autonomen, deren Demo außerdem noch genehmigt worden war, konnte Hamburgs Polizei fertig werden. Die waren seit Langem geplant und genehmigt.

Darauf hatte man sich inzwischen vorbereiten können. Aber Becker hatte Recht, wenn er sich vor den tausenden frustrierten türkischen, russischen, jugoslawischen und schwarzen Jugendlichen fürchtete, die längst auf den passenden Anlass für die richtig dicke Randale gewartet hatten. Konnte man sie nicht dazu bringen stillzuhalten, während die verdammten Nazis ihre Show abzogen, musste es heftig krachen. Dem Innensenator würde dann vielleicht nichts anderes übrig bleiben, als Hilfe vom Grenzschutz und der Bundeswehr anzufordern, wie Helmut Schmidt das damals während der Sturmflut 1962 getan hatte.

Ganz gleich, was sich die guten Bürger vor ihren bläulich schimmernden Glotzen auch Abend für Abend vormachten: War es erst einmal so weit gekommen, dass man sogar die Armee zu Hilfe rief, würde es mit Sicherheit Tote auf den Straßen geben. Zweifellos konnten Polizei und Bundeswehr das Chaos wieder in den Griff bekommen. Nur würde dieses Land danach nie wieder dasselbe sein.

„Da ist noch etwas, Premuda. Befehlen Sie Ihren Leuten zu Hause zu bleiben, ganz gleich, was bei der Nazidemo morgen Nachmittag geschieht. Es gab genug Blut heute Nacht. Keiner hat bei Straßenschlachten irgendetwas zu gewinnen."

Premudas Hände zuckten aus dem Kamelhaarmantel hervor und schnitten scharf durch die aufgeheizte Luft im Inneren des Wagens, bevor sie dann gleich darauf kraftlos wieder herabfielen. „Ihr scheiß

Heuchler habt diesen Idioten doch selbst erlaubt, ihren Mist auf die Straße zu tragen. Und jetzt kommt ihr ausgerechnet zu mir, damit ich für euch den Deckel auf dem Topf halte?"

„Sie sind nicht der Einzige, Premuda. Unsere Leute gehen auch zu den Russen, den Albanern, Italienern, Griechen, Mullahs und Imamen."

Boyle fühlte sich nicht wohl bei dieser Ansage. Ausgerechnet das Polizeipräsidium sollte nicht die Crème de la Crème der stadtbekannten Aufputscher und Gangster um Ruhe auf den Straßen bitten müssen.

„Bestell ihnen, dass ich es versuchen werde. Aber sag ihnen auch, dass ich es nicht für sie tue, sondern nur für meine Leute. Und versprecht euch nicht zu viel davon. Ihr habt diese Kinder schließlich selbst auf den Müll geworfen. Die hatten ihr ganzes Leben Zeit, ihre eigene Auffassung von Gerechtigkeit zu entwickeln.

Ihr habt ihre Väter und Großväter hergeholt und in eure Fabriken gesteckt, aber danach wolltet ihr einfach vergessen, dass sie, wenn sie schon hierbleiben, irgendwann auch Familien und Kinder haben werden, um die sich irgendeiner kümmern muss. Oder, wenn man sich schon nicht um sie kümmert, ihre Art zu leben doch wenigstens respektieren sollte."

Premudas Geruch nach Leder, Tod und kaltem Medikamentenschweiß löste in Boyle Brechreiz aus. „Sieh mich an, alter Mann! Sieh mich an und sag mir noch mal ins Gesicht, dass deine jungen Leute in den

Gettos nie eine Chance gehabt hätten, nur weil sie Türken, Schwarze oder Russen sind!"

An Premuda tropfte Boyles Zorn ab wie Regen von einer gut polierten Fensterscheibe. „Wer bist du schon, dass du irgendwem als Vorbild dienen könntest? Ein Mann, der seine eigenen Leute für mein Geld verraten hat."

Boyle wandte sich ab und stieß die Wagentür auf. Das Geräusch, mit dem sie hinter ihm wieder zufiel, kam ihm so unerträglich satt und arrogant vor.

Das Fenster surrte herab. „Ich bin, was ich bin. Und du bist, was du bist, Bulle", rief der dürre alte Mann Boyle hinterher.

Ich bin vielleicht ein Verräter, dachte Boyle. Doch du, alter Mann, bist schlimmer als das. Du bist derjenige, der den Verräter *bezahlt* hat.

Boyle ging auf den Dance Club zu, vor dessen Eingang Sascha und Teddy Amin warteten. Er hatte das Gefühl aus Glas gemacht zu sein: Beinah so hart wie Diamant, aber doch auch zugleich so spröde, dass ein einziger mit genügend Kraft und Mut geworfener Stein genügen konnte, um ihn in tausende Splitter zu zerbrechen.

Sein blinder Zorn über den Alten klang allmählich ab. Er fragte sich, ob er wirklich so viel besser dran war als Premudas Leute. Denn am Ende war es auch für ihn Angst gewesen, die ihn all die Jahre angetrieben hatte. Die Entscheidung für den Polizeidienst, seine Karriere, die Jahre auf der Straße, schließlich der Deal mit Premuda und dessen Überfall auf die beiden Undercoverfahnder – das alles hatte er aus Angst getan. Es war die Angst des dicklichen Jungen mit den großen blauen Augen, der dunklen Haut und den krausen Haaren, der sich auf dem Schulhof inmitten einer Meute Kinder, gelähmt vor Furcht, auslachen und anspucken ließ, weil er nicht war wie sie und ein für alle Mal gerade eben kapiert hatte, dass nichts jemals irgendetwas daran ändern konnte.

Sascha trug Teddys Sakko über dem dünnen Seidenrolli. „Ein Mann namens Tommy Graf hat angerufen. Er sagte, er wüsste, dass du hier auftauchen würdest."

Ihre durchdringenden Blicke suchten in Boyles Gesicht vergeblich nach irgendeiner Reaktion. „Er meint, es sei dringend. Er will, dass du ihn zurückrufst."

Merkwürdig, dachte Boyle, wie diese blöde Jacke den Nuttenfummel, der ihm vorhin so heftig aufgestoßen war, neutralisieren konnte.

„Was hat Premuda gewollt?", fragte Teddy. Er steckte sich eine Kippe an und sah dabei stur an Boyle vorbei. So, als interessiere ihn gar nicht, was er auf seine Frage antwortete.

„Später. Zuerst brauch ich 'n Telefon."

Boyle warf Münzen in den Schlitz des Telefons, das neben der Schwingtür zum Klo an der Danceclubwand hing. Irgendwo aus dem Augenwinkel heraus sah er Sascha, die über den Witz irgendeines Typen in einer künstlich zerrissenen Jeans lachte.

„Graf."

„Boyle. Woher wusstest du, wo ich bin?"

„Komm runter, Mann. Einfach *jeder* weiß doch, dass du was mit der blonden Russin in dem Laden hast."

Boyle fragte sich, wer konkret einfach *jeder* sein sollte.

„Den dritten Jungen von dem Foto hat es erwischt. Auf dem Parkplatz vor 'ner Disko. Es gibt jede Menge Zeugen. Wir haben eine Beschreibung und wir wissen, dass er 'n roten 92er Toyota Corolla fährt. Es gibt nur ganze hundertsiebzig Leute, auf die die Beschreibung ungefähr passt und die in dieser Stadt rote 92er Corollas fahren. Haffner und Becker haben alles, was Beine hat und eine Uniform trägt, drauf angesetzt. Der Typ ist schon so gut wie im Knast."

Oder tot, dachte Boyle. Jedem Polizisten der Stadt war klar, dass der Killer bewaffnet war. Weshalb sich keiner von ihnen sonderlich intensiv an die Vorschriften halten würde, sobald ihnen irgendwer, der ihrem Killer ähnelte, zufällig vors Rohr geriet. Schien so, als würde Stiller so oder so zu einer Leiche kommen. Fragte sich bloß, ob es auch die richtige sein würde.

Und Premuda hatte Recht, nichts passte wirklich zusammen. Halif Kahn passte nicht ins Bild. Premuda selbst passte nicht. Und Stiller, der große Tugendapostel, erst recht nicht. Das Einzige, was wirklich passte, war, dass der Killer nacheinander alle Jungen, die auf diesem Foto zu sehen waren, zu erschießen schien.

„Was ist mit dem vierten Jungen, dem, der für Halif Kahn dealt? Habt ihr ihn aufgetrieben?"

„Haffner hat Stolze darauf angesetzt. In der Wohnung war nur seine Mutter. Sie sagt, er sei seit gestern Nacht verschwunden. Aber er hat wohl eine Freundin irgendwo draußen auf dem Land. Stolze hat 'ne Zivilstreife hingeschickt. Sobald er zu Hause oder bei der Freundin auftaucht, haben wir ihn. Außerdem ist sein Foto zusammen mit der Beschreibung des Killers an jeden Bullen rausgegangen, der heute Nacht irgendwo in dieser Stadt unterwegs ist."

Alle anderen Jungen waren, wo sie wohl jeden Freitagabend gewesen waren: zu Hause, arbeiten oder in einer Disko, nur der vierte verschwand gerade rechtzeitig, um dem Killer zu entgehen. Zufall?

„Diese Freundin, ich brauch ihre Adresse."

„Wozu? Der Fall ist gelaufen. Nur noch eine Frage der Zeit, bis wir den Killer haben. Fahr nach Hause, schlaf dich aus oder vögel deine Russin. Es ist vorbei. Das hat Haffner mit Stolze und Geist erledigt."

Tommy irrte sich. Nichts war vorbei, solange er nicht wusste, wieso dieser Kanake auf die Idee gekommen war, in einer merkwürdig kontrollierten Raserei nacheinander diese drei Teenager zu töten.

„Den Namen und die Adresse, Tommy."

„Die scheißen auf uns, Mann. Wir sind raus aus

dem Fall. So, wie du dich vorhin aufgeführt hast, lässt Haffner mich eher von seinem Hintern Schlagsahne lecken, als mir auch nur zu sagen wie spät es ist!"

„Dann lass dich von Stiller persönlich autorisieren. Wenn es sein muss, dann eben vor versammelter Mannschaft. Aber ich brauche diese Adresse und zwar noch bevor Stolze und Geist sich dorthin bewegen. Zur Not hältst du sie eben irgendwie zurück. Du wirst das jetzt nicht einfach versauen, Tommy, kapiert?"

„Ich tu mein Bestes. Aber versprechen kann ich nix."

„Ich ruf dich in 'ner Viertelstunde zurück. Besser, du hast dann diese Adresse."

KLICK.

Jeder Bulle in dieser Stadt war hinter dem Kanakenkiller her. Selbst, wenn Becker wirklich alle Mullahs, Gangstergrößen und Aufputscher der Stadt erreichte, um mit ihnen zu reden, war es zu spät. Die Story vom Kanakenkiller würde bis morgen früh die Runde gemacht haben und spätestens am Abend brannten Hamburgs Straßen. Die einzige Frage, die jetzt noch blieb, war: Wie hoch und gefräßig würden die Flammen dann lodern?

1 Uhr 58. Der Motor des Toyota surrte präzise vor sich hin. Younas schaltete hoch, trat aufs Gas und klemmte den Wagen hinter die Rücklichter eines Benz.

Eine Baustelle. Dahinter rote und gelbe Lichter.

Younas bremste hinter dem Benz ab und ließ den Wagen gemächlich durch die Baustelle rollen.

Der Benz stoppte. Ein Stau war das Letzte, was er jetzt gebrauchen konnte. Younas' Toyota kam zum Stehen.

Trotz der wenigen Wagen, die um diese Zeit noch auf der Landstraße unterwegs waren, war nichts zu sehen, das den Stau ausgelöst haben mochte.

Blinkende Lichter. Der kantige Schatten von irgendetwas Wuchtigem, das quer zur Straße zu stehen schien.

Vielleicht ein Unfall.

Polizei würde da sein und die Rettungswagen der Feuerwehr.

Panik.

Neben ihm, halb angeleuchtet von den Scheinwerfern seines eigenen Wagens und denjenigen des Mercedes, reckte sich eine Plakatwand in den Himmel, die mit einem selig grinsenden Baby für Hautcreme warb.

Younas war eingeklemmt zwischen den haltenden Wagen. Vier, fünf vor ihm, einige mehr hinter ihm. Neben der Straße war der schmale Standstreifen und dahinter lag ein tiefer Graben.

Younas war gefangen.

Der Benz bewegte sich erneut ein paar Meter vorwärts. Das Werbeplakat versank im diffusen Halbdunkel der Nacht.

Die Erinnerung an einen der Gefängniswärter, damals in dem anderen Land. Wie er mit einem ruhigen Lächeln in den Augen vor den Neuankömmlingen am Zellengang gestanden hatte. „Ab hier gibt es keine Unschuldigen mehr. Hier gibt es nur Nummern. Jede Nummer ist so viel wert wie die andere, nämlich nix."

Jahrelang hatte er sich eingeredet, dass jener Wärter ebenso ein Opfer war, wie die Männer, die er verhörte. Seit dieser Nacht wusste er es besser. Begriffe wie Opfer oder Täter, Schuld und Unschuld hatten in der wirklichen Welt nichts zu suchen. Alles, worum es tatsächlich ging, war eines Tages eine Entscheidung zu treffen und damit leben zu lernen.

2 Uhr 12. Die Regenwolken hatten sich verzogen. Die Nachtluft war diesig und kalt. Boyle hatte vergeblich versucht, Tommy Graf im Büro zu erreichen. Eine schwache Hoffnung trieb ihn dazu, es über die Funkzentrale zu versuchen. Er öffnete den Opel und griff nach dem Funkgerät.

„Wagen 1323, Hauptkommissar Lewis Boyle ruft Zentrale."

Knistern.

„Hallo, Boyle. Keine Nachrichten für dich. Tut mir leid."

Das war Barbie, dachte Boyle.

Seit Monaten ging sie ihn um ein Date an, das er ihr selbst dann nicht gewähren würde, wenn sie das letzte weibliche Wesen auf diesem Planeten gewesen wäre.

„Mach mir 'ne Verbindung zu Tommy Graf. Er muss irgendwo bei der MoKo herumhängen."

„Tommy Graf ist vor 'ner Viertelstunde gegangen. Sah nicht so aus, als ob er heute Nacht noch mal zurückkommt."

Boyle warf das Handstück des Funkgerätes in den Wagen zurück. Wandte sich zu Teddy Amin, der vom Eingang des Clubs zu ihm herübergeschlendert war.

„Schlechte Nachrichten?"

Boyle starrte wütend auf die Leuchtreklame eines Hotels. „Tommy hat aufgegeben. Wieso auch immer. Ich bin allein."

Teddy schlug die Tür des Opel zu. „Sind wir am Ende alle. Außerdem hab ich dir immer schon gesagt, dass du dieser Schwuchtel nicht trauen kannst. Überhaupt gar keiner Schwuchtel. Nie. Egal, ob sie Brüste hat oder 'n Schwanz. Falscher Fuffziger bleibt falscher Fuffziger."

Das übliche Vorurteil eines Zuhälters, der fürchtete, dass eines seiner Mädchen plötzlich ihre Neigung zum eigenen Geschlecht entdeckte und damit für den herkömmlichen Gebrauch im ältesten Gewerbe der Welt so gut wie verloren war.

„Oh, immer noch sauer wegen … wie hieß sie noch … Candy?"

Teddy nahm Boyles sarkastische Erwiderung leichter als gewöhnlich. „Sie hieß Suzanne Stein. Und tu nicht so, als ob du es vergessen hättest, du hast sie genauso gevögelt wie ich."

„Aber *dir* ist sie mit einem deiner Weiber weggerannt."

„Tommy Graf ist trotzdem ein Arsch mit Ohren und zu viel Asche auf der Bank. So was sollten sie nicht mal den Asphalt kehren lassen, auf dem anständige Männer herumtreten."

Klar, Tommy musste für die untreue Candy büßen.

„Du bist ein intoleranter Idiot, Teddy. "

„Muss was dran sein, hör ich heute nicht zum ersten Mal."

Boyle hatte genug davon.

„Ich brauch deinen Wagen. Meine Dienstkarre fällt zu sehr auf. Und ich muss wissen, wo sich einer von Halif Kahns Dealern freitagnachts üblicherweise so herumtreibt."

Teddys Blicke brachen sich in Boyles zu Schlitzen zusammengezogene Augen. „Wozu?"

„Kann sein, dass er weiß, weswegen der Kanakenkiller einen Schuljungen nach dem anderen umlegt. Außerdem ist gut möglich, dass der Killer jetzt auch hinter ihm her ist. Ich bin nicht sicher, aber irgendwas sagt mir, dass wir Stiller erst dann endgültig von den Hacken haben, wenn wir wissen, weswegen der Kanakenkiller all diese Jungen umlegt. Es gab schon drei Tote diese Nacht. Müssen schließlich nicht vier werden."

Teddy schien anderer Meinung zu sein.

„Spinnst du, Boyle? Ich gebe dir doch nicht mein Auto, damit du damit meine Konkurrenz aus der Scheiße reitest."

Boyle blieb bei seiner Forderung. „Entweder finden wir diesen Dealer oder Stiller lässt uns noch vor Morgengrauen verhaften. Such's dir aus, Teddy."

„Was *läuft* hier eigentlich, Boyle? Was hat Premuda von dir gewollt?"

„Stiller hat Dreck am Stecken. Nur, dass ich es ohne Premuda nicht beweisen kann. Und das Letzte, was der tun würde, wäre vor einem Staatsanwalt lang und breit seine Geschäfte offenzulegen. Aber wenn wir wissen, weswegen der Kanakenkiller tut, was er tut, kriegen wir Stiller vielleicht doch noch am Arsch. Das hängt alles irgendwie zusammen: der Killer, Halif, Premuda und dieser Kasinodeal."

Teddy sah an Boyle vorbei auf die Straße.

„Was für ein Kasinodeal? Und überhaupt, Halif Kahn würde ohne Haftbefehl kein Wort mit dir reden."

Boyles Blick, der sich in Teddys Augen verfing. „Mit dir schon."

Teddy schüttelte den Kopf.

„Vergiss es, Boyle. Das wäre es nicht wert. Wenn wir Halif Kahn zu nah auf die Pelle rücken, schützt uns weder deine Marke noch mein schlechter Ruf. Dann sind wir beide weg vom Fenster. Lass dir was anderes einfallen."

Boyle dachte gar nicht erst darüber nach, welche Sorte Ruf Teddy gerade gemeint haben könnte.

„Es gibt aber nichts anderes. Entweder machen wir es auf meine Art, oder wir gehen morgen früh zusammen in den Bau."

Boyles Haltung verriet Teddy, dass er nicht mehr von seiner Meinung abrücken würde.

KLICK, KLICK, KLICK. Rädchen, die in Boyles Hirn einrasteten. Premuda hatte vorhin davon gesprochen, dass er nach dem Angebot dieses belgischen Anwalts „ein paar Freunde" angerufen hatte, um die drei Millionen Wahlkampfspenden aufzubringen, die Stillers Parteibosse angeblich wollten, um Premuda und seinen „Freunden" die Kasinolizenz im Hafenhotel zuzuschanzen. Der Alte hatte Boyle nie die Namen dieser Freunde genannt. Es gab einen Grund dafür. „Mann, Scheiße, Teddy! Premuda und Halif Kahn stecken in dieser Kasinosache zusammen drin."

Teddy Amin starrte ihn verständnislos an.

„Was für 'ne Kasinosache? Hör auf mit den verdammten Rätseln, Boyle! Dafür hab ich heute echt keinen Nerv!"

„Premuda und Halif Kahn haben zusammen Stillers Partei den Wahlkampf finanziert. Schlappe dreieinhalb Millionen im Koffer und ohne offizielle Quittung. Dafür haben ihnen Stillers Leute die Kasinolizenz im Hafenhotel versprochen. Bloß haben sie nach der Wahl nicht dran gedacht, ihre Zusage einzuhalten. Premuda hat mir vorhin gesagt, er würde nie Kinder für die Sünden ihrer Eltern büßen lassen. Und der Mistkerl hat nicht mal gelogen. Nur hat er eben zu erwähnen vergessen, dass Halif Kahn in der Beziehung nicht ganz so zimperlich ist."

„Du spinnst wirklich, Boyle. Es sind doch wohl immer noch *drei* tote Jungen. Und die anderen beiden waren ja wohl nicht mit Stiller verwandt. Das passt nicht."

Boyle versank erneut in Schweigen. Teddy sah dem Rausschmeißer des Clubs dabei zu, wie er einen betrunkenen Gast in einem Taxi entsorgte.

„Premuda hat mir erzählt, Halif würde für seine Mordaufträge Kindersoldaten verwenden. Ist da was dran?"

Teddy machte eine unbestimmte Geste. „Da weiß keiner was Genaues."

„Hör auf rumzudrucksen. Was hast du gehört?"

Teddy blies die Wangen auf. „Also gut, ja, ich habe mehr als bloß Gerüchte gehört. Kann schon sein, dass da wirklich was dran ist. Zu ihm passen würde es jedenfalls. Dumm nur, dass dein Kanakenkiller erwachsen ist."

„Ausnahmen bestätigen die Regel."

Teddys Skepsis war ihm deutlich anzusehen. Dennoch, sein Hirn war in Gang gekommen. Und es spuckte eine brutale These aus. „Gut, nehmen wir mal an, du hast Recht und Halif ist ausnahmsweise von der Regel abgewichen und hat 'n erwachsenen

Killer angeheuert. Was dann die anderen zwei toten Jungs angeht: Wo versteckst du einen echten Klunker? Am sichersten doch wohl unter 'nem Riesenhaufen Strasssteinen, oder?"

Boyles Blick wechselte von weich zu hart. „Drei umzulegen, damit der eine entscheidende Mord an Stillers Jungen darunter sozusagen *verdeckt* wird?"

„Genau."

„*Das* würde nun wirklich zu Halif passen."

Das Taxi mit dem Betrunkenen setzte sich in Bewegung. Der Rausschmeißer beschloss, sich noch einen Joint zu bauen.

„Was jetzt?"

„Wir fahren zu Halif. Zur Not halten wir ihm eben 'ne Knarre an den Kopf und beten, dass er uns abnimmt, dass wir auch abdrücken würden."

Teddy Amin fingerte den BMW-Schlüssel aus der Jeans. „Eins muss absolut klar sein, Alter, falls einer von uns Halif wirklich eine Knarre an den Kopf hält, dann muss er auch abdrücken. Alles andere wäre wie halb besoffen – vergebliche Liebesmühe."

2 Uhr 15. Younas lenkte den Toyota von der Straße, auf den schmalen Standstreifen, stellte den Motor ab, schaltete die Warnblinkanlage ein, zog den Wagenschlüssel ab und glitt nach draußen.

Kühler Nieselregen stach wie mit feinen Nadeln in die Haut seines Gesichts. Er umrundete den Toyota und öffnete den Kofferraum. Das breite, abgearbeitete Gesicht des Mannes in dem roten klapprigen Passat hinter ihm. Schmale, müde Augen, die träge seinen Bewegungen folgten.

Younas nahm die Pumpgun und das Ersatzmagazin für die 7.65er Walther aus dem Kofferraum und steckte sie in die Manteltasche. Dann hängte er die Pumpgun über die Schulter und machte sich in die Nacht auf.

Der glotzende Fischblick des Mannes in dem klapprigen Passat klebte einen Augenblick an Younas.

Sie würden ihn jagen und fangen. Younas würde den Rest seines Lebens im Knast verbringen. Er würde nicht da sein, um mit Sertab auf ihrer Hochzeit zu tanzen. Er würde seine Enkel das erste Mal durch ein Gitter sehen. Vorausgesetzt natürlich, dass sich überhaupt irgendein Mann fand, der es mit einer wie Sertab versuchen würde. Mit einer, über die vier Kerle hinweggegangen waren. Mit einer, die nie wieder werden konnte, wie sie einmal gewesen war. Mit einer, deren Vater im Knast saß, und die seit gestern Nacht in ihrem ganz eigenen Gefängnis gefangen war.

Vor ihm lag ein dunkles Stück Feld. Am Horizont begrenzt von trügerisch blinkenden Lichtern.

Younas sprang über den Graben. Fiel dabei hin. Doch er rappelte sich wieder auf.

2 Uhr 13. Teddy Amin lenkte den schweren BMW gekonnt in eine schmale Parklücke am Rand einer kaum beleuchteten Straße in Hamburg-Billstedt.

Eine Doppelreihe heruntergekommener Mietskasernen, an deren Ende sich wie eine gleißende Verheißung die Betonbauten eines hell beleuchteten Einkaufscenters erhoben.

„Was macht dich eigentlich so sicher, dass Halif weiß, wo sich dieser Typ heute Nacht herumtreibt? Er hat eine Menge Dealer überall in der Stadt zu laufen."

„Was verdient ein Kleindealer? Vier-, fünfhundert im Monat, wenn er gut ist und auch noch Glück hat?"

Teddy zog den Schlüssel des BMW ab.

Boyle beantwortete sich seine Frage selbst. „In der Akte über diesen Jungen steht, dass seine Mutter eine arbeitslose Exprostituierte ist, er aber einen neuen Land Rover Freelander fährt und einen Zwei-Karat-Klunker im Ohr trägt. Das ist mit ein bisschen Schulhofdealerei nicht zu machen. Da läuft was Größeres zwischen den beiden."

„Der Knabe hat Kohle, Boyle. Mit dem Wagen muss er mindestens Capo bei Halif sein. Und Halif ist 'n Kontrollfreak. Glaub mir, der weiß jederzeit, wo sich seine Capos gerade herumtreiben."

Teddy griff unter den Fahrersitz, zog eine dunkel mattierte 9 mm Glock hervor, steckte sie in den Hosenbund und zog sein Hemd darüber. Widerwillig überprüfte auch Boyle seine Waffe und drückte dann sanft die Wagentür zu.

Es gab die Sozialwohnbausiedlungen in Veddel, Harburg, Rothenburgsort, Jenfeld und Hamburg-Horn.

Triste Betonburgen und verwahrloste Mietskasernen, in manchen Straßen dort lag die Arbeitslosenquote unter den ausländischen Jugendlichen bei bis zu vierzig Prozent. Es gab einige Blocks, nicht weit vom Streckenverlauf der Nazidemo, in denen der Ausländeranteil sogar um die siebzig Prozent betrug und die Arbeitslosenquote unter allen Bewohnern so hoch war, dass sie zum Himmel schrie. Nicht nur Boyle stellten sich vor Zorn jedes Mal die Nackenhaare auf, wenn zu Weihnachten oder vor einer Wahl die Senatoren und Parteibonzen in ihren Sonntagsreden dicke Krokodilstränen über die sozialen Zustände in diesen Vierteln vergossen, aber gleich darauf wieder in ihre Limousinen stiegen, um zurück nach Blankenese oder Bergedorf zu dampfen.

Bis zur nächsten Wahl waren die Versprechen von besseren Wohnungen, Jobs, Schulen und Sozialbetreuung wieder vergessen. Wähler gewann man in solchen Vierteln nicht durch Aktionismus oder große Versprechen, sondern indem man Wahllisten manipulierte oder örtliche Bonzen schmierte, damit die dann ihren Leuten eintrichterten, bei welcher Partei sie ihr Kreuzchen zu setzen hatten. Das war immer noch billiger als Schulen und Kindergärten zu sanieren oder Sozialarbeiter einzustellen.

Doch es gab eben auch Halifs Königreich hier in Billstedt, das sich schon seit zwei Generationen fest in der Hand von Halifs ausgedehntem Familienclan befand.

Es bestand aus zwei parallel verlaufenden schmalen Straßenzügen. Die von schmalbrüstigen vierstöckigen Mietskasernen gesäumt waren, denen sich ein unübersichtliches Gewirr von Hinterhäusern und Höfen anschloss.

Man konnte in Halifs Königreich geboren werden, aufwachsen, zur Schule gehen, sein Leben lang arbeiten, heiraten, Kinder kriegen und wieder sterben, ohne dabei jemals irgendein deutsches Amt mit dem bürokratischen Beweis seiner Existenz zu belästigen. Selbst Geburten und Todesfälle handelte man innerhalb des Clans ab und dem Sozialamt auf der Tasche zu liegen, galt hier als Schmach. Halif und seine Unterbosse sorgten für ihre Leute, hier hatte jeder irgendeine Art von Job, für den allerdings nie Steuerunterlagen auszufüllen oder Krankenversicherungsbeiträge abzurechnen waren.

Für die Beamten des Polizeireviers, das für diese Gegend zuständig war, bildete Halifs Königreich exterritoriales Gebiet.

Alle paar Jubeljahre verfiel irgendein Bonze im Präsidium oder im Senat auf die Idee, auch hier die Hoheit des Staates wiederherzustellen, aber man hatte bisher dieses Vorhaben spätestens nach ein paar Wochen jedes Mal frustriert wieder aufgegeben.

Halif Kahns Haus war das letzte in der langen Reihe und, wie die anderen, ein schmuckloser vierstöckiger Kasten mit Fenstern so einladend wie Schießscharten. Was Halifs Haus von den anderen

Häusern hier unterschied, waren das Metalltor, das Nachtlicht und die beiden Videokameras, deren Objektive wie matte Raubtieraugen summend jeder Bewegung auf Bürgersteig und Straße folgten.

2 Uhr 20. Younas kannte diese Gegend. Er hatte im vorletzten Sommer ganz in der Nähe gearbeitet. Da war das Stück Brachland, das irgendwo weit rechts von ihm an eine schmale asphaltierte Straße grenzte, welches schließlich auf den zwischen halbfertige Vororthäuser geklotzten S-Bahnhof stieß, an dem er seinerzeit mitgebaut hatte.

Mit ein bisschen Glück konnte er die letzte S-Bahn Richtung Kulmhorst erreichen. Von dort aus konnte es nicht mehr weit zu seinem letzten Ziel sein.

Angesichts der Erinnerung an das pummelige Mädchen vorhin auf dem Parkplatz der Disko, machte sich beim Gedanken an die Freundin, bei der sein letztes Opfer angeblich seine Freitagnächte zu verbringen pflegte, ein flaues Gefühl im Magen breit. Andererseits war er aber auch schon viel zu weit gegangen, um sich jetzt noch von irgendwelchen unwillkommenen Zeugen abschrecken zu lassen.

So oder so, versuchte er sich zu beruhigen, eines Tages würde sie ihm vielleicht, wenn nicht verzeihen oder vergessen, so doch wenigstens verstehen können. Dann nämlich, wenn sie erfuhr, wozu der Junge, mit dem sie ihr Bett teilte, sonst noch fähig war.

Tiefe Pfützen und Schlammspuren, durch die hindurch er sich seinen Weg über das Brachland bahnte. Sein Mantel, die Schuhe und Hosenbeine waren nach wenigen Metern von hellem, klebrigem Lehm befleckt.

5

5. September 2000, 2 Uhr 21 – 4 Uhr 22

2 Uhr 22. Teddy hatte zum dritten Mal auf den Klingelknopf gedrückt. Keine Reaktion.

Boyle stieß gegen das Tor, dessen linker Flügel etwas aufschwang und den Blick in eine hell beleuchtete Durchfahrt und den dahinter halb im Schatten verborgenen Hof freigab.

Beide Männer zogen ihre Waffen und schlüpften nacheinander durch den schmalen Spalt in die Durchfahrt.

Kaum hörbar drang von irgendwo aus dem Haus Musik.

Rechts von ihnen die Stufen zur Eingangstür des vierstöckigen Vorderhauses. Auch sie – offen.

Seine Waffe fest an den Oberschenkel gepresst, rief Boyle laut Halifs Namen in den düsteren Flur.

Teddy langte nach einem Lichtschalter. Die plötzliche Helligkeit, als er den Schalter gefunden und betätigt hatte.

Da waren schimmernde Schlieren auf dem hellen Fliesenboden des Treppenhauses.

„Mist."

Teddy beugte sich herab.

„Das ist Blut."

Boyle war an Teddy vorbei zum Treppenaufgang getreten. Auch hier blutrote Spuren, die sich von einer offenstehenden Tür auf dem ersten Treppenabsatz bis in den Flur zogen.

Teddy gab die Betrachtung der Blutschlieren auf und trat durch die Eingangstür zurück in die Durchfahrt.

„Hier draußen ist auch welches."

Boyle folgte Teddy nach draußen und war bei jedem seiner Schritte sorgsam darauf bedacht, nicht in eine der rötlichen Schleifspuren zu treten, die sich vom Hauseingang über den Hof hinweg bis zu einer Tür im Hinterhaus zogen.

Das Hinterhaus und der ehemalige Schuppen der Mietskaserne beherbergten Halifs Lagerräume und die Fleischerei, in der das Grundprodukt seiner offiziellen Geschäfte hergestellt wurde – auf Spieße gezogenes Dönerfleisch.

Ein Bewegungsmelder, der, sobald sich etwas regte, auch hier plötzlich aufleuchtete und den Hof und die Gebäude in große Flecken grellen Lichts zerteilte, um die herum weiterhin tiefe Schatten lagen.

Die Fleischerei: helle, in ihrer Sauberkeit an Operationssäle erinnernde Räume, voll fremdartiger, metallisch glänzender Geräte. Doch inmitten all der klinischen Reinheit auch hier ein Netz aus im Neonlicht rötlich leuchtenden Fäden.

Teddy und Boyle durchsuchten jeden Raum der Fleischerei und der sich ihr anschließenden Dönerfabrik, einschließlich der Waschräume und Umkleiden der Arbeiter, sie fanden jedoch nichts.

Das Kühlhaus war der letzte Raum, den sie bisher noch ausgelassen hatten.

Und hier endlich fanden sie den Verursacher der Blutspuren.

Man hatte dem Mann das Gesicht zertrümmert, die Kleider vom Leib gerissen, ihm mit einem sauberen Schnitt den Brustkorb geöffnet, ihm dann eine Kette um den Hals gelegt und ihn anschließend wie ein Stück Schlachtvieh zwischen ausgekühlte Rinderhälften an einen Haken an die Decke des Kühlhauses gehängt. Seine Kehle war durchtrennt worden.

Ströme von Blut waren dabei von Kopf und Brustkorb des Mannes aus über seine Hüften und Beine auf den Boden des Kühlhauses geflossen. Und bildeten jetzt dort eine rötlich glänzende Lache.

Etwas an der Blutlache zu Füßen der Gestalt zog Boyles Aufmerksamkeit auf sich. Er überwand seinen Ekel und trat näher an jenes merkwürdige rötlich braun-weiße Gebilde heran. Er beugte sich herab, aber fuhr gleich darauf erschrocken wieder zurück.

„Was?“ Teddy starrte Boyle verwirrt an.

„Das da unten ist sein *Herz.*“

Teddy blickte auf die Leiche, als könne er entweder nicht glauben, was er da sah oder ihn trieb ein innerer Drang dazu, sich jedes noch so winzige Detail ihres Anblicks in seine Erinnerung zu schneiden.

„Wer tut *so* was?“

In Boyles Blick fand Teddy nichts als Ratlosigkeit. Schließlich gelang es auch ihm seine Abscheu zu überwinden. Er trat an die Leiche heran, verzog das Gesicht zu einer Grimasse und legte seine Hand auf den Brustkorb des Toten.

In Boyles Hals brannte bittere Galle. Er fühlte sich wie ausgekotzt.

„Scheiße, Mann!“, flüsterte Teddy und zog überrascht seine Hand zurück.

„Was?“

„Er ist noch nicht ganz durchgekühlt. Da ist ein Rest Wärme. Jede Wette, dass er vor weniger als zwei Stunden noch gelebt hat.“ Teddy trat von der Leiche weg und wischte sich die blutige Hand an seiner Jeans ab. Dann blickte er eine Weile nachdenklich auf das Herz des Mannes, auf dessen blutiger Oberfläche erste Eiskristalle schillerten.

Boyle schloss die Augen und suchte seinen Heil in der einzigen Sicherheit, die ihm angesichts der verstümmelten Leiche vor ihm geblieben war: professionelle Logik.

„Er war nicht allein“, flüsterte er, mehr an sich selbst als an Teddy Amin gewandt. „Er muss seinen Killer hier getroffen haben. Was der mit ihm angestellt hat, dauert ’ne Weile. Der Kerl da muss geschrien und sich gewehrt haben. Und trotzdem hat der Killer diese Schweinerei bis zum bitteren Ende durchgezogen. So was geht nicht allein. Das waren mehrere. Mindestens zwei. Vielleicht auch drei oder vier. Und sie hatten sogar noch Zeit, hinterher die gröbsten Spuren zu beseitigen.“

Teddy legte die Hand vor seine Augen und begann, sich leise hin und her wiegend, unverständliche Worte in einer harten, kehligen Sprache zu murmeln.

Boyle sah für einen Augenblick wieder Teddys toten Vater vor sich. Ganz so, wie es sein Sohn gerade tat, hatte er während der Beerdigung einer seiner Freunde die Hand vor Augen gehalten und sich, unverständliche Worte murmelnd, leise hin und her gewiegt. Teddy sagte das „Kaddish“ für diesen Unbekannten, dem seine Mörder wortwörtlich das Herz zu Füßen gelegt hatten.

Draußen zerriss Sirenengeheul die Nacht.

Autoreifen, die scharf abgebremst über Asphalt schlitterten.

Vielleicht hatte der Tote am Fleischerhaken den Respekt verdient, den Teddy ihm mit seinem Totengebet bezeugte.

Doch Gebete entsprachen nicht Boyles Charakter. Dazu war er trotz allem immer noch zu sehr Kind dieser Stadt, die sich schlicht weigerte, an den Tod zu glauben und jederzeit und mit jeder Faser ihres überheblichen Herzens das Leben feierte.

2 Uhr 40. Younas sah im trüben Licht, das von einer Straßenlampe bis hierher an den Rand des Brachlands fiel, an sich herab. Schuhe, Hosensaum und Mantel waren fleckig und feucht von Erde und Lehm. Er wischte mit dem Taschentuch so gut es ging, die Flecken von Schuhen und Stoff. Dann schlüpfte er aus dem Mantel, hängte sich die Pumpgun um die Schulter und streifte den Mantel wieder über. Solange er sich nirgendwo hinsetzte, blieb sie unter dem Mantel verborgen.

Er brauchte keine zehn Minuten für den Weg bis zur S-Bahnstation, die mit ihren Lichtern, dem Glas und Stahl wie ein mitten im Nirgendwo gelandetes Ufo wirkte.

Ein junger Mann in Jeans, Lederjacke und glänzenden Schuhen wartete am Bahnsteig, als Younas den Bahnhof erreichte. Gleich nachdem er sich dem Ticketautomaten zugewandt hatte, kam noch eine Frau in einem Sommermantel und hohen roten Schuhen hinzu, die den Bahnsteig auf und ab zu laufen begann.

Younas betätigte die Tasten des Automaten. Ein Schriftzug wies ihn darauf hin, dass er sein Ticket bitte passend zu zahlen habe.

Younas' Finger fuhren in seine Tasche und suchten vergeblich nach Kleingeld. Seine wenigen Münzen reichten jedoch nicht für das Ticket. Ärgerlich, aber es war fast drei Uhr morgens und er bezweifelte, dass man um diese Zeit noch die Fahrscheine kontrollieren würde.

Die Blicke des jungen Mannes streiften ihn, verloren sich dann aber auf der tickernden Bahnhofsuhr.

Younas zog sich vom Automaten in den Schatten eines Stützpfeilers zurück, steckte sich eine Zigarette an und wartete.

Die Schritte der Frau im Sommermantel korrespondierten merkwürdig mit dem Ticken der Bahnhofsuhr.

Tote Zeit.

Ein zweiter Mann betrat den Bahnsteig. Er war vielleicht Anfang zwanzig, trug weite Jeans, ein Basecap und eine Joggingjacke. Er holte eine Büchse Bier aus der Hosentasche und öffnete sie.

Die Frau in den Hochhackigen steckte sich eine lange, dünne Zigarette an. Nahm ein paar Züge und warf sie weg. Ihr Blick dabei wirkte verhangen, vielleicht auch verbittert.

Ein Zug rollte in Gegenrichtung durch den Bahnhof. Das klirrende Geräusch, mit dem er an ihm vorbeiraste, erinnerte Younas an irgendetwas, das er nur spüren, jedoch nicht greifen konnte.

Immer noch waren fast zehn Minuten zu warten.

Dann endlich kam die S-Bahn.

Die Frau im Sommermantel warf ihre fünfte oder sechste Zigarette achtlos auf den Bahnsteig, gleich neben die leere Bierbüchse des Basecaps.

Der Waggon, in den sie gemeinsam einstiegen, war leer.

Die Frau im Sommermantel setzte sich, legte den Kopf an die bläuliche Lehne des Sitzes und schloss die Augen. Ihre rot geschminkten Lippen öffneten und schlossen sich in einem stummen Selbstgespräch.

Der Mann mit der Lederjacke starrte blicklos auf die hinterm Fenster vorüberrauschende Nacht. Und Basecap legte seine Beine auf den Sitz gegenüber.

Younas blieb bei der Tür stehen und hielt sich an einer der blank polierten Haltestangen fest.

Der Zug nahm Fahrt auf, ruckelte in den Schienen. Vereinzelte Lichter, die in schneller und schneller werdendem Wechsel über das Innere des Waggons rasten, als der Zug an einem kleinen Dorf vorbeipeste.

Durch die Fenster der Schiebetür zwischen den Wagen sah Younas einen Mann kommen. Er war älter und sein Bauch ragte beachtlich weit über den Hosenbund. Er stieß die Schiebetüren auf und betrat den Waggon. Blickte sich mit einem freundlichen Lächeln um.

„Guten Abend. Die Fahrscheine bitte.“

Der Zug ruckelte über eine Weiche.

Younas verlor das Gleichgewicht und stolperte. Der Haltegurt der Pumpgun unter seinem Mantel löste sich. Sie glitt unter seinem Mantel hervor und rutschte klirrend über den Metallboden der Bahn.

Das Gesicht des Kontrolleurs wurde zu einer Grimasse der Angst.

2 Uhr 50. Trotz der Schatten, die über Stillers Gesicht lagen, wirkte es für jeden, der einen Blick darauf verschwendete, deutlich angespannt. „Ich fordere Sie ein letztes Mal auf, mir mitzuteilen, was Sie hier zu suchen haben, Hauptkommissar Boyle.“

Boyle hatte die Hände tief in den Taschen seiner Lederjacke verborgen und sah, statt Stillers Aufforderung nachzukommen, stur an ihm vorbei.

„Ich kann Sie verhaften lassen. Jetzt gleich, wenn's sein muss!"

Zwei Grüne führten Teddy Amin zu einem dunklen Van, öffneten die Schiebetür und schoben ihn hinein.

Boyle wandte seinen Blick davon ab und schaute Stiller an. „Sie und Ihre Partei haben Premuda und Halif Kahn bei dem Kasinodeal beschissen, Stiller. Aber Halif hat Ihnen die Hölle heiß gemacht, nicht? Sie haben ihn unterschätzt und hatten die Hosen voll. Halif war Ihre Stellung nämlich scheißegal. Der Kasinodeal war für ihn eine Frage der Ehre. Halif kann es sich nicht leisten, Ihnen diesen Verrat durchgehen zu lassen. Er muss auf der Straße sein Gesicht wahren. Und wenn Sie der Papst persönlich wären, Stiller, Halif würde einen Weg finden, um Sie abzuräumen. Sie und Ihre Politikerkumpel haben sich angestellt wie blutige Amateure!"

Stiller ging nicht auf Boyles Anschuldigungen ein. „Wieso schleppen Sie einen stadtbekannten Drogenhändler mit sich herum, während Sie doch eigentlich auf meine ausdrückliche Anweisung hin einen Mörder jagen sollten? Haffner würde nichts lieber tun als Sie und Amin ein für alle Mal wegzuschließen, und der Tote da drin ist wahrscheinlich die beste Gelegenheit, die er dazu je kriegen wird. Also rücken Sie gefälligst raus damit: Was hat Sie und Amin auf die Idee gebracht, hierher zu kommen?"

Boyle steckte sich eine Zigarette an. Blies Stiller

den Rauch seines ersten tiefen Zuges ins Gesicht. „Was haben Sie gedacht, Stiller, dass ich wirklich einfach so losziehe, um für Sie den Ausputzer zu spielen? Ich war schon an schlimmeren Orten als dem Knast. Ich hab keine Angst davor."

Stiller wich Boyles Rauchschwaden aus. „Sie bluffen, Boyle. Selbst wenn Sie Recht hätten mit Ihrer Geschichte, keiner pisst in dieser Stadt einem Polizeipräsidenten nur aufgrund der Behauptungen eines kriminellen Polizisten ans Bein. Der Tote im Kühlhaus geht, wie wir alle wissen, auf das Konto des Kanakenkillers, hinter dem Sie in diesem Moment eigentlich her sein sollten."

Haffner früher oder später hier zu sehen hatte Boyle erwartet. Der war immerhin Chef der MoKo und die Leiche im Kühlhaus fiel eindeutig unter die Kategorie: Mordopfer. Dass sich jedoch auch Stiller aus seinem Bau herauswagte, war ebenso ungewöhnlich wie das Fehlen von Tommy Graf, der eigentlich als Teil des Bereitschaftsteams mit Haffner zusammen hätte eintreffen sollen.

Vielleicht wäre Halif Kahn in seinen besten Zeiten durchaus fähig dazu gewesen, so etwas wie die Sauerei in dem Kühlhaus anzurichten. Möglicherweise, falls man ihn nur genug reizte, auch Premuda. Doch Premuda hatte, Boyle das beurteilen konnte, derzeit so ganz und gar nichts davon, sich mit Halif anzulegen. Wer also hatte den Kerl da drin umgebracht? Und wieso? Wer war er überhaupt? Und weshalb war

Stiller selbst hierhergekommen? Wo zur Hölle steckte Tommy Graf? Wer war fähig einen Mann so zuzurichten, wie den Toten im Kühlhaus? Und wo war HALIF KAHN?

Stiller und Boyle sahen feindselig schweigend dem Trupp der Spurensicherung dabei zu, wie er damit begann, Kühlhaus, Hof, Durchfahrt und Türen mit Absperrband zu sichern.

„Hauptkommissar Lewis Boyle?"

Boyle sah sich um. Ein Uniformierter, der bei seinem Streifenwagen das Handstück des Funkgerätes in die Höhe hielt.

„Boyle? BOOOOYLE?"

Boyle ließ die Zigarette zu Boden fallen und wandte sich von Stiller ab.

„Ich kann Sie immer noch verhaften lassen, Boyle, jederzeit", drohte Stiller.

Boyle verharrte und wandte sich wieder Stiller zu. „Wenn Sie mich verhaften lassen wollen, nur zu, tun Sie es."

Boyles Blick kroch tiefer in Stillers blaugraue Augen. Der Polizeipräsident hielt seinem Blick stand.

Wieder rief der Uniformierte nach Hauptkommissar Lewis Boyle.

Boyle löste sich endlich von Stiller und ging zu dem Uniformierten. Stillers Blicke bohrten sich in seinen Nacken.

„Die Zentrale. Eine Nachricht für Sie", meinte der Uniformierte, als Boyle nach dem Funkgerät griff.

„Hauptkommissar Boyle."

„Zentrale. Ich habe ein Gespräch für Sie. Scheint wichtig zu sein. Geht um Informationen zu dem Kanakenkiller. Die Anruferin besteht darauf, mit Ihnen persönlich zu sprechen. Nehmen Sie das Gespräch an?"

„Ja."

Klicken. Knistern. Rauschen. Dann eine beherrschte, weibliche Stimme.

„Hauptkommissar Boyle? Lewis Boyle?"

„Höchstpersönlich. Was kann ich für Sie tun?"

„Margaret Stiller."

Das muss ein Witz sein, war Boyles erster Gedanke. Margaret Stiller ließ nach ihm suchen? Und das, wo ihr Gatte keine zehn Meter von hier sich jede Mühe gab, Löcher in Halif Kahns Hauswand zu starren?

Boyle hatte das Gefühl, als schwirrten tausende winziger Insekten in seinem Schädel umher.

„Ich weiß, was mein Mann heute Abend in unserem Wohnzimmer mit Ihnen besprochen hat, Herr Boyle. Glauben Sie ihm kein Wort! Er lügt. Ich weiß, wer meinen Sohn getötet hat. Und weshalb ..."

Die Welle des Insektenschwarms brach sich ein letztes Mal an Boyles Schädelwand und ebbte ab.

„Mein Sohn hat gestern Nachmittag mit einigen anderen Jungen zusammen ein Mädchen vergewaltigt. Er hat es mir selbst erzählt. Er hat es erzählt, als sei es eine HELDENTAT gewesen, verstehen Sie? Er war STOLZ darauf. Begreifen Sie, wie weit es mit ihm gekommen war, wenn er vor MIR, seiner MUTTER, DAMIT angibt? Ich bin sicher der Vater des Mädchens hat meinen Sohn erschossen. Ich glaube, er kommt nicht von hier, denn sein Name ist Aris oder so ähnlich. Seine Tochter heißt Sertab. Sie geht auf dieselbe Schule, wie mein Sohn. Nach Ihrem Besuch bei uns hat man mich ruhiggestellt, irgendwelche Pillen, was weiß ich. Ich bin erst vor zwanzig Minuten wieder zu mir gekommen. Eine Ihrer Kolleginnen war in unserem Haus. Sie hat mich über den Ermittlungsstand informiert. Ich schäme mich so sehr, Herr Boyle! Ich konnte meinen Jungen nicht retten. Ich ekele mich so vor mir selbst. Ich bin SEINE MUTTER."

3 Uhr 03. Der Kontrolleur war hart gegen einen der Sitze geschleudert worden, als Younas aufsprang, ihn zur Seite stieß und dann die Notbremse des Zuges betätigte. Kreischend war der Zug zum Halten gekommen.

Younas hatte seine Pumpgun vom Boden aufgesammelt und war zur Tür gelaufen. Das Gesicht der Frau mit dem Sommermantel, aus dem all die Zeit nichts weiter als ungläubige Verachtung herauszulesen gewesen war. Das Basecap, der mit vor Staunen aufgerissenen Augen ein paar Mal hintereinander laut rülpste, dann „He Alter!" rief und tiefer in seinem Sitzplatz versank.

Younas war auf das Gleisbett gestolpert, sobald die

Tür sich öffnen ließ. Er hörte seinen Atem in den Ohren trommeln, während er über ein riesiges abgeerntetes Feld auf diffuse Lichter zurannte. Das Band des beleuchteten Zuges verlor sich mit jedem seiner Schritte weiter in der Ferne.

In diesem Land war man tüchtig, nicht couragiert. Es würde dauern, bis irgendwer die Polizei rief, die dann schließlich noch einige Zeit brauchen würde, hierher ins Nirgendwo zu kommen.

Younas machte trotzdem nicht den Fehler Zeit zu verlieren. Als er den Feldrand erreichte, legte er sich einen Moment zum Atemholen in den flachen Graben, der zwischen dem Feldrand und einer schmalen Landstraße verlief. Er rief sich ins Gedächtnis, was er über das letzte dieser Tiere erfahren hatte. Es schien unendlich lange her zu sein, dass er diesem ersten, dem blonden Tier zwischen den Mülltonnen des Hauses mit dem blauen Garagentor, seine Pistole an den Kopf gehalten hatte.

„Er ist ein Dealer. Nur die ganz großen Dinger, verstehst du? Einer seiner Kunden ist Immobilienmakler, oder so was. Er baut eine Reihenhaussiedlung in Kulmhorst. Manchmal gibt er ihm die Schlüssel zu den Musterhäusern. Die sind vollständig eingerichtet, mit Betten und Küche und allem. Da geht er mit seiner Freundin hin zum Poppen. Ihr Alter ist Psychiater, der Chef der Irrenanstalt. Er hat was gegen ihn. Deswegen können sie nicht zu ihr gehen. Wir haben immer unsere Witze drüber gemacht. Ich meine, das ist doch krank, wer poppt schon eine, die in 'ner Irrenanstalt aufgewachsen ist?"

Younas hörte die Worte des blonden Tieres noch immer genauso, als stünde er gerade jetzt in diesem Moment vor ihm. Als sähe der ihn immer noch mit dieser Mischung aus Unterwürfigkeit, Angst und ungläubigem Staunen an, während er einen nach dem anderen seine Freunde verriet.

Younas war sicher, dass die S-Bahn ihn ziemlich weit in die passende Richtung gebracht hatte, bevor der Kontrolleur auftauchte. Er rappelte sich aus dem feuchten und kalten Graben auf und blickte sich um.

Die Landstraße neben dem Graben führte auf einen Ort zu, der ihm von hier aus fremd und beinah bedrohlich erschien.

Trotzdem lief er darauf zu.

In der Siedlung stieß er auf gepflegte Ein- und Zweifamilienhäuser, die unter Alleebäumen still und dunkel in der ausfließenden Nacht dahindämmerten. Jahrelang hatte er davon geträumt, eines Tages in ein Haus wie diese hier einzuziehen, und sich damit selbst zu beweisen, dass er stark genug war, sich selbst und seiner Familie die Art Leben zu ermöglichen, von der sie geträumt hatten.

Vorbei.

3 Uhr 10. Boyle schüttelte eine Zigarette aus seiner Schachtel und reichte sie dem Notarzt, der einige Minuten nach Haffner und Stiller eingetroffen war.

Der Notarzt steckte die Zigarette zwischen die Lippen. Seine Hände schlossen sich um die Hand, mit der Boyle ihm Feuer gab.

„Danke."

Boyle nickte zu dem Kühlhaus. „Woran ist er gestorben?"

Der Notarzt zog heftig an der Zigarette. „Eigentlich habe ich ja schon vor Jahren aufgehört. Ungesund das Zeug. Aber … das da drin. Mein Gott. So was hab ich noch nie gesehen."

Ein weiterer Zug, dann warf der Notarzt die Zigarette zu Boden und trat sie mit einer heftigen Drehung seines Fußes aus.

„Woran er gestorben ist? Ich bin nicht sicher. Aber letztlich, na ja, man könnte sagen, er ist geschächtet worden. Wie ein Stück Vieh. Falls Ihnen das irgendwas sagt."

„Geschächtet, sagen Sie? Etwa so, wie man koscher ein Stück Vieh schlachtet?"

Der Blick des Arztes fiel in sich zusammen, als hätte irgendwer irgendwo in ihm einen Stecker gezogen.

„So wie es die Juden machen … und die Moslems, ja."

Boyle sah dem Mann lange in die Augen. Es waren dunkle Augen – klar, schwarz und aufrichtig.

„Richtig geraten, Hauptkommissar, ich bin Moslem. Kriegen Sie ihn. Buchten Sie das Schwein ein. Nicht nur, weil er diesen Mann da drin getötet hat. Sondern, weil er es auf *diese Weise* getan hat."

Boyle öffnete die Tür des Vans. Teddy Amin hockte vor einem Klapptisch, auf dem seine Pistole lag.

Bulldogge Haffner hatte sich Teddy gegenüber auf die grau gepolsterte Bank des Vans geschoben.

„Teddy, wir gehen", meinte Boyle.

In Haffners Blick stand die kalte Wut. Die Bulldogge, wie sie leibte und lebte.

Boyle griff die Pistole vom Klapptisch. Teddy wand sich schnell und sicher an der Tischkante entlang zur Tür hervor.

Haffner legte beide Hände auf den Tisch und sah Boyle an. „Du bist erledigt, Boyle. Wenn wir uns das nächste Mal sehen, hab ich 'n Haftbefehl für dich dabei!"

Boyle gönnte Haffners Zorn noch nicht einmal die Befriedigung eines letzten Blickes, bevor er hinter Teddy die Tür des Wagens zustieß.

Die Spurensicherung hatte mittlerweile Scheinwerfer aufgestellt, die Halifs gesamten Hof taghell ausleuchteten. Zwei Fotografen machten Bilder der Blutspuren. Einige Uniformierte warteten neben ihren Streifenwagen auf Anweisungen und hinter dem weit geöffneten Metalltor stand eine Gruppe Männer in Pantoffeln und Bademänteln. Zwei, drei Frauen in dunklen langen Kleidern und Kopftüchern schauten neugierig oder ängstlich zwischen ihnen hervor.

„Danke", meinte Teddy und fingerte den Wagenschlüssel aus der Jeans.

Boyle suchte vergeblich nach Stiller. Vielleicht war er im Haus oder in einem der beiden Vans der Spurensicherung verschwunden.

„Ist es vorbei?“ Teddys Frage war nicht mehr als ein Flüstern.

Boyle zögerte die Antwort ungewöhnlich lange hinaus. „Vielleicht. Ich weiß es nicht.“

„Wieso weißt du das nicht? Was ist passiert?“

„Ich habe gerade mit Stillers Frau gesprochen. Ich weiß, weshalb Stillers Sohn erschossen wurde. Kann sogar sein, dass ich den Namen des Kanakenkillers habe. Scheint, als hätten wir tatsächlich eine winzige Chance, uns Stiller vom Leib zu halten, aber besser, wir verschwinden erst mal von hier.“

Sie näherten sich dem Tor, traten an zwei Beamten der Spurensicherung vorbei und bückten sich unter dem Absperrband hindurch.

Ein alter Mann mit grauem Schnurrbart und einem dunklen Mantel über dem hellen Schlafanzug stellte sich ihnen in den Weg.

„Du Polizist?“, wies er auf Teddy. „Ich … gesehen … Du verstehst? Gesehen … wie Männer gekommen. Heute Nacht. Du wissen … wollen … was ich … gesehen? Aufschreiben, ja?“

Boyle drängte Teddy von dem Alten ab. „Männer? Haben Sie Männer gesagt? Wie haben die ausgesehen?“

Verwirrung machte sich im Gesicht des Alten bemerkbar.

„Waren Männer wie ihr – Türken? Kurden?", drängte Boyle den Alten.

Pikiert schüttelte der den Kopf. „Waren zwei!" Der Alte schob zwei ausgestreckte Finger in Boyles Gesicht. „Nicht Türken! Waren groß! Haare hell. Nicht wie ich. Sahen aus wie ihr. Wie Polizei. Hatten Westen um, wie in Fernsehen. Verstehen?"

Alles, dachte Boyle, bloß um Gottes willen keine Bullen, die den Unbekannten in Halifs Kühlhaus umgebracht hatten. Auf DIESE WEISE umgebracht hatten.

3 Uhr 22. Die Musterhaussiedlung lag etwas abseits zwischen einem Waldstück und einer Kuhweide. Sie bestand aus etwa zwanzig Häusern verschiedener Bauart, jedes von ihnen verfügte über einen Vorgarten und einen mal schmaleren, mal breiteren Rasen hinter dem Haus. Vereinzelt ragten alte Bäume hinter den hastig hochgezogenen Zäunen auf. Zeugten davon, dass sich bis vor Kurzem das Waldstück, an dem er vorübergegangen war, bis hierher erstreckt haben musste.

In einer der Einfahrten entdeckte er einen silbernen Ford Mondeo. Das war nicht der Wagen, nach dem er suchte. Denn das war ein knallroter Freelander Geländewagen. Doch immerhin war das Haus mit dem silbernen Ford davor das einzige in der Siedlung, aus dem etwas Licht fiel. Und die Garage war geräumig genug, um darin einen Geländewagen zu verbergen.

Younas drängte sich in den Schatten, den das gegenüberliegende Haus bis weit in den Vorgarten des Hauses hineinwarf. Dann verbrachte er Minuten damit, sich vorzustellen, wo wohl Schlafzimmer, Küche, Wohnzimmer und Kinderzimmer liegen mochten.

Er war sich ziemlich sicher, dass der helle Schimmer, der durch den Gardinenschlitz aus einem der oberen Fenster fiel, das Schlafzimmer war. Nur weshalb schien dann auch Licht hinter einer Jalousie im unteren Geschoss? War das die Küche?

Younas fand den Gedanken unerträglich, dass dieses Tier nur ein paar Stunden nachdem es Sertabs Leben und Seele ruiniert hatte, unbekümmert mit seiner Freundin schlief, lachte, womöglich sogar ZUKUNFTSPLÄNE schmiedete und sich jetzt vielleicht in dieser Küche irgendetwas zu essen machte.

Er hatte das Ersatzmagazin der Pistole im Wagen liegen lassen. Aber die Kammer der Pumpgun war mit acht Schuss gefüllt. Mehr als genug für das, was er sich vorgenommen hatte.

LEISE.

Younas schlich zur Tür.

Die Türklinke.

Offen.

Der Flur – dunkel.

Vier Schritte bis zu der Tür, unter der ein schmaler Lichtstreifen hindurchschien.

Er machte es, wie die Polizisten in den Fernsehserien, zählte im Stillen bis drei, bevor er, die Pumpgun gegen die Hüfte gestützt, die Tür aufstieß.

Es war nicht ein Junge in der Küche, sondern ZWEI. Beide waren nackt. Einer von ihnen schrie noch, als der zweite bereits seine Hände gehoben hatte und mit verschleiertem Blick hinter dem Tisch hervor getreten war.

Younas war verwirrt, überrascht, perplex. Was sollte das? Verbargen sich etwa im Schlafzimmer oben noch zwei Mädchen, mit denen die beiden Jungen eben noch gemeinsam eine Orgie gefeiert hatten?

Der Lauf von Younas' Waffe wanderte unschlüssig zwischen den beiden Jungen hin und her. Mit allem hätte er gerechnet, nur eben nicht damit, keine Ahnung zu haben, welcher von beiden Jungen derjenige war, wegen dem er gekommen war.

Die Stimme des schreienden Jungen kippte um. Seine Schreie verwandelten sich in ein hohes Piepsen. Beide Jungen hatten dunkle Haare und braune Augen. Sie waren etwa im selben Alter und auf beiden Leibern zeichneten sich Knutschflecke und leicht blau unterlaufene Blutergüsse ab, wie man sie sich bei heftigen Sexspielchen zuziehen konnte.

Der Kräftigere der Jungen hielt die Hände immer noch oben und wandte seinen Kopf schließlich LANGSAM zu seinem schreienden Freund. „Halt's Maul, Tibo!"

Der Kiefer des zweiten – zarteren – Jungen klappte herab. Das Piepsen verstummte.

Plötzlich wurde Younas klar, WER von den beiden das TIER darstellte, hinter dem er her war.

Der Kräftigere wandte den Kopf ebenso langsam, wie er ihn zuvor seinem Freund Tibo zugewandt hatte, jetzt zu Younas herum.

„Ich weiß, wie das hier aussieht. Aber du musst mich nicht erschießen, Mann. Ich hab das Geld. Wir können es holen gehen. Jetzt gleich. Sag Halif einfach, es tut mir leid. Es war ein Versehen, verstehst du? Dumm gelaufen. Kein Grund, gleich überzureagieren. Du musst einfach nur die Klappe halten und es springen auch für dich noch ’n paar mittelgroße Scheine dabei raus“, sagte der kräftigere der beiden Jungen, das Tier, derjenige, von dem Sertab gesagt hatte, dass er sie von hinten genommen hätte. Härter und härter. So lange, bis sie nicht nur zwischen den Beinen, sondern auch aus ihrem Po blutete.

Dieses TIER hatte sie von HINTEN genommen. Und er stand hier mit diesem anderen, kleineren, zarteren Jungen nackt in der Küche, übersäht von Knutschflecken, Liebesbissen und leichten Blutergüssen.

Younas begriff.

Er ekelte sich vor sich selbst und er ekelte sich vor der Welt, in die er seit dieser Nacht nicht mehr wirklich zu gehören schien.

Aber das war noch nicht alles, was er in diesem Moment begriff.

Halif Kahn war in seine Wohnung gekommen.

Halif Kahn hatte mit Aziza gesprochen. Er hatte sich Sertabs Geschichte angehört. Halif Kahn hatte die WAFFEN in seiner Küche auf den Tisch gepackt. Dass dieser Junge, der nicht aussah wie die anderen drei, ausgerechnet Halif Kahn Geld schuldete, konnte UNMÖGLICH EIN ZUFALL sein.

Gedanken schoben sich in Younas' Hirn ineinander. Vermutungen verdichteten sich zu Gewissheiten.

Es war zwecklos, sich jetzt noch irgendetwas vorzumachen. Halif hatte ihn BENUTZT. Es musste sein Wagen gewesen sein, an dem Halif den Jungen erkannt hatte. Der war knallrot und viel zu teuer für einen Jungen in diesem Alter.

„Ich hab damit nichts zu tun!"

Tibos kindlich weichen Gesichtszüge waren zu einer Grimasse aus Angst und Widerwillen verzerrt. „Ich habe nichts damit zu tun! Ich verdien mir hier nur 'n bisschen Kohle! Bitte! Du darfst mich nicht abknallen, Kanake!"

Vor Younas' Augen wirbelten die Gesichter der Toten dieser Nacht in einem quälend deutlichen Bilderreigen umeinander. Er war dem Irrsinn so nah wie nie zuvor.

3 Uhr 44. Boyle, Teddy und ihr Zeuge waren aus Halifs Reich ins 7. Revier gefahren. Es hatte achtzehn Mann Besatzung, von denen fünf Zivilfahnder des Kriminaldauerdienstes waren, die nicht dem hiesigen Revierleiter, sondern dem Fachkommissariat im Präsidium unterstellt waren. Das 7. galt als eines der ruhigsten Reviere der Stadt und war daher besonders beliebt bei älteren Beamten, die sich vor ihrer Pensionierung dorthin versetzen ließen, um die letzten Jahre im Dienst eine ruhige Kugel zu schieben.

Zwei Uniformierte langweilten sich beim Telefondienst an ihren Schreibtischen, als Boyle den alten Mann durch die Glastür zur Wachstube schob. Zwei Schritte hinter ihnen betrat auch Teddy das Revier.

Einer der beiden Männer sah auf. „Hey, Boyle!"

Boyle erinnerte sich an seinen Namen: Meyer Fünf. Allein unter den Schutzpolizisten der Stadt gab es sechs oder sieben Meyer. Daher der Zusatz „Fünf". Soweit Boyle wusste, war Meyer Fünf stellvertretender Revierleiter und daher nach ihm der ranghöchste Beamte im Raum.

„Was steht an?" Meyer Fünf öffnete die Klappe in der Theke, die den Wartebereich von den Schreibtischen der Beamten trennte.

„Zeugenbefragung. Ich brauch einen Vernehmungsraum. Und außerdem will ich eine Liste von allen männlichen Weißen über dreißig, die in den letzten achtundvierzig Stunden als vermisst gemeldet wurden."

Meyer Fünfs Blicke huschten zwischen Boyle, Teddy und dem alten Mann hin und her. Dann trat er auf Boyle zu und zog ihn zur Seite.

„Wer von denen ist dein Zeuge? Etwa der Jude?"

Boyle schüttelte den Kopf. „Der alte Mann."

Meyer Fünf sah verwirrt an Boyle vorbei auf Teddy Amin. „Was sucht dann der Jude hier?"

„Der ist Teil meiner Ermittlungen. Was ist nun mit dem Vernehmungsraum? Ich hab nicht ewig Zeit."

Meyer Fünfs Blick konzentrierte sich weiterhin auf Teddy, der scheinbar teilnahmslos neben dem Alten hinter der Theke stand. „Stopp, Boyle. Stopp! Wenn du mir schon diesen Dreckhaufen in mein Revier einschleppst, will ich wenigstens wissen, was das soll."

Boyle war einfach nur genervt.

„Ich bin hier der ranghöchste Beamte und ich brauch deinen Vernehmungsraum und die Vermisstenliste. Das ist eine dienstliche Anweisung. Entweder kommst du der jetzt nach oder ich tippe hier in DEINEM Revier SOFORT den Antrag auf ein Disziplinarverfahren. Such's dir aus."

Meyer brauchte ein paar Sekunden, um sich einzugestehen, dass er derzeit keine guten Karten gegen Boyle auf der Hand hatte.

„Ich gebe dir deinen Vernehmungsraum und meine Leute schreiben die Liste. Aber ich tipp außerdem einen Bericht darüber, dass du 'n stadtbekannten Zuhälter zu einer Zeugenvernehmung mitbringst. Wenn du mit Gangstern kungelst, ist das dein Problem, aber ich lass mich da nicht mit reinziehen."

„Hör zu, Meyer", zischte Boyle. „Ich sag's nur einmal: Falls du auch nur einen Eintrag ins Diensttagebuch machst, sorg ich dafür, dass Stiller dich für die nächsten zehn Jahre von jeder Beförderungsliste streicht."

„So viel Macht hast du nicht, Boyle."

Boyle wies auf das nächste Telefon auf einem der Schreibtische. „Da ist 'n Telefon. Ruf ihn an."

Meyer gab Boyle widerstrebend den Zugang in den hinteren Teil des Reviers frei.

Zehn Minuten später war klar, dass sich ihr Zeuge Hilmi Abbas nannte, seit Jahrzehnten in Paris einen Textilhandel betrieb und zu Besuch bei seiner Tochter war, deren Mann hier eine Zweigstelle des alten Mannes führte.

Auf Boyles Frage, wieso er sich so spät nachts noch auf der Straße herumtrieb, entgegnete er, dass er seit Jahren Schwierigkeiten mit dem Einschlafen habe, aber ihm ab und an ein Spaziergang dabei helfe. Was allerdings seine Beobachtungen anging, blieb er hart: zwei hellhaarige Männer, die er mit Schutzwesten und Sturmgewehren durch Halifs Tor hatte schlüpfen sehen und, dass das Tor zuvor irgendwer von innen geöffnet haben musste, weil es bereits angelehnt gewesen war, als die Männer aus ihrem Wagen stiegen.

Nein, er könne sich nicht deutlich an den Wagentyp erinnern, bloß daran, dass er groß war und vielleicht ein Jeep.

Da Hilmi Abbas besser Französisch als Deutsch sprach, wechselte Boyle ins Französische, das er vor Jahren zusätzlich zum Englischen gelernt hatte.

Die Tür des Vernehmungsraums öffnete sich: Meyer. Er machte sich keine Mühe seine Befriedigung zu verbergen. „Du brichst das sofort ab, Boyle. Das Präsidium hat dich eben auf die Fahndungsliste gesetzt."

Hilmis Blicke huschten verwirrt zwischen Teddy, Boyle und Meyer hin und her.

„Tommy Graf ist tot", sagte Meyer Fünf.

Boyle brauchte einen Moment, um Meyers Worte zu verarbeiten. Und selbst dann fiel es ihm schwer, sie zu glauben.

„Wie, Tommy Graf ist tot?"

„Na, tot. Hat 'n Loch im Kopf. Liegt in seinem Auto an der Friedhofsmauer in Ottensen", antwortete Meyer Fünf.

Hilmi Abbas' Finger begannen nervös auf der Tischplatte herumzutrommeln.

„Ich brauch ein Telefon. Jetzt gleich", sagte Boyle.

„Falls du 'nen Anwalt suchst, der Jude kann dir bestimmt einen empfehlen", meinte Meyer Fünf spitz.

In seinem Grinsen lag so viel Befriedigung, dass man damit sämtliche Wände des Reviers hätte anstreichen können. Teddy warf ihm sarkastisch eine Kusshand zu.

„Der alte Mann ist ein wichtiger Zeuge. Ihr schließt ihn weg. Und kein Bericht über ihn, bevor ich es nicht persönlich anordne, kapiert?", befahl Boyle.

„Das ist immer noch gegen die Vorschriften."

„Aber mir immer noch genauso scheiß egal. Solange ich meinen Ausweis und meine Waffe habe, bin ich hier der ranghöchste Beamte und ihr tut gefälligst, was ich anordne."

Mit falscher Unterwürfigkeit machte Meyer Boyle Platz.

„Wo ist meine Vermisstenliste?" Boyle streckte die Hand zu Meyer aus.

„Leck mich am Arsch, Boyle."

In der Wachstube waren drei Uniformierte, die Boyles Erscheinen nicht sofort registrierten, sondern erst aufsahen, nachdem er Beckers Büronummer gewählt und der sich gemeldet hatte.

„Boyle, wo steckst du? Wieso meldest du dich in der Zentrale nicht ab, wenn du deine Stellung wechselst?", blaffte Becker in den Hörer.

„Ich bin im 7. Ich hab einen Zeugen, der zwei Unbekannte in Halifs Haus gesehen hat. Sie hatten Sturmgewehre und Schutzwesten dabei."

Beckers Stimme war belegt, als er nach einem Augenblick des Schweigens auf Tommy Graf zu sprechen kam.

„Dann hast du das von Tommy wohl schon gehört."

„Ja. Wisst ihr schon was Genaueres? Ich meine, hat er es selbst getan, oder was?"

Beckers unregelmäßige Atemzüge waren für eine Weile alles, was durch den Hörer an Boyles Ohr drang.

„Selbstverschulden ist eindeutig auszuschließen. Stiller wurde suspendiert. Kam beim Innensenator doch nicht ganz so gut an, dass er die Ermittlungen im Fall seines eigenen Sohnes koordiniert. Der Senator hat mich kommissarisch mit der Leitung des Ladens beauftragt. Du bist raus aus dem Kanakenkillerfall und übernimmst ab sofort die Ermittlungen in Sachen Tommy Graf."

Boyles Hirn sortierte die Ereignisse der Nacht: Margaret Stiller behauptete, dass ihr Sohn vom Vater einer seiner Schulkameradinnen getötet worden war, weil Stiller junior sich zusammen mit ein paar seiner madigen Kumpel an ihr vergriffen hatte. Diese Kumpel waren zweifellos jene beiden Jungen, die zusammen mit Stiller junior auf dem Foto gewesen waren, das Boyle in der Villa des letzten Opfers gefunden hatte und die inzwischen ebenso tot waren, wie Stillers Stammhalter.

So viel konnte er als gegeben annehmen.

Außerdem waren da die beiden Männer, von denen Hilmi Abbas behauptete, dass er sie vor Halifs Haus gesehen hätte. Dann musste irgendwie auch noch Stillers missratener Kasinodeal in dieses Durcheinander mit hineinspielen. Und schließlich tauchte jetzt auch noch Tommy Graf mit einem Loch im Kopf am Ottenser Friedhof auf.

Boyle hielt es für absolut unmöglich, dass keine Verbindung zwischen all dem existieren sollte. Die Frage war nur: welche?

„Was ist mit Halif Kahn, hat den inzwischen irgendwer aufgetrieben?"

„Ist wie vom Erdboden verschluckt. Alles, was wir bisher haben, sind zwei seiner Capos, die im 5. herumhängen und gelangweilt tun."

Einen Augenblick wieder Schweigen.

„Becker, was hast du ihnen dafür gegeben, dass sie Stiller für dich fallen lassen?"

Beckers Schweigen am anderen Ende der Verbindung war um einiges zu beredt, um für Boyle noch als Beleidigung durchgehen zu können.

„Gut. Ich übernehme Tommy Graf. Aber ich will mit dem Kanaken reden, sobald ihr ihn habt. Und zwar allein und bevor Haffner ihn zwischen die Finger kriegt. Außerdem brauche ich Tommys Akte aus der Personalabteilung. Und ich muss mit Stiller reden. Auch allein."

Becker atmete hörbar tief ein und wieder aus.

„Du bist nicht in der Position Bedingungen zu stellen. Du solltest froh sein, dass ich dich nicht genauso suspendieren lasse wie Stiller."

Boyles Finger verkrampften sich um den Hörer. „Wenn es das ist, was du willst, kannst du meinen Ausweis sofort haben. Könnte bloß sein, dass dir dann was entgeht."

Wieder zehn, zwanzig Sekunden Stille.

„Was?"

„Der Name des Kanakenkillers."

„Du bekommst dein Date mit Stiller. Aber Tommys Personalakte bleibt auch weiterhin Verschlusssache."

Wieso, fragte sich Boyle, hielt Becker seine Hand so vehement über Tommys Personalakte? Nichts war natürlicher als bei den Ermittlungen zum unnatürlichen Tod eines Beamten mit dessen Personalakte anzufangen.

Irgendetwas stank da.

„Wie heißt der Kanakenkiller?", fragte Becker.

Boyle dachte nach. Sollte er Becker wirklich den Namen nennen? Der könnte immerhin den letzten Trumpf darstellen, den er noch hatte. Andererseits, was nützte es, ihn zurückzuhalten, wenn Becker ihn mühelos von der Straße fischen und wegschließen konnte? Wenigstens konnte er Becker vorenthalten, woher er den Namen hatte. Wer wusste schon, wann er noch mal auf Margaret Stillers Hilfe angewiesen war.

„Er heißt Aris. Müsste sein Nachname sein. Mehr weiß ich nicht."

Wieder Stille. Kürzer diesmal.

„Woher hast du das?"

„Vergiss es, Becker. Aber ich wette, dass der Name stimmt. Lass ihn durch den Computer laufen. Ich bin sicher, der Typ hat bisher nicht mal 'nen Strafzettel kassiert."

Boyle hörte wie Becker irgendwelche Anweisungen durch sein Büro bellte. Dann wandte er sich wieder dem Hörer zu. „Wir sehen uns am Tatort. Dort will ich einen mündlichen Bericht über den Kanakenkiller und über deinen Zeugen. Du bist ab sofort zweiter Leiter der MoKo und nur mir persönlich unterstellt. Ich gebe die Anweisung gleich noch über Funk heraus."

Die Bulldogge würde im Dreieck springen, sobald er davon erfuhr.

„Okay, Becker, ich spiele mit", hörte Boyle sich selbst flüstern. „Aber ich will außerdem alle Ergebnisse zu dem Toten in Halifs Kühlhaus."

Becker zögerte diesmal um eine Winzigkeit länger. „Die kriegst du. Aber zeitversetzt zu Haffner, der den Fall ab jetzt zusätzlich zum Kanakenkiller bearbeitet."

Boyle legte den Hörer auf und sah sich in der Wachstube um. Die verstörten Blicke der drei Beamten und von Meyer, der hinter Teddy Amin in die Wachstube getreten war.

„Ich bin ab sofort zweiter Leiter MoKo. Becker ist kommissarischer Polizeipräsident. Ich lass meinen Zeugen bei euch. Kein Schmierenschreiber oder Fernsehaffe erfährt von seiner Existenz. Wenn er gehen will, ruft im Präsidium an. Ihr kriegt jede richterliche Verfügung, die ihr braucht, um ihn hier festzuhalten. Außerdem brauch ich jetzt endlich diese scheiß Vermisstenliste."

Stille breitete sich in der Wachstube aus wie Ringe im Wasser, nachdem man einen Stein hineingeworfen hatte.

Teddy Amins Grinsen ließ in Meyer Fünfs Augen blanken Hass wachsen. Irgendwer reichte Boyle wortlos zwei eng bedruckte DIN-A4-Seiten.

Draußen vor dem Revier war Nieselregen wieder einmal einem samtig klaren Himmel gewichen.

„Das Band, Teddy. Hilmi Abbas' Aussage."

Teddy griff in die Tasche seiner Jeans und warf Boyle eine kleine Tonbandkassette zu. Boyle steckte sie ein. Verharrte dann, die Hand aufs Dach von Teddys Wagen gelegt.

„Was?"

Boyle sah Teddy an. „Wenn der alte Mann Recht hat und diese beiden Typen heute Nacht tatsächlich einfach so in Halifs Haus marschiert sind und trotzdem immer noch keiner weiß, wo Halif selbst abgeblieben ist, frage ich mich, weshalb wir keine Meldung von den Zivilfahndern bekommen haben, die Halif seit Monaten beschatten."

„Halif wurde beschattet?", fragte Teddy sichtlich erstaunt.

„Na klar. Premuda zeitweise auch. Nur haben sie es bei ihm gelassen, weil sie dachten, dass er wegen seines Krebses sowieso demnächst abnippelt. Du standest auch auf ihrer Liste. Aber Halif und Premuda waren ihnen am Ende wichtiger, und sie haben sowieso zu wenige Leute, deswegen bist du vom Haken gekommen."

Boyle war nicht sicher, ob Teddy ihm glaubte. Es war ihm derzeit aber auch mehr oder weniger egal.

„Wer hätte die Bewacher denn abziehen können?"
„Das waren LKA-Leute, die unterstehen nicht dem Präsidium."
„Aber Stiller war da mal 'n hohes Tier, oder?"

4 Uhr 02. Der kräftigere Junge hatte Younas mit einer Bierflasche angegriffen. Sie mussten sich eine kleine Ewigkeit ineinander verkrallt zwischen den zerbrochenen Möbeln auf dem Boden gewälzt haben, bevor Tibos Schreie erstarben und Younas es geschafft hatte, an seine Waffe zu kommen, die er während des überraschenden Angriffs verloren hatte. Er schoss, ohne zu zögern.

Jetzt war das Gesicht seines Angreifers nur noch eine unförmige Masse aus Blut, weißen Knochensplittern und gelblichem Fett.

Younas befühlte den tiefen Schnitt in seinem Oberarm. Erst jetzt, im Angesicht des Toten, wurde ihm sein schwerer Atem bewusst und der Schmerz in seinem Oberarm gewann genug an Gewicht, um sich in sein Bewusstsein zu schneiden.

Younas machte sich durch den Schleier des Schmerzes und des Adrenalinschubs hindurch klar, wie LANGE es gedauert hatte, bis das Zucken und Winden des kräftigeren Jungen nach dem Schuss in sein Gesicht aufgehört hatte.

Schweiß rann Younas aus sämtlichen Poren. Dazu die plötzliche Stille, gegen die weder Tibos Atem noch sein eigener irgendetwas auszurichten schien.

Younas sah von der blutenden Leiche am Boden auf. Sein Blick traf zwangsläufig auf den Tibos. Obwohl auch er versucht hatte Younas niederzuschlagen, war sein Angriff so kraftlos und unkoordiniert gewesen, dass es Younas keine Mühe gemacht hatte ihn abzuwehren.

Von draußen plötzlich das Geräusch eines Wagens. Zwei Augenblicke, bis das tiefe Blubbern des Motors erstarb. Weitere drei, bis Younas hörte, dass sich Schritte der Haustür näherten.

4 Uhr 13. „Meinst du, man braucht Talent um zu töten, Teddy?"

Teddy öffnete sein rechtes Auge und schielte zu Boyle herüber.

„Du meinst, so wie ein guter Barkeeper Talent braucht? Oder ein Maler oder ein Schriftsteller?"

„So ungefähr, ja."

Teddy schloss sein offenes Auge wieder. „Es ist, glaube ich, nicht mal das Töten an sich, dazu ist am Ende jeder fähig. Aber ein richtiger Mord, das ist was anderes. Dafür brauchst du 'n Gefühl für Gewalt und Macht. Ja, ich glaube, dass zu einem wirklichen Mord jede Menge Talent gehört. Das ist nix für Amateure."

Boyle nickte zerstreut und lenkte den BMW um einen Lieferwagen herum auf einen ausgestorbenen Supermarktparkplatz, an dessen Rand verloren eine Telefonzelle leuchtete.

„Was wird das hier?“, fragte Teddy blinzelnd.

„Ich ruf einen alten Kumpel an.“

Teddy warf einen Blick auf die Uhr im Armaturenbrett. „Es ist vier Uhr morgens. Dein Kumpel hat hoffentlich Humor.“

Doch Boyle war schon draußen und halb bei der Zelle. Sein letztes Kleingeld verschwand im Schlitz.

Boyle wartete auf das Freizeichen und wählte.

Zehn Sekunden Klingeln. Zwanzig. Dann ein Klicken und ein Rülpsen.

„Grosser.“

Der Mann, dem die tief rauchige Stimme gehörte, lebte in einem schmucken kleinen Haus am Rande der Prinsengracht in Amsterdam. Boyle wusste, dass dieser sich, um zum Telefon zu kommen, seinen Weg durch überall im Haus verstreute Bücher und Zeitschriftenstapel hatte bahnen müssen, und es nichts Ungewöhnliches gewesen wäre, wenn sich zwischen den Büchern auch noch Stapel schmutziger Teller und Töpfe befunden hätten.

„Boyle hier. Hab ich dich geweckt?“

Ein Hustenanfall.

„Hast du, aber macht nix. Ist vier Uhr früh.“

„Ich brauch deine Hilfe. Was weiß der BND über einen Kerl namens Halif Kahn, hier in der Stadt?“

Wieder ein Hustenanfall.

„Dauert ’ne Weile. Ich ruf dich zurück.“

„Nein, ich ruf dich zurück. Du hast zwanzig Minuten.“

„Eine halbe Stunde."
„Zwanzig Minuten."
Boyle hängte ein.
Teddy hatte den Sitz ganz nach hinten geschoben, den Kopf auf die Arme gelegt und hielt die Augen geschlossen, als Boyle zum Wagen zurückkehrte.
„Was jetzt?"
„Wir warten."
Boyle steckte sich eine Zigarette an und angelte nach der Vermisstenliste auf dem Rücksitz. „Und damit uns nicht langweilig wird, sehen wir mal, wen wir hier auf der Liste so kennen."
Boyle ließ eines der beiden Papiere auf Teddys Bauch fallen. Teddy griff sich das Papier, warf einen Blick darauf und rutschte herum.
„Wen hast du angerufen?"
„Den BND. Über Umwege."
„Den BND?"
„Den BND. Jetzt sieh dir endlich die Liste an. Wir haben nicht ewig Zeit."
„Aber sicher, Massa."
Boyle hasste Teddys Massa-Getue fast noch mehr als das von Tommy Graf, aus dem neben der Ironie wenigstens immer noch so was wie professioneller Respekt herauszuhören gewesen war. „Lass diesen Massascheiß oder ich polier dir deswegen noch mal die Fresse."
„Aye, Massa!"
Boyle stöhnte und vertiefte sich in die Liste. Doch

es war Teddy, der einige Minuten darauf zuerst auf einen bekannten Namen stieß.

„Na hallo! Der gehört aber hier ganz bestimmt nicht hin", flüsterte er mehr zu sich selbst als an Boyle gewandt.

„Wer?"

„Anatoli Ryschkow."

„Wer ist Anatoli Ryschkow …?"

„Gegenfrage: Wer vertickt in der Stadt das meiste Gras? Gras, nicht H, Koks oder Chemie."

„Du, dachte ich immer."

„Falsch, Anatoli Ryschkow. Der bringt es aus Pakistan über die Türkei und Holland hier herein. Und eines steht mal fest, er ist falsch auf der Liste, weil ich ihn vor ein paar Stunden noch in meinem Club gesehen habe."

„Anatoli Ryschkow? Wieso kennt den keiner im Präsidium, wenn er angeblich so 'ne große Nummer ist?"

„Weil er clever ist. Und außerdem …" Teddy versank in konzentriertes Schweigen.

„Was?"

„Er hat mir erzählt, er habe hier in der Stadt ein bisschen Asche angelegt."

Boyles Kopf zuckte zu Teddy herum.

„Was bedeutet ein bisschen Asche für einen Typen wie Anatoli Ryschkow?"

Teddy hüstelte. „Als er zum letzten Mal von einem bisschen Asche sprach, hatte er in Berlin gerade zwei

Hotels gekauft. Eines am Kudamm, das andere irgendwo im Osten."

„Wer hat ihn vermisst gemeldet?"

„Das ist der Punkt: seine Frau."

„Und?"

„Er hat keine Frau. Er lebt allein."

„Wie sieht der Kerl aus?"

Teddy starrte Boyle eine Sekunde an, schüttelte dann unmerklich den Kopf. „Wie 'n Russe eben. Er ist fünfunddreißig, eins dreiundachtzig, fit und hat braune Haare."

„Du Blödmann."

Boyle griff sich Teddys Teil der Liste und fuhr eilig mit dem Finger die eng gedruckte Reihe der Namen und Daten herab, bis er zu Anatoli Ryschkow gelangte.

Vor sechsunddreißig Jahren geboren in Leningrad, heute Sankt Petersburg, aber seit zehn Jahren deutscher Staatsbürger und nun mit Hauptwohnsitz in Frankfurt/Main, aber auch einem Geschäftsbüro in Hamburg-Bergedorf.

Boyle ließ die Liste fallen und starrte durch die beschlagene Frontscheibe auf die leere Telefonzelle.

„Ich brauch Kleingeld. Alles, was du hast."

Teddy griff in die Tasche seiner Jeans und brachte eine Handvoll Münzen hervor.

„Gibt es irgendwas, an dem man Ryschkow identifizieren könnte?"

Teddy dachte nach. „Er hat Narben am Hintern.

Ziemlich tief. Könnten von Schusswunden stammen oder Granatsplittern."

Auf dem kurzen Weg zur Telefonzelle fragte sich Boyle, woher zur Hölle Teddy wissen konnte, dass Anatoli Ryschkow Narben am Hintern hatte. Und, womöglich weit erstaunlicher noch, woher er wusste, wie Granatsplitternarben sich von Schussnarben unterschieden.

4 Uhr 19. Er hatte das Licht der Lampe draußen im Vorgarten lange vor Tibo gesehen. Es war für Younas nur ein schlichter Reflex, ihm den Lauf der Pumpgun ins Gesicht zu halten, ihn zum Aufstehen aufzufordern und ihn dann – nachdem das Klopfen an der Tür ertönt war – Richtung Flur zu schieben. Er hatte sogar daran gedacht, ihm eine Decke zuzuwerfen, die am Küchenboden gelegen hatte.

„Ich dich … alle machen, wenn … du Falsches sagst", flüsterte Younas.

Es hatte eine Weile gedauert, bis Tibo den Polizisten, der mit seiner Lampe vor der Tür gestanden hatte, tatsächlich abgewimmelt hatte.

Younas hatte nicht jedes Wort verstehen können. Nur so viel war ihm klar geworden: die Polizei suchte nach einem Ausländer, wahrscheinlich Türken, in einem dunklen Mantel.

Tibo war ein ziemlich geschickter Lügner. Auf die Frage des Polizisten, was er hier in dem Haus eigentlich um diese Zeit zu suchen hätte, antwortete er entrüstet, er verstünde nicht, was die Frage solle, er sei vor zwei Tagen bereits hier eingezogen.

Nachdem der Polizist gegangen war, zog Younas den Jungen in den dunklen Flur zurück und legte die Finger auf die Lippen. Tibo verstand.

„Polizist gesagt … sie suchen Kanaken, ja?"

Wieder nickte Tibo, er zitterte und sein Körper hatte sich mit Gänsehaut überzogen.

Younas dachte: Draußen stand der silberne Ford Mondeo und der Junge hatte bestimmt den Schlüssel dazu. Es gab einen Weg hier heraus.

Auch wenn Younas bisher keine Vorstellung hatte, WOHIN er wollte, wusste er doch, dass er es in diesem Haus, mit dem Toten am Küchenboden, nicht mehr allzu lange aushalten konnte.

Also zwang Younas ihn, ins Schlafzimmer zurückzugehen, seine Sachen vom Boden aufzuklauben und sich anzuziehen.

Younas spürte keinerlei Befriedigung darüber, dass es jetzt vorbei war. Obwohl, wirklich vorbei war es auch gar nicht. Ein weiterer Name war auf Younas' Liste geraten: Halif Kahn.

Durchs Fenster sah Younas den Himmel. Er hörte die Vögel in den Hecken und Bäumen und roch das satte Aroma frisch gemähten Rasens.

Nein, nichts war vorbei, solange er nicht bei Halif gewesen war. Was er jetzt brauchte, war ein Rasierer. Und ein Quäntchen Glück.

„Bad – wo?“, fragte er den Jungen.

Tibo wies stumm auf eine Tür. Younas wackelte mit dem Lauf der Pumpgun. Bedeutete ihm, voranzugehen.

6

5. September 2000, 4 Uhr 26 – 7 Uhr 55

4 Uhr 26. Es hatte wieder zu regnen begonnen. Boyle rannte, die Lederjacke über den Kopf gezogen, zu Teddys Wagen zurück. Teddy stieß von innen die Tür auf, Boyle glitt herein und verteilte dabei kleine Bäche von Regenwasser über Teddys helle Lederpolster.

„Der BND sagt, Halif hat gestern Nacht um zehn mit einer seiner Kreditkarten einen Flug nach Istanbul bezahlt. Der Flug geht heute Morgen um neun."

„Was ist mit Ryschkow?", fragte Teddy.

„Eine junge Brünette hat ihn gestern Nacht im 8. Revier als vermisst gemeldet. Gab an, er sei vorgestern Abend aus seinem Hotelzimmer im *Atlantic* verschwunden und habe sich nicht wieder gemeldet. Sie hatte einen deutschen Pass dabei. Der lautete auf Anastasia Ryschkow, sechsundzwanzig, geboren in Kiew."

„Anatoli ist alte russische Schule, der steht auf füllige Blondinen und verheiratet ist er definitiv nicht."

Beide Männer schwiegen einen Augenblick.

„Kann er mit Halif und Premuda zusammen in dem Kasinodeal gehangen haben?"

„Würde jedenfalls zu ihm passen."

„Ich hab ihnen das mit den Narben gesteckt. Sie haben ihn schon in die Gerichtsmedizin gebracht, aber da ist wohl kein Zweifel mehr möglich: Anatoli ist unser Toter. Und auf die Brünette ist 'ne verdeckte Fahndung raus."

Boyle startete den Motor, legte aber keinen Gang ein, sondern ließ den Wagen im Leerlauf leise vor sich hin blubbern. „Was meinst du, wie sie es gemacht haben? Anatoli war doch bestimmt kein Idiot."

Teddy antwortete. „Halif hat ihn zu sich nach Hause bestellt, weil Ryschkow nämlich nirgendwo anders hin gegangen wäre, um Halif zu treffen. Weil er alte russische Schule war, glaubte er, dass Halif niemals in die Ecke kacke, in der er auch wohnt. Irgendwer hat ihn reingelassen. Vielleicht sogar Halif selbst. Dann kommen die beiden Pistoleros mit den Schutzwesten aus der Deckung und machen ihn alle. Trotzdem frage ich mich, was Halif so sehr aus der Fassung gebracht hat, dass er so weit ging, einen Mann in seinem eigenen Haus platt machen zu lassen und dann auch noch AUF DIESE ART!"

Boyle legte einen Gang ein und fuhr los. Gleich darauf bremste er den schweren Wagen plötzlich ab.

„Mann, Premuda! Was ist, wenn Halif aus irgendeinem Grund nach und nach alle seine Partner bei dem Kasinodeal plattmachen lässt? Dann ist Premuda todsicher der Nächste auf der Liste!"

Boyle war drauf und dran aus dem Wagen zu springen und zur Telefonzelle zurück zu laufen.

Teddy hielt ihn zurück. „Bleib hier. Ich weiß, wo er um die Zeit ist. Und dort findet Halif ihn ganz bestimmt nicht."

Boyle sah erstaunt zu Teddy herüber.

„Wo?“

„In der Irrenanstalt, bei seiner Frau.“

„Premudas Frau ist in ’ner Irrenanstalt?“

„Als irgendwer vor ein paar Jahren seinen Sohn erschossen hat, ist sie ausgetickt. So auf die eher stille Art. Eine Weile haben sie es zu Hause mit Medikamenten versucht. Aber seit ein paar Monaten hat auch das nicht mehr geholfen. So hat er sie eben einweisen lassen. Jede Freitag- und Samstagnacht ist er bei ihr. Sitzt wie ’n Schuljunge neben ihrem Bett und hält Händchen.“

Boyle konnte das kaum fassen. „Merkwürdige Vorstellung: Der alte Alligator Händchen haltend in einer Irrenanstalt.“

Boyle drehte den Zündschlüssel.

„Und du bist sicher, dass Halif nichts davon wissen kann?“

Teddy war sicher. „Selbst ich hab’s nur durch einen blöden Zufall erfahren. Außerdem kann ich mir nicht vorstellen, dass Halif so blöd wäre, einen Krieg mit Premuda zu riskieren. Er weiß, dass er den nämlich derzeit nicht gewinnen kann. Aber Anatoli, das war was anderes. Ich meine, versteh mich jetzt nicht falsch, Boyle, Anatoli war zwar ’n wirklich harter Hecht und außerdem ehrgeizig, aber an russischen Maßstäben gemessen bisher noch keine von den ganz großen Nummern. Ich hatte schon seit Monaten den Verdacht, dass er hierhergekommen ist, um die Lage für ’ne Übernahme zu sondieren. Mit mir hätte er sich nicht abgegeben. Dafür war ich ihm zu klein und Premuda wäre zu stark gewesen. Zumal, wo ihn die Krabbe jetzt offensichtlich doch noch nicht totgebissen hat. Aber Halif hat in letzter Zeit vielleicht ’n paar Fehler zu viel gemacht. Den könnte Anatoli durchaus auf seiner Liste gehabt haben. Erst recht, nachdem dieser Kasinodeal offenbar total schief gelaufen war.“

Eine Viertelstunde darauf tauschten Teddy und Boyle am Friedhofseingang ihre Plätze. „Du kannst mich über den Pager erreichen. Jederzeit“, sagte Boyle, als er ausstieg und sich zum Friedhofstor aufmachte.

Die letzten Meter bis zum Tatort ging Boyle durch taufrisches Gras, vorbei an einem Beamten, der eine Stulle und eine Thermoskanne Kaffee in den Händen hielt.

Fünf Tote in einer einzigen Nacht, dachte Boyle, so viel Hass, so viel Verlorenheit und hilflose Angst. Trotzdem wuchs auch das Kind in Saschas Bauch. War das ein Trost? Vielleicht. Er sah Anatoli Ryschkows von Eiskristallen überzogenes Herz in Halifs Kühlhaus vor sich.

Vor dem rot-weißen Absperrband steckte er sich eine Zigarette an. Nichts, was in dieser Nacht geschehen war, würde er je wieder aus seinem Hirn verbannen können. Die Hoffnung, die er sich machen konnte, war, dass die Erinnerungen mit der Zeit verblassten, dass das Bild von Ryschkows Herz zu einer

Schwarz-Weiß-Fotografie verblasste und sich seine unterschwellige Beklemmung beim Gedanken an das Kind in Saschas Bauch irgendwann, wenn schon nicht in Freude, dann wenigstens in stille Erwartung verwandelte. „Du bist, was du bist, Bulle“, hatte Premuda gesagt. Nur fragte Boyle sich immer noch WAS, genau das war.

Tommys Wagen war ein roter, gut gepflegter Porsche 968, den er abgöttisch geliebt hatte.

Zwei Grüne und ein Mann von der Spurensicherung waren gerade dabei, die Tür des Sportwagens zu öffnen, um Tommys Leiche in einen Blechsarg zu bugsieren.

Boyle sah ihnen eine Weile zu und fühlte sich zu leer und ausgebrannt, um für Tommys Tod mehr als leises Bedauern zu empfinden.

„Hallo.“

Boyle sah sich nach der Stimme um. Derselbe schlanke hochgewachsene Arzt, der bereits zu Halif Kahns Kühlhaus gerufen worden war.

„Sie kannten ihn?“

Boyle nickte. „Er war ein Freund von mir.“

Das stille knappe Kopfnicken, mit dem der Arzt reagierte, war die einzige Art Mitgefühl zu bekunden, die Boyle in diesem Moment ertrug.

„Können Sie schon irgendwas dazu sagen?“

„Ich bin kein Gerichtsmediziner, aber er ist erschossen worden. Ein kleines Kaliber. Das Loch in seinem Kopf ist kaum zu sehen. Er hat auch nicht viel Blut verloren. Muss gleich tot gewesen sein. Nur falls Ihnen das weiterhilft."

Boyle wusste nicht, ob es ihm wichtig war zu wissen, dass Tommy Grafs Sterben sich nicht lange hingezogen hatte.

„Niemand spricht hier über den Mann im Kühlhaus. Sie gehören zur MoKo, nicht?"

Boyle ging nicht weiter auf die Frage des Doktors ein.

„Sagen Sie Doc, um einem Mann das Herz aus der Brust zu schneiden, braucht man dazu spezielle anatomische Kenntnisse?"

„Sie meinen, weil es so exakt herausgetrennt war?"

„Würde es nicht jemand, der über keinerlei Anatomiekenntnisse verfügt, anders machen? Weniger exakt?"

„Wer immer ihm das angetan hat, kannte sich zumindest in groben Zügen aus. Auch, wenn ich damit nicht sagen will, dass es unbedingt ein Mediziner gewesen sein muss. Mein Onkel hat sein Leben lang in einer Fleischerei gearbeitet. Ich bin sicher, er hätte es genauso gut gekonnt wie Ihr Mörder im Kühlhaus."

Boyle schwieg.

„Meine Eltern haben hier vor fast vierzig Jahren in einem zehn Quadratmeter großen Kellerloch angefangen. Mein Vater ist sein Leben lang ein kleiner Hafenarbeiter geblieben und meine Mutter ging erst putzen und ist dann, nachdem wir Kinder kamen, zu Hause geblieben. Trotzdem sind zwei von ihren

Kindern auf die Universität gegangen. Dieses Land hat meinen Eltern Glück gebracht. Mir auch."

Boyle blieb weiterhin stumm, doch er hatte sich dem Arzt zugewandt und sah ihn mit stillem Einverständnis an.

„Deswegen verstehe ich diesen Mord nicht. Und den anderen auch nicht. So viel Hass und Gewalt. Ich arbeite ausschließlich nachts. Seit über zehn Jahren. Ich hab mehr zu sehen gekriegt, als für irgendwen gesund sein kann. Und zwar einschließlich mir selbst. Aber dieser Tote in dem Kühlhaus – Gott, so was will ich nicht noch einmal sehen müssen. Also, sagen *Sie* mir: Woher kommt all der Hass?"

Boyle zuckte die Achseln, wandte sich ab und trat auf die Männer der Spurensicherung zu, die gerade Tommys Porsche mit ihren Puderquasten und Tesafilmstreifen nach Fingerabdrücken abzusuchen begannen. Schließlich drehte er sich doch noch einmal zu dem Notarzt um.

„Der Hass, glaube ich, war schon immer da. Und dieser Traum von einem besseren Leben, der Ihrem Vater angeblich so viel Glück gebracht hat, was, wenn er von Anfang an sowieso nie mehr war als ein Bluff? Aber die meisten Leute, die ihn träumen, bislang einfach nur das Glück hatten, nie dahinterzukommen?"

Der Arzt dachte einige Zeit darüber nach.

„Das wäre zwar möglich. Aber verdammt deprimierend, meinen Sie nicht?", sagte er und stieg in seinen Wagen.

Fünf Minuten nachdem er verschwunden war, ruckelte Beckers Wagen den schmalen Weg herab. Stoppte und spie seine Fracht aus. Kaum einer der Männer und Frauen rundum kümmerte sich darum. Becker stapfte zielstrebig auf Boyle zu, sobald er ihn am Rand der Absperrung entdeckt hatte. „Du hattest Recht, was diesen Younas Aris angeht. Ich hab ihn überprüfen lassen. Keine Vorstrafen. Absolut sauber."

Beckers Atem ging heftiger als gewöhnlich und sein Mondgesicht wirkte aufgedunsen. Nur seine Augen waren immer noch dieselben: klein, schnell und gefährlich kalt. „Er lebt seit siebzehn Jahren hier. Hat seine Steuern immer pünktlich bezahlt, ist verheiratet und hat eine Tochter auf dem Gymnasium. Übrigens dasselbe, auf das auch Stillers Sohn gegangen ist. Aber ich nehme an, dass dich das nicht sonderlich überrascht, oder?"

„Nein. Aber dass sein Vorname Younas ist, wusste ich noch nicht."

„Warum hat er das getan?"

„Was? Diese drei Jungen erschossen? Aus Rache."

„Wofür?"

„Stillers Sohn hat zusammen mit den drei anderen Jungs von dem Foto seine Tochter vergewaltigt."

Becker stutzte. „Welches Foto? Ich weiß von keinem Foto."

Boyles Blick konzentrierte sich eine Sekunde auf Tommys roten Porsche. „Ich hab in der Wohnung des zweiten Jungen ein Foto gefunden. Tommy hat es für mich überprüft. Es waren vier Jungs darauf. Drei davon sind jetzt tot. Der vierte lebt vielleicht noch, das heißt, falls wir Glück haben. Eigentlich sollten Haffners Leute jetzt nach seiner Freundin suchen, weil er sich dort wahrscheinlich verkrochen hat. Übrigens, dieser vierte Junge dealt für Halif Kahn. Und keinen Kleinscheiß. Wir haben eine Akte über ihn."

Becker war auch davon überrascht. „Ich weiß auch nichts von dieser Freundin. Was immer Tommy Graf mit dem Foto und der Information über diese Freundin angestellt hat, er hat jedenfalls keinem was davon erzählt."

Tommy hatte Boyle hintergangen. Und das mehr als einmal. Zuerst im Büro, bevor Boyle zu Saschas Club gefahren war, danach am Telefon, kurz bevor er sich unerlaubterweise vom Dienst abgesetzt hatte. WESHALB?

„Warum krieg ich Tommys Akte nicht zu sehen?"

„Weil sie verschwunden ist. Deshalb."

Boyle starrte Becker fragend an. „Wie verschwunden? Vorhin klang das noch ganz anders."

Becker blieb ungerührt. „Vorhin waren auch der Innensenator und der Oberstaatsanwalt in meinem Büro. Was hätte ich sagen sollen? Dass wir unsere eigenen Personalakten nicht finden, wenn wir sie brauchen?"

„Tommy muss irgendwen über das Foto informiert haben. Er hatte einen Bericht über eine Befragung dabei, als ich mit ihm gesprochen hab."

Becker wiegte den Kopf. „Kann ja sein, aber bei mir ist davon trotzdem nichts gelandet. Und wenn schon, vielleicht hat er einfach zwei Grüne hingeschickt, die haben ihm den Bericht gefaxt und das war's. Bei den Akten auf seinem Schreibtisch war er jedenfalls nicht, die habe ich selber überprüft."

Boyle fragte sich, welches Spiel Tommy da gespielt hatte. Und vor allem, in welcher Mannschaft.

„Übrigens, wusstest du, dass Halif Kahn bei der Einreise von Younas Aris für ihn gebürgt hat?"

Die Verbindung, nach der Boyle so lange gesucht hatte. Da war sie.

„In der letzten S-Bahn nach Bornhorst war ein Kerl mit einer Pumpgun. Hat den Ticketkontrolleur bedroht und den Zug auf freiem Feld gestoppt. Der Kontrolleur steht noch unter Schock, aber die Leute, die außerdem im Wagen waren, haben ihn als Ausländer beschrieben, vielleicht Türke, ungefähr Mitte vierzig. Wir haben ihnen das Phantombild gezeigt, das die Zeugen aus der Disko angefertigt haben, vor der er den dritten Jungen erschossen hat. Zwei der Leute aus dem Zug waren sicher, dass es unser Mann war, der den Zug gestoppt hat. Was treibt er so weit außerhalb der Stadt?"

Für Boyle war das keine Frage. „Er sucht den vierten Jungen. Den, der für Halif dealt."

Becker dachte darüber nach, griff dann nach Boyles Arm und zog ihn einige Meter weg von den übrigen Beamten. „Was ist mit dem Zeugen, den du im 7. Revier deponiert hast? Was hat er genau gesehen?"

„Zwei blonde Männer, die mit Schutzwesten und Sturmgewehren in Halifs Haus gegangen sind. Und das Tor war offen, als sie kamen. Da war er sich ganz sicher."

Beckers winzige Augenschlitze verengten sich noch mehr. Zeit, den letzten Schlag anzubringen, dachte Boyle. „Halif ist seit Monaten rund um die Uhr vom LKA observiert worden. Bloß ausgerechnet heute Nacht war keiner von denen vor seinem Haus, als diese zwei Typen mit den Sturmgewehren gekommen sind. Das kann kein Zufall gewesen sein."

„War es auch nicht."

„Wer hat das LKA zurückgepfiffen?"

„Stiller. Keine zwei Stunden, nachdem sein Sohn erschossen worden ist."

„Mit welcher Begründung? Er war Polizeipräsident, er hatte keine Weisungsbefugnis für ein LKA-Team."

„Brauchte er auch nicht. Er hat Klein, den Chef von der Abteilung Organisierte Kriminalität beim LKA darum gebeten. Ich hab mit Klein telefoniert. Er gibt zu, dass er Stiller den Gefallen getan hat. Sonst sagt er nix."

Ein angesehener Karrierebeamter sammelte mit falschen Versprechungen unter den mächtigsten Gangstern der Stadt Wahlkampfgelder, nur um anschließend seine Versprechungen zu brechen. Und ein paar Monate darauf ging ein unauffälliger Einwanderer namens Younas Aris los, um die Vergewaltigung seiner Tochter zu rächen. Derselbe angesehene Karrierebeamte, inzwischen Polizeipräsident, zog eigenmächtig, kurz nachdem sein Sohn getötet worden war, ein LKA-Team von einer wichtigen Observation bei einem der beiden Gangster ab, die er mit seinen falschen Versprechungen betrogen hatte. Woraufhin zwei unbekannte blonde Männer im Haus jenes Gangsters einen der Partner des Kasinodeals umbrachten. Kurz darauf starb Tommy Graf, dessen Personalakte überdies verschwunden war, und es stellte sich außerdem heraus, dass jener unauffällige Einwanderer Halif Kahn nicht nur kannte, sondern dass der sogar für ihn bei seiner Einreise gebürgt hatte.

Boyle erinnerte sich an Beckers Abneigung gegen Bellini und deren Zeitung. Und er erinnerte sich an das Gespräch zwischen Tommy und ihm am Abend des Überfalls. Was hatte Tommy noch gesagt? Polizisten waren so etwas wie Katalysatoren, die irgendwann an den Überresten dessen, was sie während ihres Dienstes durch ihre Hirne geschleust hatten, erstickten? Woran war Tommy Graf erstickt? Welche Rückstände konnten so toxisch gewesen sein, dass sie nur durch Tommys Tod zu beseitigen gewesen waren?

„Ich will endlich die Wahrheit, Becker. Ich hab ein Recht darauf. Da drüben haben sie vor ein paar Minuten einen guten Freund von mir in einen Blechsarg gepackt."

„Ich hab die Wahrheit nicht."

„Was hast du dann?"

Beckers Hand verschwand in der Tasche seines ausgebeulten Sakkos. „Also gut, irgendwann hättest du es ja wahrscheinlich sowieso erfahren. Stiller war der Letzte, der Tommy Grafs Personalakte angefordert hat. Aber zuvor hatte sie Klein vom LKA."

Das war derselbe Klein, der genau zur rechten Zeit sein Observationsteam von Halif Kahns Haus abgezogen hatte, um den beiden Unbekannten zu erlauben, Anatoli Ryschkow eine tödliche Falle zu stellen. Derselbe Klein, der seit Jahren mit den Bossen von der Dienstaufsicht herumhing. Sobald sich in Boyle eine verschwommene Vorstellung der Art jener Überreste aufgebaut hatte, an denen Tommy Graf schließlich erstickt war, würgte ihn feuchter Ekel.

Es gab nicht viele Gründe, weswegen Stiller, offenbar ziemlich kurz nach seinem Amtsantritt, Tommys Personalakte angefordert haben konnte. Boyle jedenfalls fielen nur zwei ein. Und beide waren gefährlich für Tommy gewesen. Sie waren aber auch gefährlich für den Beamten, der nach Tommys Mörder fahndete. Boyle begriff, dass seine Untersuchung zu nichts weiter dienen sollte, als dazu, eine Akte mit Berichten zu füllen, die keiner in der Chefetage je wirklich lesen wollte, weil keiner von ihnen etwas anderes erwartete, als dass Tommys Akte eines Tages mit dem Vermerk *Täter unbekannt* für immer geschlossen werden würde.

Boyle warf einen letzten Blick auf Becker.

Auf dem hellen Sportsitz von Tommys Porsche leuchtete ein feines Netz dunkelroter Spritzer.

4 Uhr 58. Sein Gesicht im Spiegel zu sehen, hatte ihm kalte Schauer über den Rücken gejagt, nicht nur wegen der blau und rot unterlaufenen Prellungen darin, sondern auch, weil es so viel älter wirkte, als es sein dürfte. Eine einzige Nacht hatte genügt, ihn um Jahre altern zu lassen. Nichts war umsonst. Mord hatte seinen Preis.

In dem kleinen hellen Schrank über dem Spiegel hatte er einen Rasierer gefunden und auf dem Haken an der Tür einen Bademantel, dessen Gürtel er dazu benutzte, den Stricher zu fesseln, der ihm jetzt vom Boden aus mit verzerrtem Blick dabei zusah, wie er sich zwei Hände voll Shampoo in die angefeuchteten Haare rieb, dann nach dem Rasierer griff und begann sich die Kopfhaut zu rasieren.

Was machte einen Kanaken aus? Dunkle Augen, dunkles Haar und der feine schwarze Bartschatten auf Kinn und Wangen. Doch Younas' Augen strahlten nicht dunkel, sondern hellbraun aus den Prellungen und schmalen blutigen Rissen in seinem Gesicht hervor. Und sobald er nach seinem Haarschopf auch mit der Rasur von Kinn und Wangen fertig war, würde sich auch das letzte jener drei klischeehaften Merkmale verloren haben, die in den Köpfen der meisten Leute einen typischen Kanaken ausmachten.

Younas griff den Arm des Jungen, zog ihn vom Boden hoch, stieß ihn vor sich her zum Schlafzimmer. Auf dessen Boden und Bett lagen die Sachen des Vergewaltigers, den er vorhin getötet hatte.

Younas griff nach den Jeans, dem T-Shirt und Kapuzenshirt. Vielleicht spannten sie über Hintern, Brust oder Bauch ein wenig. Trotzdem würde es schon irgendwie gehen.

Als Younas sich aus den schlammverkrusteten Hosen schälte, stellte er fest, dass er Tibos Blicke dabei nicht ertrug. Ohne irgendeine Erklärung stieß er ihn nach draußen auf den Flur und schloss die Tür.

Es war ein merkwürdiges Gefühl in die Sachen eines Toten zu steigen, in seinen Geruch zu tauchen und seinen trockenen Schweiß auf der eigenen Haut zu spüren.

Younas brauchte einige Sekunden, seine Abscheu zu überwinden. Schließlich schlüpfte er in die weite braune Lederjacke des Toten. Und sobald er die Tür wieder öffnete, sah er an Tibos irritierten Blicken, dass seine Verwandlung ihren Zweck erfüllte.

Auf dem Treppenabsatz ein mannshoher Spiegel. Ein flüchtiger Blick.

Er sah aus wie einer der Kerle, die ihre großen Wagen in Schrittgeschwindigkeit die Süderstraße herabrollen ließen, um die Mädchen, die dort auf Freierfang gingen, abzukassieren.

Younas schüttelte das Befremden ab, das ihn beim Anblick seines Spiegelbildes erfasste, und stieg hinter dem gefesselten Stricher die letzten Treppenstufen hinab.

Schließlich unten im Hausflur die halbgeöffnete Küchentür, der Anblick eines Arms, einer Hand, von Scherben und Blut. Younas wandte den Kopf ab.

„Ich kannte ihn kaum, verstehst du? Er hat mich fürs Ficken bezahlt. Ich hab nichts mit seinen Geschäften zu tun. Du wirst mich nicht erschießen, oder?"

Unter der Angst lag Hoffnung in Tibos Stimme.

„Nein", antwortete Younas, versetzte ihm erneut einen Stoß.

„Ich weiß, dass er immer ziemlich viel Geld in seinem Auto hat. Hast du den Brilli in seinem Ohr gesehen? Mindestens drei Karat. Ich kenn jemand, der gibt uns locker zwei Große dafür. Wir teilen es uns, ja?"

Der Schlag, den Younas dem Jungen versetzte, war hart genug, ihn taumeln zu lassen. Dennoch machte Younas sich gar nicht erst vor, dass er ihn ebenso gut aus Abscheu vor sich selbst wie aus Ekel vor Tibos Angebot ausgeteilt hatte.

5 Uhr 04. Boyle öffnete Tommys Wohnungstür mit einem der Schlüssel, die er im Handschuhfach des Porsches gefunden hatte und versuchte dabei die Erinnerungen, die ihn überfallen hatten, sobald er Tommys Wohnung betrat, beiseitezuschieben.

Er ging durch die Zimmer und endete schließlich

in der Küche. Sah einen Moment zum Fenster auf die Straße hinaus, an deren Rand immer noch sein Alfa parkte.

Jeglicher Zugang zu Personalakten war strikt beschränkt. Nur der oberste Führungsstab hatte das Recht auf Einsichtnahme ohne nervigen Papierkrieg. Dass eine Personalakte so spurlos verschwand, wie Becker es ihm weismachen wollte, war ausgeschlossen, es sei denn, irgendwer ganz oben WOLLTE, dass Tommys Akte verschwand.

In einem Punkt, so war Boyle überzeugt, hatte Becker bestimmt nicht gelogen: Die Letzten, die Tommys Personalakte angefordert hatten, waren Stiller und Klein gewesen.

Boyle glaubte nicht, dass Stiller Tommy Graf auf ähnliche Art erpresst hatte wie ihn. Wahrscheinlich hatte er Tommy irgendeinen Deal angeboten, der so verlockend war, dass Tommy dafür so ziemlich jedes Risiko in Kauf genommen hatte. Keine Frage, was für Tommy Graf so verlockend gewesen war, dass er dafür fast jedes Risiko eingegangen wäre: Haffners Job. Tommy Graf, die Schwuchtel, der feine Pinkel, wäre mit nicht mal fünfunddreißig Chef der MoKo geworden. Endlich hätte er allen bewiesen, dass mehr in ihm steckte als der exzentrische Nebenberufsbulle, für den man ihn überall im Präsidium und auf der Straße gehalten hatte. Dann lief irgendetwas schief und Tommy tappte seinem eigenen Ehrgeiz in die Falle.

Tommy war ein Pedant und angesichts seines brennenden Ehrgeizes in gewissem Sinne vielleicht sogar ein Spinner, aber ein Idiot war er nicht. Bestimmt hatte er sich abgesichert. Irgendwo mussten Memos, Berichte oder Fotos über den Job existieren, den Tommy für Stiller und Klein erledigt hatte.

Boyle setzte sich auf den Küchentisch und schloss die Augen. „Was haben sie von dir verlangt? Was war ihnen so wichtig, dass sie dafür selbst einen Außenseiter wie dich in Haffners Sessel gehoben hätten?"

Boyle konnte sich nicht vorstellen, dass Tommy entscheidende Berichte oder Fotos in ein Bankschließfach oder zu einem Anwalt gebracht hätte. Tommy, der Pedant, hatte nur sich selbst und seiner sicheren kleinen Welt getraut. Irgendwo hier musste versteckt sein, wonach er suchte.

Was hätten Tommy und Boyle getan, wenn das hier nicht Tommys Wohnung, sondern die irgendeines x-beliebigen Fremden gewesen wäre?

Zuerst wären sie, jeder für sich, durch die Zimmer gegangen und hätten versucht, all die Kleinigkeiten in sich aufzunehmen, die eine Wohnung erst zu einer wirklichen Bleibe machten: das schmutzige Geschirr in der Spüle, die Staubflusen unter den Schränken, die Klamotten auf dem ungemachten Bett und die Haare im Waschbecken.

Dann hätten sie sich, wie Boyle es jetzt tat, zurückgezogen und ihre Eindrücke auf sich wirken lassen, anschließend noch einmal von vorn angefangen und das Spiel so lange wiederholt, bis einem von ihnen irgendeine Anomalie ins Auge gefallen wäre.

So etwas wie ein um eine Winzigkeit verschobener Teppich, ein Schubfach, das um Millimeter zu weit offen stand, ein Schrank, unter dem sich, im Gegensatz zu allen anderen, keine Staubflusen tummelten, ein Tisch, ein Computer, ein Waschbecken, die zu sauber, zu dreckig oder eben einfach bloß zu sehr Tisch, Computer oder Waschbecken waren.

In seine Überlegungen vertieft, nahm Boyle die Schritte erst wahr, als es bereits zu spät war.

„Irgendwie hab ich geahnt, dass ich dich hier treffen würde."

Haffner hatte seinen hellen Sommermantel locker über den Arm gelegt, die rechte Hand in der Hosentasche verborgen und in seine Insektenaugen einen klaren kühlen Schimmer gelegt.

„Weit und breit kein Kanakenkiller zu sehen, Haffner. Was machst du also hier?"

Haffner warf den Mantel über einen Küchenstuhl. „Dasselbe wie du, nehme ich an. Nur vielleicht aus einem anderen Grund."

Boyle tat überrascht. „Tommys Mörder?"

Haffner schüttelte den Kopf. „Nein, den Maulwurf, der mir seit Monaten meine Ermittlungen versaut."

„Was für 'n Maulwurf?"

„Diese Prostituierte, die wir letztes Jahr unter der Brücke gefunden haben, erinnerst du dich? Sie wollte aussagen. Ich hab ein Treffen arrangiert. Aber als ich hinkam, war sie schon tot. Der Sitte und der Drogenfahndung ging es mit ihren Fällen auch nicht viel besser. Zuerst dachte ich, wie alle anderen, an Zufall, aber mit der Zeit wurden es zu viele Zufälle."

Haffner war Chef der MoKo. Was, fragte sich Boyle, sollte er mit einer Prostituierten zu schaffen haben. Selbst, wenn sie später tot unter der Kennedybrücke gefunden worden war. „Du bist Chef der MoKo, nicht der Sitte. Was geht dich 'ne Nutte an, die aussagen will?"

„Sie wusste, wer die vierzehn Flüchtlinge vorletztes Jahr in den K-Line-Container gesteckt hat."

Boyle erinnerte sich an den Fall, der weltweit Schlagzeilen gemacht hatte. Im Hafen war mitten im November ein Container mit vierzehn Nigerianern aufgetaucht, die irgendeine Ratte in Lagos in einen Container gesteckt und dann als Stückgut deklariert und unter jeder Menge anderer Container auf einen Frachter verladen hatte. Als der Frachter mit dem Container zwei Wochen später festmachte, hatten Hafenarbeiter nur noch Leichen gefunden. Sie waren an Hunger und Durst elend krepiert.

„Bis vor ungefähr zwei Stunden hätte ich jede Wette angenommen, dass du das Schwein bist, der meine Informantin ans Messer geliefert hat."

„Was hat dich davon abgebracht?"

Haffner überging Boyles Worte, trat ans Spülbecken, drehte den Wasserhahn auf und warf sich kaltes Wasser ins Gesicht. Er war einundsechzig und seit über vierzig Jahren Polizist. Sein Gesicht glich einem verwüsteten Steinbruch.

„Verstehst du das nicht, Boyle? Ich kann einfach nicht abtreten, ohne zu wissen, ob es hier in der Stadt irgendein Schwein gibt, das seine Hand aufhält, wenn ein anderer Drecksack in Lagos vierzehn Menschen in einen Container steckt und einfach krepieren lässt, aber dabei womöglich auch noch von einem unserer Leute geschützt wird."

Boyles Mitleid für Haffner hielt sich in Grenzen. „Tommys Personalakte ist verschwunden. Und Stiller und Klein vom LKA waren die Letzten, die sie angefordert haben."

Haffner wandte sich zu Boyle und sah ihm eine Weile mit tiefer Skepsis in die Augen. „Kann sein, dass Stiller oder Klein sie angefordert haben, aber danach ist sie nie zur Personalabteilung zurückgekommen."

Haffner trat zu dem Stuhl, über den er seinen Mantel geworfen hatte und zog Tommys Akte daraus hervor. Er legte die Akte auf Tommys Küchentisch. Gab ihr einen sanften Stoß in Boyles Richtung.

„Die letzte Seite fehlt", sagte er. „Nach Stiller und Klein vom LKA hatte sie Bertram Stolze."

Boyle sah überrascht auf. „Dein Stellvertreter?"

„Ja", bestätigte Haffner, „mein Stellvertreter. Und ich hab ums Verrecken keine Ahnung, was er damit wollte."

Boyle war fassungslos. Becker suchte nach Tommys Akte, die zuvor von Klein und Stiller angefordert worden war, aber dann spurlos verschwand.

Jetzt tauchte sie bei Haffner plötzlich wieder auf und Haffner behauptete, keine Ahnung zu haben, WESHALB sein Stellvertreter Bertram Stolze sie angefordert und dann offenbar aus dem offiziellen Verkehr gezogen hatte.

Was war hier los?

5 Uhr 22. Der kleine Stricher war ohne Schwierigkeiten zu machen, zu seinem Wagen gegangen, hatte sich hineingesetzt und war losgefahren. Younas fühlte sich so müde und ausgelaugt, als hätte er seit Jahren keine Nacht mehr in einem Bett verbracht. Die Pumpgun lag unter Younas' Sitz. Tibo wirkte so verängstigt am Steuer, dass Younas nicht daran zweifelte, dass er auch ohne die permanente Bedrohung der Waffe an seinem Kopf tat, was Younas von ihm verlangte.

Der Junge schaltete das Radio ein, als er den Wagen aus der Einfahrt und über die schmale Straße zwischen den Häuserreihen gelenkt hatte. Für einen Augenblick dröhnte der harte Beat irgendeines Hip-Hop-Songs aus den Lautsprechern.

Younas drehte das Radio ab. Er hatte erledigt, was zu erledigen war, jetzt zu hören, dass man bereits dröhnend zur Jagd auf ihn geblasen hatte, war ihm gleich. Und bescheuerten Hip–Hop konnte er jetzt am allerwenigsten ertragen.

„Kein Radio."

Tibo nickte eifrig. „Er hat mich dafür bezahlt, verstehste? Ich mache das nur, bis ich ein bisschen was zur Seite gelegt hab. Dann hau ich aus dieser Scheißstadt ab. Er war ein Schwein. Aber er hat gut gezahlt. Er sagt, seine Leute hätten was gegen Schwule. Er hat mich verprügelt, als ich gefragt hab, was das für Leute sind. Und er hat gesagt, er legt mich um, wenn ich es je irgendjemand erzähle."

„Schnauze."

Der Mund des Jungen verzog sich zu einem harten Schlitz.

„Der Große, der, der nicht auf unsere Schule geht, war der Schlimmste." Sertabs Stimme tauchte schmerzhaft aus Younas' Erinnerung herauf. *„Er hat sie dazu angestachelt mich festzuhalten, als ich aussteigen wollte.*

Ich weiß nicht wieso.

Erst war alles ganz normal.

Wir haben sogar gelacht.

Dann hat der Rothaarige, der neben mir hinten gesessen hat, seine Hand auf mein Knie gelegt. Ich hab sie weggeschoben. Aber er hat sie einfach wieder hingelegt. Dann hab ich irgendwas gesagt. Er soll seine Finger ruhig halten, oder so.

Da war er beleidigt.

Seine Kumpel haben zu lachen angefangen und ihn so ein bisschen aufgezogen. Der Große war am Lautesten.

Da hat der Rothaarige gesagt, er wüsste nicht, wieso

ausgerechnet der Große so über ihn herzieht, wo er ihn doch vor 'n paar Tagen bei den Schwulen am Bahnhof gesehen hätte.

Ich weiß nicht, aber danach war es still. Keiner hat irgendwas gesagt.

Bis der Große davon angefangen hat, dass er ihnen schon beweisen würde, dass er nicht schwul ist.

Gut, fahren wir in 'nen Puff, hat der Rothaarige da gesagt, wir gucken alle zu, wie du es den Nutten dort besorgst.

Ich hab gesagt: Ich will raus. Jetzt. Sofort. Da hat der Große gesagt, wieso in den Puff, wo wir doch 'ne Braut gleich hier haben.

Die anderen haben gelacht. Aber der Rothaarige hat mir plötzlich wieder seine Hand aufs Knie gelegt, und mit der anderen an meiner Brust rumgefummelt. Ich hab geschrien, er solle das lassen und dass ich raus wolle.

Irgendwie hat der Große dann die Türen verriegelt und ist schneller gefahren.

Der andere, der, der rechts neben mir gesessen hat, meinte, sie sollten mich jetzt rauslassen, es wäre genug. Das war der mit dem Haus und der Band, bei dem ich schon mal zu Hause gewesen bin.

Aber der Große meinte, wer ist hier schwul? Ich bestimmt nicht. Ich poppe die Tucke so, dass sie nie wieder 'nen anderen ranlässt. Die will's doch so. Die ist doch scharf auf 'n Gangbang. So was Geiles kriegt die in ihrem ganzen Leben nie wieder.

Dann hat auch der Stille, der neben ihm vorne ge-

sessen hat, zu lachen angefangen und sich herumgedreht und versucht, nach mir zu greifen.

Ich hab mich weggedreht, aber da war der Rothaarige, der hat versucht mich zu küssen. Und der Große ist immer schneller gefahren.

Wir waren längst aus der Stadt raus.

Ich hatte solche Angst. Ich hab geschrien, dass sie mich in Ruhe lassen sollen.

Da hat der Rothaarige zugeschlagen.

Nicht ins Gesicht … in … woandershin.

Es hat so wehgetan.

Dann … Dann weiß ich nichts mehr … bis wir in dem Wald waren."

Younas dachte, dass er das nicht hören wollte. Nicht jetzt. Trotzdem ließ Sertabs Stimme sich in seinem Kopf nur mühsam abschalten.

5 Uhr 34. Haffner versuchte sich an Tommys edler Designer-Espressomaschine. Scheiterte jedoch an den vielen Knöpfen, mit denen Sorte, Mahlstärke und Milchzusatz festzulegen waren. Fluchend schlug er mit der flachen Hand auf den Deckel des Gerätes.

Boyle wurde das zu viel. Er kam Haffner zu Hilfe und eine Minute später standen zwei Tassen Kaffee mit cremigem Milchschaum on top auf Tommys Küchentisch.

„Erzähl mir nicht, dass du keine Ahnung hast, was Stolze mit Tommys Personalakte wollte. Und wie ist er da überhaupt rangekommen? Er ist 'n zu kleines Licht, um offiziell Zugang zu Personalakten zu kriegen."

Haffner blies in seinen Milchkaffee. „Ich hatte bis vor 'n paar Stunden keine Ahnung, dass Stolze die Akte überhaupt gezogen hat. Glaub es mir oder lass es sein, liegt ganz bei dir, Boyle. Aber Breuer von der Personalverwaltung hat vor ewigen Zeiten mit Stolze zusammen im 7. angefangen. Das wäre 'ne Erklärung dafür, wie Stolze an die Akte gekommen ist, ohne dass irgendwer in der Chefetage was davon mitbekam."

Boyle dachte plötzlich an Hilmi Abbas' Aussage. An die beiden hellhaarigen Männer mit Sturmgewehren und Schutzwesten, die angeblich in Halif Kahns Haus gegangen waren, um dort Anatoli Ryschkow zu töten. Stolze war zwar Haffners Stellvertreter, aber er tat nichts ohne seinen Partner Geist. Beide hatten mehr oder weniger helle Haare und sie wären spielend leicht an die Waffen und die Schutzwesten gekommen. Wenn Stolze und Geist Halifs Maulwürfe im Präsidium gewesen waren, dann, dachte Boyle erschrocken, gute Nacht. Die MoKo war die Eliteabteilung der Behörde. Ihre Beamten bekamen mühelos Zugriff auf so ziemlich alle Ermittlungsergebnisse der anderen Abteilungen.

„Dein Maulwurf, Haffner, für wen denkst du, hat er gearbeitet? Premuda oder Halif Kahn?"

Haffners Antwort kam ohne Zögern. „Halif. Wenn es ihm passte, dann hat der die Informationen sicher auch schon mal weiterverkauft. Aber Halif war der Kerl, der den Maulwurf aufgerissen und bezahlt hat."

Genauso sah Boyle das auch.

„Warum fragst du Stolze nicht einfach, was er mit Tommys Akte wollte?"

Haffner sah stur auf seinen Milchkaffee.

Boyle war das Antwort genug. Haffner wollte das Offensichtliche nicht eingestehen, seine beiden engsten Mitarbeiter hatten die Behörde an Hamburgs gefährlichsten Gangster verraten. Und noch dazu wahrscheinlich zwei Morde auf dem Gewissen. Anatoli Ryschkow und Tommy Graf mussten ins Gras beißen, weil Haffner zu borniert gewesen war, der Wahrheit wirklich ins Gesicht zu sehen. Boyle war sicher, dass Haffner schon seit einiger Zeit zumindest einen VERDACHT gehabt haben musste.

Mann, dachte er, gemessen an dem Riesenhaufen Scheiße, der sich da gerade über Haffners Kopf zusammenbraute, musste man ja wirklich Mitleid mit der alten Bulldogge haben.

„Wer hat die letzte Seite aus Tommys Personalakte herausgenommen? War das Stolze?"

Haffner trank seinen Kaffee. „Nein. Oder vielleicht doch. Ist kompliziert."

Boyle hatte nie viel mit den Bürokratien der Personalabteilung zu tun gehabt. Beamten bis zu einem gewissen Rang war der Einblick in komplette Personalakten sowieso verwehrt. Und bisher war Boyles Rang zu niedrig gewesen, um zum erlauchten Kreis der Auserwählten zu gehören, die mehr als nur eine Auflistung von Dienstvergehen und Beförderungen aus einer Personalakte einsehen durften.

„Haffner, hör auf mich zu verarschen. Ich bin der ermittelnde Beamte in dem Fall!"

Haffners Blick hob sich vom Kaffeebecher. „Auf der letzten Seite einer Personalakte stehen die Abteilungen, denen der betreffende Beamte zugeteilt worden ist. Nehmen wir an, du lässt einen Mann verdeckt gegen Kollegen ermitteln. Ist ja immer 'ne miese Sache und nicht gut für den Ruf und die Karriere, falls dabei was schiefgehen sollte. Laut Vorschrift müsstest du deinen verdeckten Bullenermittler dann zumindest leihweise dem LKA unterstellen. Verdeckter Ermittler hin oder her, wenn du Abteilung und Grund der Versetzung nicht in seiner Akte vermerkst, kriegst du bösen Ärger mit der Zahlstelle. Aber mit denen will sich keiner anlegen, die haben dort ein elend langes Gedächtnis und sind nachtragend. Du hast also deine verdeckte Ermittlung angeschoben, aber musst dazu den Beamten, den du damit betraut hast, zeitweilig dem LKA unterstellen, was dann als *temporäre Versetzung* auf der letzten Seite seiner Personalakte eingetragen werden muss. Kapiert?"

Das war keine Raketentechnologie, dachte Boyle und ärgerte sich im Stillen, dass Bulldogge ihn offenbar immer noch für ziemlich bescheuert hielt.

„Das Problem fängt ja schon damit an, dass du nicht wirklich kontrollieren kannst, wer so im Laufe deiner Ermittlungen alles einen Blick in die betreffende Personalakte wirft und dann womöglich drüber stolpert, dass dein verdeckt ermittelnder Beamter laut der letzten Aktenseite zeitweilig dem LKA unterstellt wurde, die ja mit unsereinem – den ganz gewöhnlichen Bullen – nichts zu tun haben. So was könnte Verdacht erregen. Aber genau das willst du ja vermeiden. Es heißt schließlich nicht umsonst *verdeckte* Ermittlung. Was tust du also, um genau solche blöden Zufälle zu vermeiden? Du trägst diese zeitweilige Versetzung während der Dauer deiner verdeckten Ermittlung eben NICHT in die Personalakte ein, sondern tust das erst haarscharf, bevor du mit deinen Ermittlungsergebnissen zur Staatsanwaltschaft gehst und der ganze Mist dann sowieso an die ganz große Glocke gehängt wird."

Boyle fand, dass auch diese Erläuterungen ihn ganz und gar nicht intellektuell überforderten. Trotzdem wollte er sichergehen, dass Haffner hier nicht über bloße Theorien sprach, sondern sich wirklich auf Tommy Graf bezog.

„Tommy hat ein finales Loch im Kopf. Angesichts dessen ist es nicht übertrieben, davon auszugehen, dass jemand richtig sauer auf ihn war. Einen Bullen umzulegen, dazu gehört schon was. Selbst die einheimische Gangsterelite denkt über so einen Zug schon eher drei bis fünf Mal nach, bevor sie das angeht. Wenn also Tommy gegen deinen Stellvertreter ermittelt hat, weil der Dienstgeheimnisse an Halif

Kahn verkaufte, könnte das dann Grund genug sein Tommy plattzumachen? Wahrscheinlich, ja. Besonders, wenn man wie Stolze stellvertretender Boss der MoKo ist und darauf hoffen kann, den Mord an Tommy dem Kanakenkiller in die Schuhe zu schieben. Was allerdings nur läuft, falls sichergestellt ist, dass der Kanakenkiller nie vor irgendeinem Gericht eine Aussage macht, weil dann nämlich herauskommen muss, dass der sich einfach nur an den Vergewaltigern seiner Tochter rächen wollte und weder Zoff mit Tommy Graf noch Anatoli Ryschkow, dem Toten aus Halifs Kühlhaus, hatte. Korrekt?"

Haffner antwortete mit einem extrem lang gezogenen „Jaaaa".

„Also, Haffner, wer hat da Mist gebaut? Weshalb kam Stolze überhaupt auf die Idee, sich in Tommys Akte umzusehen, und weshalb fiel ihm auf, dass daran was nicht stimmte?"

Haffner blies die Wangen auf und ähnelte so sogar noch einen Zacken mehr einer bissigen alten Bulldogge. „Stolze hat ja nicht nur Tommys Personalakte gezogen, sondern auch deine. Und die von noch drei anderen Kandidaten, denen er zutraute, dass sie heimlich hinter ihm und Halif her sein könnten. Du warst sogar erste Wahl, denn deine Akte hat er sich schon vor 'nem Vierteljahr kommen lassen. Was jetzt nach deinem Ding mit Färber und Saleki kein großes detektivisches Talent erforderte. Tommy Grafs Akte war die letzte, die er zog."

Boyle glaubte zu wissen, weshalb Stolze Tommys Akte zu allerletzt zog: Weil er dem schwulen feinen Pinkel nicht genug Mumm zugetraut hatte, sich mit ihm anzulegen. Falsch gedacht, Stolze, du Wichser, dachte Boyle. Und war stolz auf Tommy.

„Du hast meine Frage nicht beantwortet, Haffner. Ich sehe ja noch ein, dass Stolze auf die Idee kam, sich auch irgendwann mal Tommys Akte anzusehen. Jeder im Präsidium wusste schließlich, wie ehrgeizig Tommy war. Aber weshalb konnte Stolze aus Tommys Akte ersehen, dass der sein Mann war?"

Haffner grinste böse. „Du weißt, dass die Letzten, die Tommys Akte vor Stolze gezogen haben, Stiller und Klein vom LKA waren?"

Boyle nickte.

„Klein und Stiller haben eine Ermittlung gegen den Maulwurf angeschoben. Klein hat nämlich schon ewig vermutet, dass es einen bei uns geben müsse. Als dann sein Kumpel Stiller Polizeipräsident wurde, hatte er freie Bahn für seine verdeckte Ermittlung. Sie gehen damit zu dem einzigen Bullen im Präsidium, bei dem sie sicher sein können, dass er nicht zu kaufen ist, weil er nämlich sowieso schon mehr Kohle hat, als er je ausgeben kann. Aber weil sowohl Klein als auch Stiller im Grunde nur Schreibtischbullen sind, machen sie 'nen Fehler. Statt so cool zu bleiben, Tommys zeitweilige Überstellung zum LKA für die Dauer der verdeckten Ermittlungen einfach nicht in Tommys Personalakte einzutragen, wie

Becker oder ich das getan hätten, haben die beiden Amateure einfach die letzte Seite aus Tommys Akte gleich ganz verschwinden lassen. Wäre ja auch nicht das erste Mal, dass so was passiert. Dokumente gehen schon mal verloren, keine große Sache. Womit sie nicht gerechnet haben, war, dass Stolze längst vermutete, dass man jemanden auf ihn angesetzt haben könnte und sich deswegen heimlich bei seinem Kumpel Breuer von der Personalabteilung Akten der einschlägigen Kandidaten zog. Ich wette, Tommys Akte war die einzige, in der eine Seite fehlte. Und als mein Stellvertreter war Stolze mit all dem bürokratischen Schiet auch gut genug vertraut, um daraus die passenden Schlüsse zu ziehen."

Bulldogge warf die Arme hoch und ließ sie gleich darauf wieder fallen. „Hoch lebe der Amtsschimmel. Wenn Stiller und Klein ihren Job richtig gemacht hätten, wäre die Schwuchtel vielleicht noch am Leben."

Boyle steckte sich eine Zigarette an.

Haffners ermordete Zeugin hätte etwas über den Container voller toter Nigerianer aussagen können. Premuda hatte ihm erzählt, Halif Kahn arbeite mit den schwarzen Flüchtlingsgangs zusammen. Gangs, deren Mitglieder sich ebenso gut aus Sierra Leone, der Elfenbeinküste, dem Kongo oder eben Nigeria rekrutierten. Und Nigeria war das Land, in dem der Flüchtlingscontainer auf das Schiff verfrachtet worden war.

Klein vom LKA bildete zusammen mit Stiller

genau das Team, das verdeckte Ermittlungen gegen Kollegen anleiern konnte. Wenn Stolze wirklich der Maulwurf war, dann hatte er Halif Kahn angerufen und ihm von Tommy erzählt. Aber Halif hatte genug mit Anatoli Ryschkow zu tun und Stolze gesagt, dass er seinen Hinterhof gefälligst selbst sauber halten solle. Ergo hatte Stolze Tommy eine Falle gestellt und ihn abgelegt.

„Wo ist Stolze jetzt?", fragte Boyle.

„Im Präsidium. Koordiniert die Fahndung nach dem Kanaken. Ich trau dir nicht, Boyle", flüsterte Haffner zwischen zwei Schlucken Milchkaffee. „Ich kann dich nicht mal leiden, aber falls du irgendwas hast, das mir weiterhilft, bitte schön, ich bin ganz Ohr."

Boyle steckte sich eine Zigarette an. „Becker stellt wahrscheinlich auf der Suche nach der Akte gerade das Präsidium auf den Kopf."

Haffner zuckte die Achseln. „Soll er."

Boyle zog an seiner Zigarette. Warf dann Haffner einen langen, forschenden Blick zu, den dieser mühelos erwiderte.

„Was jetzt?", fragte er und warf seine halb gerauchte Kippe in den Rest Milchkaffee in seiner Tasse, wo sie zischend verlosch.

„Wir stellen die Bude auf den Kopf. Dazu sind wir schließlich hergekommen", antwortete Haffner. „Vielleicht finden wir ja irgendwas, das Stolze und Tommy verbindet. Oder beweist, dass Tommy wirklich für Stiller und Klein den verdeckten Ermittler gegeben hat. Alles, was wir bisher haben, ist am Ende nur Spekulation. Ohne Beweise werde ich Stolze nicht drankriegen können."

Abgesehen davon, dass Boyle Haffner nach wie vor nicht traute, hatte Haffner Recht. Beide waren sie gekommen, um Tommys Wohnung zu durchsuchen, und keiner von ihnen konnte zulassen, dass der andere es allein tat.

„Wir fangen im Schlafzimmer an", sagte Boyle.

Haffner trank den Kaffee aus. „Sehr schön. Hoffentlich hat er keine gebrauchten Gummis unterm Bett."

Es gab keine gebrauchten Kondome unter Tommy Grafs Bett. Es gab noch nicht mal ungebrauchte in einem der Schränke und Schubladen. Aber auch sonst fanden Boyle und Haffner nichts, was ihnen irgendwie weitergeholfen hätte.

Im Wohnzimmer und der Küche dasselbe. Blieb zuletzt das Arbeitszimmer.

Haffner wühlte sich durch Tommys private Papiere, die säuberlich in den aus dem Präsidium geklauten Aktenordnern im Schrank standen.

Boyle hatte sich nach dem Bücherregal die Schreibtischschubladen vorgenommen. Doch war er auch dort auf weiter nichts als pingelig genau übereinander angeordnetes Briefpapier, Ersatzkugelschreiber, Tesafilm, Druckerpatronen und anderen Kleinkram gestoßen.

Schließlich glitt sein Blick über die Tischplatte. Ein Rolodex-Verzeichnis, das er bereits durchgesehen hatte, eine lederne Schreibunterlage, zwei Kugelschreiber, ein Packen geöffneter Briefe mit dem Logo einer Privatbank. Ein weißer Streifen, der ein paar Millimeter unter dem Rand der Schreibunterlage hervorlugte, erregte Boyles Aufmerksamkeit. Passt gar nicht zu Tommy, dachte er, irgendetwas unter die Schreibunterlage zu schieben.

Nach einem misstrauischen Blick auf den immer noch mit Tommys Privatpapieren beschäftigten Haffner, sah er sich an, was unter der Schreibunterlage hervorsah. Die Karte eines Swingerclubs namens *Château*, dessen Logo ein in einer Umarmung verschlungenes Pärchen zeigte. *Das Pärchen bestand aus einem Mann und einer Frau.*

Merkwürdig, was sollte ausgerechnet der schwule Tommy mit der Karte eines Hetero-Swingerclubs? Und wieso gab eigentlich jeder halbseidene Typ in dieser Stadt seiner Bumsbude immer einen französischen Namen?

Boyle drehte die Karte um, eine Telefonnummer in einer gestochen scharfen Frauenhandschrift und daneben zwei weitere Zahlen: 67.

„Hast du was?"

Haffner sah von Tommys Papieren auf.

„Bloß 'ne Visitenkarte von irgendeinem Versicherungsfritzen." Boyle knüllte die Visitenkarte zusammen und ließ sie scheinbar in den Papierkorb fallen.

Haffner wandte sich wieder den Papieren zu.

„Lassen wir es und rufen die Spurensicherung", schlug Boyle vor. „Ich glaub zwar nicht, dass die mehr finden als wir. Aber wenigstens können sie sich um seinen Computer kümmern und die letzten Telefonate überprüfen, die er geführt hat."

Boyle ließ die Visitenkarte heimlich in seiner Tasche verschwinden und warf einen misstrauischen Blick auf den über Tommys Papiere gebeugten Haffner.

„Ich krieg alles, was die vielleicht doch noch finden, zur selben Zeit wie du?", fragte Boyle.

„Unter der Voraussetzung, dass alles, was hier besprochen wurde, unter uns bleibt und ich jederzeit erfahre, was deine Ermittlungen ergeben haben", antwortete Haffner. Er gab sich nicht einmal Mühe bei seiner Lüge.

„Du zur selben Zeit wie Becker, in Ordnung?", schlug Boyle vor. Was immer Haffner vielleicht gefunden hatte, Boyle vertraute darauf, dass er es von Becker erfahren würde.

„In Ordnung."

„Was ist mit Stolze?"

„Der bleibt, wo er ist, bis der Kanake gefasst ist. Dann steck ich ihn vorläufig in den Innendienst und beantrage eine Telefonüberwachung."

„Dazu brauchst du einen Richter."

„Ich frage Schmitt. Ich kenne ihn. Er wird dichthalten."

„Keiner erfährt was davon?“

„Nur ich, du, der Richter und Becker.“

5 Uhr 51. Immer noch Felder neben der Straße, ab und zu unterbrochen von einer Insel aus zerzausten alten Bäumen.

„Ich muss pissen. Echt. Tut mir leid.“

Younas warf dem Jungen neben ihm einen misstrauischen Blick zu. Immerhin hatte er bereits die letzten fünf Minuten hindurch nervös seine Beine auf dem Sitz aneinander gerieben und einen etwas gequälten Ausdruck in den Augen.

„Dann anhalten … Mach Warndings … Blinker an. Ich kommen mit.“

Der Junge lenkte erleichtert den Wagen an den Straßenrand, betätigte den Warnblinker und stieg aus. Younas hatte die Waffe erhoben und hielt sie hinter der Windschutzscheibe weiterhin auf den Jungen gerichtet, als der sich auf den Weg um die Motorhaube herum machte.

Nebeneinander standen sie dann am Straßenrand. Betreten versuchte Younas, während der Junge seinen Schwanz herausholte, an ihm vorbeizusehen. Und das blieb auch so, bis der Junge ihn wieder unter Shorts und Jeans verpackt hatte. Während der Junge pinkelte, konnte Younas nicht verhindern, dass Sertabs Gesicht und Stimme zu ihm zurückkehrten. Obwohl er sie erfolgreich wieder verdrängte, blieb zumindest die Erinnerung an das letzte der vier Tiere bei ihm.

Sertab hatte ihn nur „den Großen" genannt, obwohl er Younas, als er vorhin mit ihm gekämpft hatte, so groß gar nicht vorgekommen war.

Er hatte für Halif Kahn gearbeitet.

Er war es auch gewesen, der den Vorschlag dazu gemacht hatte mit Sertab … eben mit ihr zu tun, was sie dann getan hatten.

Und Halif musste ihn schon bei Sertabs erster Schilderung erkannt haben. Aziza war Halifs Nichte. Sertab war seine BLUTSVERWANDTE. Wie konnte ein Mann nur so weit sinken, das zu vergessen?

Doch eigentlich, dachte Younas, wirklich vergessen hatte Halif es ja auch gar nicht. Er hatte nur dafür gesorgt, dass er sich selbst nicht die Finger dabei schmutzig machte, dieses Tier zu bestrafen, obwohl ihm – ausgerechnet ihm! – das so leicht gefallen wäre, wie wohl keinem anderen in der Stadt.

Hatte Halif sich vor der Schande gefürchtet, die darin lag, dass einer seiner Leute ausgerechnet der Tochter seiner Nichte Ehre, Seelenfrieden und Unschuld raubte? War es das?

Aber das vierte Tier hatte auch davon gesprochen, dass er Halif Geld schuldete. Und er hatte wohl erwartet, dass Younas gekommen war, um bei ihm dieses Geld einzutreiben. Machte es das nicht schlimmer? Was bedeutete es, dass dieses Tier, in dem Moment, als er einen Mann in Younas' Alter und von Younas' Aussehen mit der Pumpgun vor sich sah, gar nicht erst auf die Idee gekommen war, dass er der Vater des Mädchens sein könnte, deren Leben er nur ein paar Stunden zuvor ruiniert hatte?

Wie tief mussten seine Verachtung Frauen und Mädchen gegenüber gewesen sein, wenn das nicht sein erster Gedanke bei Younas' Erscheinen gewesen war.

Und keiner, nicht einmal diese vier, davon war Younas überzeugt, wurde als ein solches Tier geboren. Irgendwas war also mit den vier Tieren geschehen, das sie dazu gebracht hatte, ihre Triebe über Ehre, Unschuld und Gesundheit eines Mädchens zu stellen, von dem sie glaubten, dass sie es wie ein Stück Fleisch behandeln durften.

Da war ein stechender Schmerz, wie von schmalen Messern irgendwo in seinem Bauch. Was, fragte er sich, war ein Mann mit Ehre noch wert, wenn andere Männer Frauen so behandelten, wie diese vier Tiere Sertab behandelt hatten.

Was war, wenn er sich sein Leben und seine Freiheit am Ende dieser Nacht für ein Ideal verbaut hatte, das sowieso schon längst keine Rolle mehr spielte? Und zwar für keinen, weder für seine eigenen Leute noch für die Deutschen?

Dann war er, Younas Aris, nur noch ein schlechter Witz.

6 Uhr 04. Teddy lehnte im Hof seines Büros an der Motorhaube seines BMW.

„Was ist mit Premuda?“, fragte Boyle.

„Abgetaucht. Wahrscheinlich hat er doch irgendwas läuten hören, ist nach Hause gefahren, hat das Telefon ausgestöpselt und ein paar Jungs mit großen Knarren bestellt, die ihm jetzt in seiner Küche bestimmt literweise den Kaffee wegsaufen."

Boyle sah zu, wie das Taxi, mit dem er gekommen war, durch die Toreinfahrt zurück auf die Straße rollte.

„*Château* – schon mal von gehört?"

„Die Konkurrenz?"

„Genau die."

„Hm, die haben zwar 'n Swimmingpool und 'ne Sauna, aber trotzdem nicht viel Publikum. Wieso?"

„Weil Tommy Graf eine Visitenkarte von denen auf dem Schreibtisch hatte."

„Tommy Graf, der ARSCHFICKER? Unwahrscheinlich. Das ist 'n strikter Heteroclub", meinte Teddy, aber grinste gleich darauf. „Immerhin ist der Besitzer ein Homo."

„Irgend so was dachte ich mir."

Boyle ging um Tommys Motorhaube herum und ließ sich wortlos auf den Beifahrersitz gleiten.

„Wir fahren hin. Jetzt."

Das *Château* lag am Ende einer Sackgasse. Das Haus selbst war ein dreistöckiger Fünfzigerjahre-Bau, ebenso hässlich wie unauffällig.

Teddy parkte den Wagen und stieg mit Boyle zusammen aus. Neben einer massiven Holztür war eine kleine altmodische Klingel. Wie in Teddys *Fleurs du Mal* war auch hier in etwa auf Kopfhöhe eine kleine

Klappe in die Tür eingelassen. Ein poliertes Messingschild neben der Tür verkündete *Club Privée*.

Der Homo, dem der Laden gehörte, musste Französisch wirklich für den letzten Schrei halten, dachte Boyle und drückte auf die Klingel.

Das Gesicht eines Mädchens erschien in der Klappe. Schmal, volle Lippen, klare graue Augen, umrahmt von einem blonden Pony.

„Hallo, die Herren."

Teddy zeigte ihr zwei Hunderter. Die Tür schwang auf.

„Ihr kennt euch aus, was?", fragte das Mädchen nach einem Seitenblick und zeigte auf eine offene Tür, hinter der eine Reihe silberner Metallspinde zu erkennen waren. „Da könnt ihr euch umziehen. Wenn ihr keine Handtücher und Hausschuhe dabei habt, könnt ihr welche bei mir mieten."

„Ich bin Hauptkommissar Lewis Boyle von der Mordkommission", verkündete Boyle und hoffte, dass das Mädchen nicht nach seinem Dienstausweis fragte, der immer noch auf seinem Küchentisch lag.

„Mein Kollege und ich sind dienstlich hier", fügte er hinzu, ohne dabei das skeptische Grinsen zu beachten, das sich über Teddys Gesicht gezogen hatte. Das blonde Mädchen musterte Boyle und Teddy ein zweites Mal und kam zu dem Schluss, dass sie meinten, was sie sagten.

„Hier lang."

Sie führte sie an den Spinden vorbei, durch eine

weitere Tür zu einer schmalen staubigen Treppe. „Der Chef ist oben."

Sie stieg vor Teddy und Boyle die Treppe hinauf. Doch Teddy hielt Boyle nachdenklich zurück. „Lass mich das machen."

„Wieso?"

„Wenn du da reinschneist und Informationen willst, macht der Typ da oben dicht. Ich bin kein Bulle. Mit mir wird er reden."

Boyle dachte einen Moment darüber nach.

„Was ist nun?" Das Mädchen sah sich ungeduldig nach den beiden Männern um.

„Wo ist die Bar?", fragte Boyle.

„Wenn Sie zur Bar wollen, ziehen Sie Ihre Schuhe aus!", befahl das Mädchen und wies auf den Raum mit den Spinden.

Boyle ging zurück, schlüpfte in ein Paar Plastikschlappen, die in einem niedrigen Holzregal neben der Tür bereitstanden, und betrat den Club.

Hinter der Bar verkündete ein an den Spiegel gehefteter Zettel, dass bis neun Uhr morgens ausgeschenkt werden würde.

Doch abgesehen von zwei resigniert in ihre Gläser starrenden Mittvierzigern mit Bierbauch, war nur ein Barkeeper zu sehen. Obwohl aus der Gegend um den Pool herum, der irgendwo hinter der Glastür liegen musste, Geräusche drangen, die vielleicht von Plastiklatschen auf Fliesenboden herrühren könnten.

Der Barkeeper trug ein bis über die Brust offenes

weißes Hemd und die beiden Typen an der Theke dunkle, anschmiegsame Shorts, über deren Saum ihre Bierbäuche stachen.

Boyle trug Jeans und Lederjacke.

Die Köpfe der Bierbäuche zuckten von ihren Drinks auf zum Barkeeper. Dessen Miene war die reine Missbilligung.

„Ich bleib nicht lange“, meinte Boyle.

Er steckte sich eine Kippe an und zog sich einen Ascher herüber. Die Geräusche aus Richtung Pool waren eindeutig Schritte.

Boyle sah sich um.

Beinah hätte er sie in diesem Fummel nicht erkannt. Doch ihre Augen und ihr Vorbau verrieten sie. Sie hieß Melanie und war dreizehn gewesen, als Boyle sie zum ersten Mal aufgegriffen hatte. Damals arbeitete sie in einer Rockerdisco in einem ehemaligen Lagerhaus und war teurer als die übrigen Mädchen, die ihre schmalen Körper für Dope und H am Bahnhof feilboten. Boyle hatte sie danach noch drei weitere Male aufgegriffen und zu ihren Eltern zurückgebracht. Dann erfuhr er von ihrer Mutter, dass Melanies Vater die Rundungen seiner Tochter genauso sehr zu schätzen wusste wie ihre Freier. Also brachte Boyle sie beim vierten Mal statt nach Hause in ein Frauenhaus. Ein paar Jahre später sah er sie wieder, als sie in einer Gameshow im TV in einem teuren Edelfummel lächelnd Preise verteilte und am Ende der Show den Moderator auf den Mund küsste.

„Hi, Boyle."

Melanie winkte dem Barkeeper, ihr einen Drink zu bringen. Er kam gar nicht erst auf die Idee, sie danach zu fragen, welche Sorte Drink es denn sein sollte, sondern angelte mit halb offenem Mund nach dem Scotch im Regal.

„Mann, Boyle, du siehst aus, als hätte dich grad 'n Laster überfahren."

Ihr hartes Lachen jagte Boyle eine Gänsehaut über den Rücken.

„Was zur Hölle tust du hier?"

„Wonach sieht's denn aus, Herr Kommissar?"

Die Bierbäuche, die eben dabei gewesen waren, ihre Kinnladen mühsam wieder zuzuklappen, ließen sie wieder herabfallen, sowie sie das Wort Kommissar hörten.

„Nach genau der Sorte Weiber, die ich fünf Jahre lang bei der Sitte regelmäßig von der Straße gesammelt hab."

Melanie zuckte merklich getroffen zusammen. Irgendetwas erregte gleich darauf ihre Aufmerksamkeit. Sie sah sich danach um. Eine etwa zwanzigjährige falsche Blondine näherte sich durch die Glastür hindurch der Theke.

„Für mich dasselbe", sagte die falsche Blondine.

„Kein Eis für sie", fügte Melanie hinzu.

Die Zunge der Blondine verhakte sich in Melanies Mund. Was die beiden Frauen da trieben, war kein Küsschen nur mal so nebenbei, sondern hohe Schule und zeugte von intimerer Bekanntschaft. Der erste der Bierbäuche erhob sich, warf den beiden Frauen einen feuchten Blick zu und verschwand durch die Tür des Männerklos. Sowie das Blondchen ihre Zunge wieder in ihren eigenen Mund zurückgefahren hatte, griff sie nach ihrem Drink, nippte daran und konzentrierte ihren Blick anschließend auf Boyle.

„Lia, das ist Kommissar Boyle“, stellte Melanie ihn vor.

Lia schien angetan.

„Ein echter Bulle. Und auch noch zwei Meter groß.“

Boyle hatte genug. Er warf einen Zehner auf die Theke und stand auf.

„Drinks sind im Eintritt drin“, sagte der Barkeeper, aber ließ Boyles Schein trotzdem in seiner Tasche verschwinden.

„Hab keinen Eintritt bezahlt.“

„Dachte ich mir“, meinte der Barkeeper.

Melanie sah Boyle an. „Hat dir schon mal einer gesagt, dass du ein scheinheiliges Arschloch bist, Boyle?“

Boyle drehte sich nach Melanie um, aber hielt ihrem Blick kaum zwei Sekunden stand, bevor er wieder wegsah und sich erneut zum Flur aufmachte, wo hoffentlich Teddy bereits auf ihn warten würde.

„Scheinheilig noch keiner. Aber Arschloch so viele, dass ich schon lange aufgehört hab zu zählen.“

„Und dir ist nie die Idee gekommen, dass ein paar von denen damit richtig lagen?“

„Nur heute.“

Boyle verschwand durch die Tür.

„War was?“, erkundigte sich Teddy, sobald er Boyles Blick bemerkte.

Boyle wies unbestimmt Richtung Treppe. „Ja, aber ist nicht wichtig. Was sagt der Typ da oben?“

„Deine Schwuchtel hat hier einen Spind gemietet. Für stolze 200 die Woche. Muss ihm also wichtig gewesen sein.“

„Aber?“

„Dem Chef von dem Laden war seine Freundschaft zu mir noch ’nen Zacken wichtiger. Ich hab den Schlüssel.“

Teddy präsentierte den Schlüssel eines kleinen billigen Vorhängeschlosses.

In dem Spind lagen drei säuberlich gestapelte Akten und eine geladene Glock – sonst nichts. Die Akten sahen aus, als wären sie aus dem Präsidium geklaut und die Glock, als hätte sie längst keine Seriennummer mehr.

Teddy griff nach der Pistole.

Boyle nach den Aktenordnern.

6 Uhr 38. Das Ende der schnurgeraden Allee, die auf die Stadtautobahn mündete, wurde durch eine Straßensperre aus drei Streifenwagen blockiert.

„Du … Schnauze halten. Ich reden“, zischte Younas Tibo zu, sowie sie sich den Streifenwagen näherten. Sobald er darüber nachdachte, gab sich Younas kaum eine Chance, ungeschoren durch die Sperre zu kommen. Aber er musste es wenigstens versuchen.

Einer der vier Grünen, die um die Straßensperre herum zu sehen waren, hielt die Kelle heraus, Tibo stoppte den Wagen. Auf seiner Stirn stand Schweiß und auch unter den Achseln seines T-Shirts zeigten sich dunkle Flecken.

„Ich machen. Du … still. Okay?"

Der Stricher nickte eifrig, lenkte dann den Anweisungen des Polizisten folgend den Wagen an den Straßenrand.

Der Polizist bedeutete ihm seine Scheibe herunterzulassen.

„Fahrzeugpapiere und Ihren Führerschein bitte!"

Der Junge beugte sich nach vorn und angelte in der hinteren Tasche seiner Jeans nach seiner Brieftasche.

„Ihren Ausweis möchte ich bitte auch sehen!", lächelte der Polizist Younas freundlich an. Younas nickte gefügig, lächelte zurück und schüttelte den Kopf. Er zuckte dazu sogar noch mit den Achseln. Der Polizist war keine fünfundzwanzig, war kleiner als seine Kollegen und sein Gesicht wirkte so naiv und unschuldig, als sei es erst vor ein paar Minuten irgendwo vom Band gelaufen.

„*Je suis français. No passeport*", entschuldigte sich Younas. Sein Französisch war um Klassen besser als sein Deutsch. Ergebnis der fast zwei Jahre, die er damals zusammen mit einem algerischen Drogenschmuggler in einer Zelle im Gefängnis verbracht hatte.

Der kindliche Stricher legte betont langsam seine Papiere aufs Armaturenbrett.

Der Polizist griff danach. Warf Younas einen intensiven Blick zu und verschwand zu seinen Kollegen.

Von nun an konnte Younas nur noch hoffen, dass er mit seiner Einschätzung der vier Beamten richtig lag. Sein Plan basierte auf der schlichten Beobachtung, dass die meisten Deutschen, die er kannte, einen Kanaken über vierzig, solange er keinen Anzug trug und eben aus irgendeiner Limousine kletterte, gerade für intelligent genug hielten, ein paar Worte Deutsch gelernt zu haben. Aber niemals für so gebildet, dass er außer seinen paar Worten Deutsch und seiner eigenen Sprache, irgendeine weitere Fremdsprache gut genug beherrschte, um sich darin eindeutig und auf Anhieb verständlich zu machen.

Tibos Beine begannen unkontrolliert zu zittern, sobald der kindliche Polizist zu seinen Kollegen getreten war und mit ihnen zu sprechen begonnen hatte.

Younas legte Tibo die Hand auf den Oberschenkel, krallte sie plötzlich tief und brutal in das harte Muskelfleisch des Jungen. Sein Kopf zuckte hoch. Er riss den Mund zu einem stummen Schmerzensschrei auf. Ein einziger Blick genügte Younas, um ihn dazu zu bringen, seinen Mund wieder zu schließen.

Jetzt sahen alle vier Polizisten zu ihnen herüber. Younas lächelte ihnen freundlich und etwas schüchtern zu. Wieder steckten die Beamten ihre Köpfe zusammen, blätterten dann, wie es schien, ein wenig ratlos in den Papieren herum. „Oh Gott. Scheiße. Ich halt das nicht aus", stöhnte Tibo und wischte sich den Schweiß von der Stirn.

Kaum dreißig Sekunden später reichte ihm derselbe Beamte, der sie ihm abgenommen hatte, seine Papiere zurück und winkte den Wagen auf die Straße.

Die Felder waren lockeren Einfamilienhaussiedlungen gewichen und die breite Schnellstraße schmalen Vorortgassen, als Younas eine verwaiste Baustelle sichtete. Was ihn an ihr besonders anzog, war das einsame Dixi-Klo hinter dem halbherzig geschlossenen Bauzaun.

Er befahl Tibo den Wagen zu stoppen, zwang ihn mit einer Geste auszusteigen und trieb ihn dann vor sich her zu dem Klo.

Tibo verstand nicht, was das sollte, aber er begriff sehr wohl, dass er besser tat, was Younas von ihm verlangte. Und das selbst dann noch, als Younas ihn in das Klo stieß und hinter ihm die Tür wieder mit dem Vorhängeschloss sicherte, das die Bauarbeiter zuvor zwar drangehängt, aber nicht zugedrückt hatten.

„Du … Schnauze halten. Bis … ich … wiederkommen. Kapiert?"

Ein Stöhnen.

Younas wandte sich ab, zwängte sich wieder durch

die Lücke im Bauzaun, trat zum Wagen, stieg ein, startete und rollte davon.

Er gab Tibo zwischen zwanzig Minuten und einer halben Stunde, bis er in dem Dixi-Klo mutig oder verzweifelt genug geworden war, um zu versuchen, daraus zu entkommen. Irgendwie würde ihm das sicher gelingen. Und sei es nur, indem er die dünnen Plastikwände zertrat.

Danach würden vielleicht weitere zehn bis fünfzehn Minuten vergehen, bis jeder Bulle in der Stadt wissen würde, wie er jetzt aussah.

Nicht viel Zeit.

Aber vielleicht trotzdem gerade genug, um das zu erledigen, was er an diesem Morgen unbedingt noch zu erledigen hatte.

6 Uhr 55. Boyle saß auf Teddys Beifahrersitz und fragte sich, ob es noch beschissener hätte kommen können, als es gerade gekommen war.

Tommy hatte alles gewusst.

Er wusste von Boyles und Teddys Deal mit Premuda, von den Flüchtlingen in dem Container, der polnischen Nutte und den illegalen Spenden für Stillers Partei. So ziemlich das Einzige, wovon er offenbar nichts gewusst hatte, war, dass sowohl Premuda als auch Halif Kahn und Anatoli Ryschkow in dem Kasinodeal zusammengearbeitet hatten. Aber das war, angesichts all der übrigen Informationen in seinen Akten, nebensächlich.

Tommy hatte sogar Teddys und Boyles Grundschullehrer und ein paar ihrer inzwischen weit verstreuten ehemaligen Klassenkameraden befragt. Zwar war das, was Tommy über Boyles und Teddys Deal mit Premuda hatte, im Grunde nur Gerüchte. Aber für ein Ermittlungsverfahren und Boyles Suspendierung reichte es vielleicht.

Aus den beiden ersten Akten wurde außerdem deutlich, weswegen Tommy Graf der passende Mann für die verdeckte Ermittlung gegen den Maulwurf war.

Klein vom LKA, der sonst nicht zu denen zählte, die die wirklich hellen Kerzen auf der Torte anzündeten, war nämlich zufällig darüber gestolpert, dass sich einer von Halifs Nachwuchscapos heimlich unter den Schwulen in der *La Strada Bar* herumtrieb. Der Capo war vorsichtig gewesen, aber nicht vorsichtig genug.

Halif war ein Mörder, Menschenhändler, Betrüger, Drogenboss und überhaupt ein Arschloch. Aber er war eben auch stockkonservativ. Einen schwulen Capo hätte er in seiner Organisation nicht geduldet.

Genau das hatte Tommy als Aufhänger benutzt.

Er hatte sich an den Jungcapo herangemacht, ihn umworben, ausgeführt und mit Geschenken überschüttet. Die Quittungen dafür hatte Tommy – ganz der Pedant – kopiert und der Akte beigefügt. Zum Dank für Tommys Zuwendungen hatte der Junge sehr laut und ausdauernd zu singen begonnen.

In Tommys Akten war Halifs komplette Hamburger Organisation aufgedröselt worden wie ein alter Wollpullover.

Über Premudas Geschäfte und Organisation hatte er zwar nicht ganz so viel herausgefunden wie über Halif, aber was Tommy alles aufgelistet hatte, schlug trotzdem um Längen alles, was das Präsidium und das LKA bisher über den alten Alligator im Safe der OK-Abteilung hatte.

Tommy verfügte zwar kaum über harte Beweise, aber er hatte in den Schlussfolgerungen seiner Argumentation genug Indizien aufgezählt, um damit jeden Staatsanwalt zu überzeugen, Ermittlungsverfahren gegen Halif und Premuda einzuleiten. Ganz zu schweigen davon, dass er auch Boyle und Teddy hätte drankriegen können.

All das betraf allerdings nur den Inhalt der ersten beiden Akten. Was Tommy in der dritten gesammelt hatte, genügte um die Mordkommission in einen Skandal zu verwickeln, wie ihn Hamburg noch nicht gesehen hatte.

Bulldogge Haffners Verdacht gegen seinen Stellvertreter Stolze hatte sich als goldrichtig erwiesen. Tommy konnte das nicht nur anhand der Aussagen des Jungcapos beweisen, sondern verfügte auch über Fotos der Treffen von Halif und Stolze, bei denen die beiden – mehr Klischee ging wirklich nicht! – dicke braune Umschläge austauschten. Auf einer Bildfolge war sogar zu sehen, wie Stolze nach einem

Zahltag bei Halif die Scheine aus seinem Umschlag durchzählte. Und weil Stolze eindeutig ein arroganter Schnösel und Adrenalinjunkie war, gab es in Tommys Akte auch noch einige Bilder, die ihn mit Premuda zusammen zeigten. In Sachen Verrat war Bulldogge Haffners Stellvertreter offenbar Bigamist gewesen, denn Boyle bezweifelte, dass er sich mit Premuda über den Wasserstand der Oberelbe oder die neuesten Lottozahlen ausgetauscht haben sollte.

Hilmi Abbas hatte dennoch ZWEI hellhaarige Männer mit Sturmgewehren und Schutzwesten an Halifs Tor gesehen. Schien als arbeitete Stolze also wirklich auch bei seinen heimlichen Nebengeschäften zumindest zeitweise mit seinem besten Kumpel und Schatten Geist zusammen, selbst wenn das so aus Tommys Akten nicht hervorging.

Trotzdem war selbst das immer noch nicht der letzte Hammer, der sich in Tommys Akten verbarg.

Boyle steckte sich eine Zigarette an und schickte einen fast perfekten Rauchring gegen Teddys Wagenhimmel. „Der Typ, der für Tommy über Halif Kahn ausgepackt hat, ist mit den drei Jungs befreundet, die Younas Aris umgebracht hat, wahrscheinlich weil die seine Tochter vergewaltigt haben. Die halbe Hamburger Bullenschaft sucht gerade nach ihm, um ihn vor Aris zu schützen. Die andere Hälfte sucht nach Aris selbst."

Teddy schüttelte grinsend den Kopf. „Mann, das bringt einen ja fast so weit, wieder an göttliche

Gerechtigkeit zu glauben. Nimm's mir nicht übel, Boyle, aber ich hoffe ja, dass der Kanakenkiller diesen schwulen Singvogel noch alle macht, bevor ihr ihn finden und einbuchten könnt."

„Ich bin ja kein Wahrsager, aber ich halte es für sehr unwahrscheinlich, dass der Kanakenkiller heute Morgen die Sonne aufgehen sehen wird. Stiller will ihn tot sehen, Halif will ihn ganz sicher auch tot sehen und Stolze und Geist können es sich auch nicht leisten, dass der Typ je vor einem Richter den Mund aufmacht. Da hat ja 'ne Schneeflocke in der Wüste am Mittag mehr Chancen von 'ner Schlange gefressen zu werden."

Teddy ließ das Wagenfenster herabsurren und schaute auf den fast leeren Parkplatz hinaus.

„Wüstenschlangen, die Schneeflocken fressen, echt jetzt, Boyle? Du musst dringend an deinen Metaphern arbeiten, Junge."

Boyle zuckte die Achseln und stippte seine Zigarette in den Aschenbecher. Teddy boxte ihn auf die Schulter. „Also war es doch Tommy Graf, der uns bei Stiller reingeritten hat. Woher sonst hätte der wissen sollen, wonach er bei seiner Schweizer Bankerverwandtschaft suchen sollte?"

Boyle fiel es nicht leicht das zuzugeben. Aber alles deutete nun mal darauf hin. „Scheint so."

„Das scheint nicht nur so, das WAR so."

Boyle sagte nichts. So viel gab es auch gar nicht zu sagen.

Teddy sah durch die Frontscheibe des BMW auf die langweilige Fassade des Mietshauses gegenüber dem Parkplatz.

„Mein BND-Kontakt meinte, Halif Kahn hätte ein Ticket nach Istanbul gebucht. Der ist also vorerst aus dem Spiel. Stiller hat Tommys Akten nie gekriegt. Da bin ich sicher. Aber er ist trotzdem scharf drauf, uns beide in den Knast zu schicken und vielleicht hat Tommy ihm ja schon genug erzählt, dass er einen Staatsanwalt überzeugen könnte, uns festnehmen zu lassen. Sobald Premuda davon hört, dass wir in Untersuchungshaft sind, verliert er sowieso jede Hemmung. Dann will er uns tot sehen. Was für ihn den Vorteil hätte, dass er sich damit sogar dein Stück vom Drogenkuchen unter den Nagel reißen könnte."

Teddy überdachte das.

„Weshalb bist du so sicher, dass Stiller Tommys Akten nie gekriegt hat? Etwa weil wir beide sonst schon längst im Knast wären? Aber der brauchte dich auf der Straße, um den Kanakenkiller umzulegen. Wenn das jetzt aber irgendwer anders erledigt, Stolze, Geist oder vielleicht auch nur irgendein schlichter Streifengrüner, hast du keinen Wert mehr für Stiller. Dann könnte es sein, dass du und ich schon längst auch bei der Bullerei zum Abschuss freigegeben sind."

Boyle bezweifelte das. „Tommy war ehrgeizig. Der Blödmann glaubte, er müsste unbedingt jedem beweisen, wie hart und clever er ist. Deswegen hätte er seine Akten nie aus der Hand gegeben, bevor er seinen Deal mit Stiller festgeklopft hatte. Dass Tommy tot ist, bleibt aber der beste Beweis dafür, dass er seinen Deal eben noch nicht festgeklopft hatte. Sonst hätte Stiller nämlich Stolze und Geist noch vor dir und mir verhaften lassen. Hat er aber nicht. Und wenn man 'ne Minute länger drüber nachdenkt, falls Stiller oder Klein vom LKA gewusst hätten, was für miese Finger Stolze und Geist wirklich sind, dann hätte sich Stiller auch gar nicht erst damit aufgehalten, mich für seine Ausputzerei zu erpressen, sondern sich gleich an Stolze oder Geist damit gewandt. Die hätten ihm nämlich dann aus lauter Schiss davor, ihre Marken zu verlieren und im Knast zu landen, vielleicht sogar noch Halif Kahn auf dem Silbertablett serviert."

Teddy runzelte die Stirn, steckte sich eine Zigarette an und blies Rauchwolken durch das halb offene Wagenfenster in die kalte Morgenluft hinaus.

„Halif, Premuda und Ryschkow treiben die Kohle für Stillers Partei auf, um sich damit das Kasino im Hafenhotel zu sichern. Stiller und seine Partei lassen Halif, Premuda und Ryschkow aber hängen. Deren schöne drei Millionen gehen den Bach runter. Soweit sind wir sicher, dass wir richtig liegen. Ab jetzt spekuliere ich mal: Irgendwann kriegt Halif von Stolze gesteckt, dass da einer verdeckt gegen ihn, Ryschkow und Premuda ermittelt. Die Suppe kocht so richtig hoch, als Ryschkow seinen Anteil an dem Kasinodeal zurückhaben will. Hinter Ryschkow steht eine

Handvoll russischer Oberbosse, die sich bestimmt nicht vor Halif und dessen Jungs fürchten müssen.

Dann wird Younas Aris' Tochter vergewaltigt und er geht auf einen ganz altmodischen Rachetrip. Der Sohn vom Polizeipräsidenten muss dabei als Erster dran glauben, anschließend folgen dem noch zwei Teenager ins Nirvana und zuletzt steht ausgerechnet Tommy Grafs Informant auf Younas' Hitliste.

Aber schon während Younas Aris den ersten Vergewaltiger plattmacht, setzt Halif sich in einen Flieger und verpisst sich nach Istanbul, wo ihm weder die deutsche Polizei noch Ryschkows Bosse was anhaben können. Denn Istanbul ist Halifs Hinterhof und er kungelt dort mit dem Geheimdienst, der türkischen Polizei und was weiß ich, mit wem sonst noch, und wird von denen geschützt. Warum soll er auch hier in Hamburg abwarten, bis vielleicht doch irgendeiner von der Trachtentruppe oder der Kripo an seine Tür klopft?

Sicher in Istanbul angekommen, ruft Halif also seinen guten Kumpel Stolze an und befiehlt ihm, Ryschkow umzulegen, während er selbst sich vor jeder Menge Zeugen am Bosporus 'nen gepflegten Raki reinpfeift. Da Stolze und Geist aber heute Nacht schon mal so gut dabei sind, machen sie gleich den ganz reinen Tisch und verpassen auch Tommy, der Schwuchtel, die letzte Ölung.

So weit, so plausibel. Halif kann Ryschkow dem Kanakenkiller in die Schuhe schieben, steht selbst bei den Russen erst mal sauber da und hat zumindest Zeit gewonnen, um sich mit denen über deren verlorene Million für den Kasinodeal zu einigen. Und auch Stolze hat ein Problem weniger, seit er noch in derselben Nacht Tommy zu einem Loch im Kopf verholfen hat. Das alles passt. Das alles ist logisch."

Boyle sah dabei zu, wie die ersten Strahlen der Morgensonne an der Dachkante des Mietshauses gegenüber kratzten. Dann griff er nach Tommys Akten und blätterte eine Weile nachdenklich darin herum, bis er auf das Foto von Premuda und Stolze stieß. Er drehte es herum und fand auf der Rückseite, wonach er gesucht hatte. Uhrzeit und Datum, an denen es aufgenommen worden war.

„Das Bild ist vor vier Tagen gemacht worden."

Teddy warf einen eher mäßig interessierten Blick darauf.

„Na und?"

„Nicht na und, sondern aha, du Blödhammel! Wer hat den Kasinodeal ursprünglich eingefädelt? Premuda! Und auf wen hatte daher Ryschkow wesentlich mehr Grund sauer zu sein als auf Halif? Auf Premuda! Weil der ihn ja überhaupt erst in die Pleite mit dem Kasinodeal reingeritten hat. Mit wem trifft sich Stolze also vor vier Tagen? Mit Premuda. Und wo legen Stolze und Geist Ryschkow dann um? In Halifs Kühlhaus! *Sie haben Ryschkow nicht für Halif allegemacht, sondern für Premuda!*

Falls Halif gar nichts davon wusste, dass Ryschkow in seinem Kühlhaus geschlachtet werden sollte, ergibt alles einen Sinn. Dann spielt es keine Rolle, ob der Kanakenkiller mit ihm verwandt ist oder nicht.

Dann hat Premuda mit dem Mord an Ryschkow sogar zwei Fliegen mit einer Klappe geschlagen. Ryschkows Leiche in Halifs Kühlhaus macht Halif bei Ryschkows Bossen extrem unbeliebt. Während Halif also in Istanbul sitzt, schwärzt Premuda ihn noch weiter bei Ryschkows Bossen an und einigt sich mit ihnen auf eine Neuverteilung der Geschäftsinteressen. Das hat er wahrscheinlich heute Nacht noch getan. Deswegen ist er auch nicht wie sonst bei seiner Frau im Irrenhaus gewesen, sondern hat zu Hause die Telefonleitungen nach Moskau heißlaufen lassen. Und um Halif von den Russen aus dem Weg geräumt zu kriegen, ist die eine Million, die Premuda bei dem Kasinodeal verloren hat, beinah ein Schnäppchen, oder?“

Teddy dachte darüber nach. Um sein Hirn zu beschleunigen, steckte er sich dazu eine Zigarette an. „Und Stolze oder Geist, wegen mir auch sogar beide, haben nach Ryschkow in Premudas Auftrag gleich auch Tommy die Lichter gelöscht, weil er Premuda wegen unseres Deals damals zu nah gekommen war. Mann, Boyle, das nennt man wohl aus Scheiße Bonbons machen. Der dürre, alte Jugo. Eigentlich müsste man ihn dafür bewundern.“

„Für deinen professionellen Respekt kann ich mir nichts kaufen, Teddy. Falls du es aus den Augen verloren haben solltest: Wir haben heute Nacht so ziemlich jeden, der Rang und Namen im Präsidium und unter den lokalen Gangstergrößen hat, heftig angekackt. Uns sollte irgendwas einfallen. Sonst ist der Kanakenkiller vielleicht nicht der Einzige, dem sehr bald ziemlich einschneidende Veränderungen in der Lebensplanung bevorstehen."

„Wir sollten Prioritäten setzen", meinte Teddy. „Stiller ist ja wohl erst mal noch suspendiert und damit aus dem Rennen. Und Halif hat sich nach Istanbul verpisst. Bleiben noch dein Kumpel Becker und Premuda und Haffner. Mit Becker und Haffner wirst du schon fertig. Aber Premuda? Das ist 'ne ganz andere Hausnummer."

Dem hatte Boyle eine ganze Zeit lang nichts hinzuzufügen. Nichts war Teddy allerdings zu wenig. „Du darfst dich gern in unsere Unterhaltung einbringen, Arschloch!"

Boyle zeigte Teddy träge den Stinkefinger und steckte sich eine neue Zigarette an, die er aus Teddys Schachtel geschüttelt hatte.

„Stiller ist nur vorübergehend suspendiert. Der kriegt sein Comeback. Dafür sorgt schon seine Partei. Und er ist auf mich mindestens so sauer wie Premuda. Stiller aus der Gleichung herauszuhalten, wäre also 'n großer Fehler."

Teddy griff nach den Akten, schaute sie einen Moment an und wedelte dann damit vor Boyles Gesicht herum. „Hm, falls wir die Akten von der Schwuchtel echt exklusiv haben, dann sind wir ja vielleicht noch nicht ganz am Arsch, oder?“

„Wir haben die exklusiv, das steht fest. Tommy hat bestimmt keine Kopien davon gezogen. So schlau ist er schon gewesen, dass er wusste, wie explosiv die sind. Und ich weiß, was du jetzt denkst, Teddy. Aber: Vergiss es, Alter. Das läuft nicht.“

Teddy grinste. „Ach, was denkt denn der große schwarze Massa, was der böse weiße Massa denken könnte?“

Boyle warf seine Kippe aus dem Fenster, schüttelte eine neue aus Teddys Schachtel und steckte sie an. „Hör auf mit dem Massa-Scheiß oder Premuda und Stiller müssen sich hinten anstellen, um dir einen Platz auf dem Friedhof zu verschaffen, kapiert?“

„Aye, großer, böser, schwarzer Massa!“, grinste Teddy.

Boyle griff eine von Tommy Grafs Akten und schlug Teddy damit gegen den Bauch. Das änderte nichts an Teddys Grinsen.

„Du hoffst, dass wir Premuda und Stiller mit den Akten erpressen können, so nach dem Motto: Wir haben Tommys Akten und solange es uns weiterhin gut geht, bleiben die unter Verschluss, sollte aber ich meinen Job verlieren oder ein gewisser Teddy Amin ein verfrühtes Ende mit einer Kugel im Kopf finden, könnten diese Akten ihren Weg zu gewissen, nicht näher bezeichneten Medienvertretern und vielleicht auch dem ein oder anderen Staatsanwalt und Richter finden. So ungefähr hast du dir das doch vorgestellt."

„Staatsanwälte sind ja nun auch käuflich, daher wäre ich mit denen vorsichtig. Aber alles andere, hm ja, schon genau so."

„Du spinnst, Teddy. Wegen dem, was in diesen Akten steht, müssen sich Becker, Haffner und Stiller richtig warm anziehen. Aber das heißt noch lange nicht, dass das ausreicht, um uns bei denen aus der Scheiße zu ziehen. Da braucht's schon noch ein bisschen mehr als das."

Teddy atmete einige Mal genervt ein und wieder aus. „Tommy wusste nichts von dem Kasinodeal, denn darüber steht nichts in seinen Akten. *Aber Premuda und Stiller wissen ja nicht*, dass Tommy davon nix wusste. Aber falls Bellini morgen in ihrer Zeitung bringt, dass die aktuelle Regierungspartei sich ihre Wahl mithilfe illegaler Parteispenden von lokalen Gangstergrößen hat finanzieren lassen, können sowohl im Rathaus wie dem Polizeipräsidium eine Menge Typen ihre Schreibtische räumen. Dann geht wahrscheinlich sogar Premuda in den Knast."

Teddy griff er nach seinem schicken neuen Autotelefon und reichte Boyle den Hörer. „Du rufst jetzt zuerst Stiller an und dann Premuda. Und du vereinbarst ein Treffen mit denen. Jetzt. Sofort. Und dann, mein Freund, wirst du denen so Feuer unter ihren Ärschen machen, dass sie den Sprung in einen Hochofen für 'ne Arktiskreuzfahrt halten."

Boyle rührte sich nicht. „Das nehmen Premuda und Stiller uns niemals ab!"

Teddy schob den Hörer noch ein Stück näher an Boyles Gesicht. „Ich geh nicht in den Knast, Boyle. Ich war da schon mal für 'ne Weile. Hat mir absolut nicht gefallen. Und dir wird's da noch weniger gefallen als mir."

Boyle hatte Angst. Nicht einmal so sehr davor, Premuda und Stiller gegenübertreten zu müssen, sondern vor dem, was danach folgen musste. Tage, Wochen, Monate, vielleicht Jahre, während der er sich ständig misstrauisch umschauen würde und jederzeit damit rechnen müsste, dass irgendwo im Schatten längst ein Kerl mit einer Knarre wartete, der ihn ins Fadenkreuz genommen hatte.

„Ruf an, verdammt!", zischte Teddy.

Boyle nahm den Hörer und tippte zögernd eine Nummer ein. Teddy griff nach Tommys Glock, ließ das Magazin herausschnappen, zog den Schlitten zurück, ließ ihn wieder nach vorn schnellen, überprüfte dann die Munition im Magazin und drückte es wieder in den Griff der Waffe.

Boyle ließ das Telefon sinken. „Ich will das nicht, Teddy."

„Um jetzt noch irgendwelche Wünsche anzumelden, ist es bisschen spät, Boyle."

Teddy drückte seine Kippe sorgfältig im Ascher aus und sah dann zu Boyle auf. „Falls der Bluff nicht funktioniert, dann erschießt du Premuda. Eine in den Kopf, die zweite mittig in die Brust. Stiller kann uns in den Knast bringen. Aber Premuda würde uns *umlegen* lassen."

Boyle hatte sich in seinem eigenen Netz verfangen, aus dem es keinen Ausweg geben würde.

Nie würden in irgendeinem Gerichtssaal die Fälle Tommy Graf oder Anatoli Ryschkow verhandelt werden, nie jemand darin für Tommys Tod oder Ryschkows Herz auf dem Boden von Halifs Kühlhaus zur Verantwortung gezogen werden.

Boyle dachte daran, wie weit man dem Tod guten Gewissens die Tür offenhalten konnte, um in den Straßen dieser Stadt einen fragilen Frieden zu wahren, der – wenn er es nüchtern betrachtete – niemand anderem als zwei alternden Gangstern und ihren aus aller Welt hier gestrandeten Handlangern zugute kam. Für zwei, drei Augenblicke bekam die Glock in Teddys Hand durchaus etwas Verlockendes.

Teddy legte sehr langsam und sanft Tommys Pistole aufs Armaturenbrett des BMW und verhakte dann seinen Blick sehr lange in Boyles blauen Augen.

„Ruf an, Boyle."

Boyle rief an. Und als er die beiden Telefonate beendet hatte, meinte Teddy, er hätte eine Idee.

7 Uhr 03. Younas entdeckte den ersten Streifenwagen an der Einmündung der Straße, die zu Halifs Haus hineinführte. Den zweiten nach einigem Umherfahren an der Stelle, an der sie kurz vor dem hell erleuchteten Einkaufscenter wieder endete. Er dachte verwirrt über seine Beobachtungen nach. Sollte tatsächlich ausgerechnet heute Halif Kahns Herrschaft geendet haben? War nicht eher irgendetwas wesentlich Wahrscheinlicheres eingetreten? Eine Gasleitung explodiert? Ein schwerer Verkehrsunfall geschehen?

In Younas' Augen waren all diese Möglichkeiten weitaus wahrscheinlicher, als anzunehmen, dass Halif im Knast gelandet sei.

Ganz abgesehen davon, mochte Halif wie alle Menschen Fehler machen, aber dumm war er keinesfalls. Und so naiv, Younas für blöd zu halten, war er nun schon gar nicht. Aber all das war auch egal. Falls diese Polizisten wirklich wegen Halif hier waren, dann hieß das sowieso, dass Younas heute Morgen nicht mehr nah genug an ihn herankam, um ihn zu erschießen, wie er es verdient hatte.

Younas steckte sich eine Zigarette an, schloss die Augen und sank kraftlos in den Sitz des Ford zurück.

Wenn ich meine Augen wieder aufmache und in den Spiegel sehe, dachte er, wird mich daraus ein Gesicht anblicken, aus dem selbst der allerletzte Rest meines früheren Selbst verschwunden sein wird. Ich bin über die letzte Schwelle gegangen.

Er stellte erstaunt fest, dass der Rausch, dem er sich zuerst widerwillig, zunehmend aber bereitwilliger und schließlich auf eine eigenartige Weise sogar mit jeder Faser seines Herzens hingegeben hatte, ebenso unspektakulär schleichend zu Ende ging, wie er zu Beginn dieser Nacht von ihm Besitz ergriffen hatte.

Dennoch bereute er nichts.

Younas öffnete die Augen, und sah durch die Windschutzscheibe zu dem Streifenwagen gegenüber.

Woher nur soll ich die Kraft nehmen, jetzt auszusteigen, da hinüberzugehen, an die Scheibe zu klopfen und ihnen zu sagen: Ich bin der, den ihr schon die halbe Nacht sucht?

Ein schwarzer Leichenwagen suchte sich seinen Weg an dem Streifenwagen vorbei Richtung Krankenhaus.

Younas stieg aus und überquerte die Straße. Er kam dabei an einem kleinen Kiosk vorbei. Eine geradezu irrwitzige Idee brachte ihn dazu, umzukehren und wieder in den Ford zu steigen.

7 Uhr 45. Boyle hatte nicht erwartet, dass Premuda oder Stiller vor ihm den Treffpunkt erreicht hätten.

Dazu war ihnen zu wenig Zeit geblieben, seit er sie mit seinem Anruf aufgeschreckt hatte. Premuda hatte er – wie er hoffte – durch einen seiner Capos in seinem Haus am Stadtrand erreicht. Stiller über seine Frau, die immer noch geklungen hatte, als stünde sie unter dem Einfluss irgendwelcher Medikamente.

Wenn es einen Ort in der City gab, den Boyle wirklich mochte, dann war es dieses Stück Rasen am Rand des Parks, das von hohen alten Bäumen begrenzt, einem kleinen Verein von Bogenschützen als Trainingsgelände diente.

Vor einigen Jahren war er während einer Ermittlung zufällig hierher geraten und hatte sich sofort in die stille Würde dieses Fleckens verliebt. Vielleicht war es gerade das, was für ihn dessen Zauber ausmachte: Die Verbindung aus der selbstgewissen Würde der alten Bäume und der unheimlichen Leichtigkeit, mit der die Schützen hier mit ihren tödlichen Waffen hantierten.

„Hallo, Bulle“, krächzte Premuda von irgendwo rechts hinter Boyle.

„Ich hätte ziemlich hoch gewettet, dass du nicht kommst, alter Mann.“

„Ich habe keine Angst vor dir, Bulle. Wir sind, was wir sind. Und du bist nun mal kein Killer.“

Boyle zuckte unmerklich zusammen, als der Alte jetzt neben ihn trat.

„Du hast Anatoli Ryschkow in Halifs Kühlhaus umbringen lassen, alter Mann. Und du hast dafür gesorgt, dass Stolze und Geist auch Tommy Graf erschießen.“

Premuda lachte sein hartes krächzendes Lachen. „Vielleicht. Vielleicht auch nicht. Was willst du von mir Bulle? Absolution für deine Sünden? Ich bin kein Priester.“

„Hallo, Premuda.“

Boyle fuhr herum und sah sich Stiller gegenüber. Der suspendierte Polizeipräsident sah von Boyle zu

Premuda und zuletzt wieder auf Boyle. „Was soll das hier werden, Hauptkommissar? Haben Sie Herrn Premuda hierher bestellt, damit er bezeugen kann, wie Sie sich von mir festnehmen lassen?“

Boyle erwiderte Stillers Blick.

„Teddy Amin und ich haben Tommy Grafs Akten gefunden. Er hat alles dokumentiert. Den Kasinodeal. Die Parteispenden von Premuda, Ryschkow und Halif. Außerdem Stolzes und Geists Verrat. Premuda hat Stolze und Geist dazu gebracht, Tommy Graf zu töten. Außerdem hat er ihnen den Mord an Anatoli Ryschkow befohlen. Sollte Teddy oder mir irgendetwas zustoßen, kommt die Stadt zu einem Skandal, wie sie ihn noch nie zuvor gesehen hat.“

Etwas Eigenartiges geschah.

Boyle registrierte kaum, wie der Alte einen Schritt auf Stiller zu machte, mit einer einzigen flüssigen Bewegung eine winzige Pistole aus dem Mantel zog, sie an Stillers Schläfe setzte, abdrückte und sich beinah im selben Augenblick auch schon wieder von Stillers in sich zusammenfallender Gestalt entfernte.

Premuda zog ein Taschentuch aus seinem Mantel hervor, wischte damit sorgfältig über die Waffe, beugte sich dann zu dem in Zuckungen gefangenen Stiller herab, drückte sie ihm in die rechte Hand und schloss Stillers Finger um Griff und Abzug. Dann schob er die Waffe vorsichtig ein Stück von Stillers Leiche weg. Die wenigsten Selbstmörder behielten ihre Waffen nach dem tödlichen Schuss noch in den

Händen, in den allermeisten Fällen landete die ein Stück neben ihnen.

Premuda schob die Hände in die Manteltaschen und senkte den Kopf. „Falls der Jude hier irgendwo mit einem Gewehr wartet, sag ihm, dass er gefälligst den Finger vom Abzug lassen soll!“

Boyles Blick löste sich nur mühsam von Stillers Leiche. „Teddy ist im Irrenhaus. Bei deiner Frau, alter Mann. Wenn ich mich in zwanzig Minuten nicht bei ihm melde, bringt er sie um.“

Premuda hob den Kopf und starrte Boyle eine Zeit lang kalt an. „Der Jude hat Mumm“, flüsterte er.

Eine Weile sagte keiner der beiden Männer ein Wort. Dann stieß Premuda Stillers Mantelärmel verächtlich mit seiner Schuhspitze an. „Du weißt, dass im Grunde er für den Tod deines Kumpels Tommy verantwortlich war? Diesen Kerl hätte nie irgendwer mit einer Marke auf die Straße schicken dürfen. Erst recht nicht ins Herz der Finsternis. Stiller wusste das. Ich hab dir und dem Juden einen Gefallen getan, Bulle. Diese Schwuchtel hätte dich irgendwann wegen des Koksdeals verraten. Und danach hättest du mich mit hereingezogen. Ich bin aber zu alt, um in den Knast zu gehen.“

Boyle ahnte zumindest den Kern Wahrheit, der in Premudas Äußerung steckte.

„Ich könnte dich immer noch erschießen, alter Mann. Bevor du dich nach der Pistole bückst, bist du tot.“

Premuda lachte wieder sein wie über Sandpapier gezogenes Lachen. „Ich hab dir heute Nacht schon mal gesagt, wir alle sind, was wir sind. Und du bist kein Killer."

„Das heißt nicht, dass ich es nicht ertragen könnte, wenn es ein anderer für mich tut. Teddy Amin vielleicht. Daran schon mal gedacht?" Boyle wies unbestimmt auf Stillers Leiche im feuchten Gras. „Und mag ja sein, dass er Tommy Graf sozusagen die Pistole an die Schläfe gesetzt hat, als er ihn auf Halif und den Maulwurf ansetzte. Aber den Mord an ihm hast am Ende immer noch du in Auftrag gegeben. Eines Tages wird einer kommen, um dir die Rechnung dafür zu präsentieren."

„Und was dann, Bulle?", flüsterte Premuda. „Noch mehr Leichen in den Straßen? Nicht mal der fette alte Becker würde das gut heißen. Und Gott weiß, dass der mich hasst wie der Teufel das Weihwasser. Glaubst du etwa, dass irgendwer im Präsidium Stolze und Geist je in den Knast schicken wird? Das hieße doch zuzugeben, dass die Mordkommission voller Killer und Verräter steckt. Das können sie gar nicht riskieren. Dann verlieren nämlich selbst die guten Bürger den Glauben ans System. Und das, Bulle, will keiner."

Premuda wandte sich ab.

Boyle hielt ihn zurück. „Da ist noch was, alter Mann, wer hat damals die Flüchtlinge in den Container gesperrt und hierher verfrachtet?"

Premuda schüttelte verwundert über Boyles Frage den Kopf. „Die Flüchtlinge? Das war Halif Kahn. Aber das war schon eigenartig. Eigentlich wollte er das gar nicht. Aber ein Diplomat in Berlin hat ihn dazu gezwungen. Die meisten der Leute in dem Container waren nämlich nicht einfach nur irgendwelche Flüchtlinge, sondern Dissidenten, die irgendein Politiker aus Nigeria dringend loswerden wollte. Weiß der Himmel, was der Kerl in Berlin dafür gekriegt hat."

Boyle hatte ja längst geahnt, dass die Flüchtlinge in dem Container auf Halifs Konto gingen. Doch dass er diese Sauerei im Auftrag irgendeines Politikers oder Diplomaten aus Berlin angerichtet hatte, war ihm neu. Andererseits passte es zu allem, was er sonst über Halif und dessen Geschäfte erfahren hatte.

„Was für ein Diplomat, alter Mann, einer von unseren, den Deutschen oder war der Nigerianer?"

Premuda zuckte die Achseln. „Ich hab Halif nie danach gefragt, Bulle. Wieso auch? Ich habe mit den Schwarzen und deren Politik nichts am Hut. Ich hab genug damit zu tun, meinen eigenen Laden sauber zu halten."

Der alte Alligator hustete, griff in den Mantel, brachte eine Pillendose hervor und schob sich zwei bläuliche Pillen in den Mund.

„Eigentlich müsste ich dir das gar nicht sagen, Bulle. Aber was macht ihr mit dem Kanakenkiller, sobald ihr ihn erst mal festgenommen habt? Ihr steckt ihn in U-Haft. Und zwar draußen nach Santa

Fu, weil das neue U-Haftgebäude hoffnungslos überbelegt ist und der Typ mit all den Morden auf dem Konto sowieso auf der höchsten Sicherheitsstufe laufen wird. Richtig, Bulle?"

Boyle nickte unmerklich.

„Der Kanake tötet, weil er sich für die Vergewaltigung seiner Tochter rächt. Der Letzte auf seiner Liste war einer von Halifs Dealern. Richtig?"

Boyle hatte kein Problem damit, das zuzugeben. „Ja. Komm endlich zum Punkt, alter Mann."

„Dieser Dealer war im Begriff, sich abzusetzen. Und er hätte dabei Halifs halbes Verteilernetz mitgenommen. Er war sogar bei mir, um mir ein Angebot zu machen. Nur war ich nicht blöd genug, darauf einzugehen. Also ist er weitergezogen."

„Und irgendwann bei Ryschkow gelandet? Das weiß ich schon, alter Mann", flüsterte Boyle und erinnerte sich an Teddys Vermutung, dass Ryschkow nach Hamburg gekommen war, um sich nach einem Kandidaten für eine Übernahme umzusehen.

Premuda wackelte mit dem Kopf, der immer mehr wie ein Totenschädel wirkte.

„Ryschkow war scharf auf Halifs Anteil vom Drogenmarkt. Diesen Dealer und sein Verteilernetz zu übernehmen, wäre ein guter Anfang für ihn gewesen. Halif hat das spitzgekriegt, Ryschkow in sein Kühlhaus bestellt und zum ersten Mal in seiner Karriere in den eigenen Hinterhof gekackt, als er den blöden Russen dort hat umlegen lassen. Aber weil er ein cleverer alter Sack ist, hat er das nicht seine eigenen Leute machen lassen, sondern zwei Exbullen, die ihm Stolze und Geist vermittelt haben. Muss ihn 'ne fette Stange Geld gekostet haben, sie dazu zu bringen, es AUF DIESE ART zu machen. Aber es hat Vorteile. Jeder auf der Straße wusste bisher, dass Halif ein zäher Knochen ist. Jetzt aber werden sie sich alleine wegen Ryschkows herausgeschnittenen Herzens mehr als je zuvor vor ihm die Hosen scheißen."

In Boyles Hirn – KLICK, KLICK, KLICK. „Dann waren es nicht Stolze und Geist selbst, die Ryschkow umgelegt haben?"

„So blöd sind die nicht, Bulle. Außerdem hätte keiner von denen den Mumm dazu gehabt. Tommy Graf umzulegen, war etwas anderes, das war mehr oder weniger etwas Persönliches, weil die Schwuchtel ja wusste, dass Stolze und Geist mit Informationen handelten. Halif und ich waren ganz sicher auch nicht die Einzigen, denen sie Dienstgeheimnisse verkauft haben. Ich habe aber gehört, dass Stolze gute Freunde bei den Bullen in Belgien hat. Vielleicht hat er Ryschkows Killer von da einfliegen lassen, wer weiß?"

Boyle durchdachte, was Premuda gesagt hatte und kam zu dem Schluss, dass es durchaus plausibel war.

„Aber was den Kanakenkiller angeht, das ist wirklich eine verrückte Sache. Halif hätte seinen Dealer nicht selbst umlegen können, weil er keine Beweise für dessen Betrug hatte. Und ohne handfeste Beweise wären seine Leute sauer geworden, hätte Halif ihn trotzdem plattmachen lassen. Halif war noch schwer damit beschäftigt, eine Lösung zu suchen, als ihm ein unglaublicher Zufall zu Hilfe kam."

„Ich weiß, der Kanakenkiller ist irgendwie mit Halif verwandt. Weil Halif für seine Einreise gebürgt hat."

Premuda wurde erneut von einem leisen kratzenden Hustenanfall geschüttelt. „Genau. Und dieser bescheuerte Idiot von einem Dealer hatte sich doch tatsächlich die Tochter von Halifs Nichte für seinen kleinen Ritt ausgesucht. Möglich, dass er einfach unterschätzt hat, was er damit anrichten könnte. Aber vielleicht hatte er es aber auch ganz BEWUSST auf die Tochter von Halifs Nichte abgesehen, um so aller Welt ganz offen zu zeigen, wie weit Halif schon abgewirtschaftet hatte."

Boyle glaubte vielleicht in gewissem Maße an Glück. Aber glaubte er auch an Zufälle wie diesen?

„Wie dem auch sei, Halif hatte jedenfalls mit dieser Vergewaltigung einen glasklaren Anlass, den Jungen umlegen zu lassen. Seine Leute werden ihm wahrscheinlich dafür applaudieren."

Der Blick des alten Mannes senkte sich wieder auf Stillers Leiche im Gras und blieb einige Zeit darauf haften.

„Falls der Jude und du wirklich die Akten der Schwuchtel irgendwo gebunkert habt, dann vergesst nicht, dass ich kein Anfänger in diesem Spiel bin. Ich kann euch genauso hochgehen lassen wie ihr mich. Du hast mein Geld genommen und ich habe damals das Koks dafür bekommen. Ob du es willst oder nicht, Bulle, aber wir sind Partner. Vergiss das nicht, wenn du nachher zu Becker gehst und ihm erklärst, dass Stiller sich vor deinen Augen eine Kugel in seinen Schädel gejagt hat."

In diesem Augenblick hasste Boyle den alten Mann. Und er hasste ihn umso mehr, weil ihm klar war, dass Premuda Recht hatte. Sie waren wirklich Partner. Und sie würden es bleiben, bis eines Tages einer von ihnen sein Schweigen eben doch brach.

„Ach, noch etwas, Bulle, weißt du, wer Küchendienst im U-Haft Trakt in Santa Fu hat? Färber und Saleki. Ich wette, dass einer von denen irgendwann letzte Nacht Besuch von Stolze oder Geist hatte."

In Boyles Hirn: Klick, Klick, Klick.

„Gift im Kaffee?"

„So ähnlich."

„Warum?"

Premuda runzelte die Stirn. „Halif hat Angst, der Kanakenkiller, so nennt ihr ihn doch, könnte herausfinden, dass er ihn im Grunde nur benutzt hat. Deswegen hat er Färber und Saleki angeschoben ihn beiseite zu schaffen. Ich meine ist auch nur logisch, oder? Halif wusste von Anfang an, dass der Kanakenkiller entweder von euch umgelegt wird oder eben, falls ihr ihn lebend kriegt, in Santa Fu landen würde."

Der Alte wandte sich von Boyle ab und ging mit kleinen Schritten über die Wiese zu dem einsamen

Weg, der in ein paar hundert Metern auf einem breiteren Weg mündete, welcher wiederum schließlich auf eine Straße führte, an der Premuda seinen Wagen geparkt haben musste.

Als Boyle ihm schließlich folgte, tat er es, ohne noch einmal einen Blick auf Stillers Leiche im Gras geworfen zu haben. Seine Schritte wirkten so steif, als trüge er allein die Bürde all der Toten dieser Nacht auf seinen Schultern. Er fühlte sich plötzlich so leer, so spröde und sich selbst fremd geworden.

Sowie er die Straße erreicht hatte, winkte er ein einsames Taxi herbei und stieg ein. An der nächsten freien Telefonzelle bat Boyle den Fahrer zu halten und wählte in der Zelle die Nummer von Teddys Autotelefon. Er ließ es exakt acht Mal klingeln, bevor er wieder einhängte. Das war das vereinbarte Signal, dafür dass Boyle mit seinem Bluff bei Stiller und Premuda durchgekommen war. Und es würde dafür sorgen, dass Teddy die beiden jungen Russen zurückpfiff, die er vor der Klinik in Bereitschaft hielt, in der Premudas Frau ihre Tage damit verdämmerte, mit leeren Augen auf eine Wand zu starren.

Nach Teddys Nummer wählte Boyle eine in Amsterdam. Diesmal nur zwei Klingelzeichen, bis sich die kratzige Stimme seines BND-Kontakts meldete.

„Die Toten in dem K-Line-Container vor zwei Jahren. Ich habe einen Informanten, der behauptet, dass es sich dabei um Dissidenten gehandelt hat, und dass sie draufgegangen sind, weil irgendein Drecksack in Berlin irgendeinem anderen Drecksack in Nigeria einen Gefallen getan hat."

Schweigen. Dann Husten.

„Wer ist dein Informant?"

„Vergiss es."

Wieder Husten.

„Hör zu Boyle, was immer du von jetzt ab tust, versprich mir, dass du es vorsichtig tust. Das ist sehr dünnes Eis, mein Junge. Du wärst nicht der Erste, der darin einbricht."

Scheiße – dann musste es WAHR sein.

„Wer? Ich brauch einen Namen."

„Kein Name. Aber ein Tipp. In Nigeria sind die Amis ganz dick im Ölbusiness. Und solange die Amis dort bloß ein paar Warlords und Häuptlinge zu schmieren haben, um drinbleiben zu können, ist das Ganze ein traumhaftes Geschäft. Aber wehe es kommt der Tag, an dem dort mal eine richtige Regierung die Macht übernimmt und einen fairen Anteil vom Kuchen verlangt."

Klick. Die Verbindung war unterbrochen worden.

Aber Boyle wusste auch so schon genug.

Sein Taxi wartete.

7
5. September 2000, 8 Uhr – 10 Uhr 50

8 Uhr. Die Frau hatte von Angesicht zu Angesicht weit eigenwilliger und verschlossener gewirkt als auf ihrem Bild, das Younas in der Zeitung gesehen hatte. Bis heute konnte er die Sprache dieses Landes besser lesen als sprechen. Trotzdem hatte er sich nie sonderlich für einheimische Zeitungen interessiert. Doch vor einigen Wochen hatte Sertab in der Schule einen Vortrag gehört. „Sie war so COOL, Vater. Sie ist CHEFREDAKTEURIN. Sie sieht fantastisch aus. Sie hat uns von ihrem Job erzählt. Worauf es dabei ankommt, dass man unbestechlich bleibt und versucht, die Wahrheit herauszufinden." Dabei hatte sie auf ein Foto auf der ersten Seite der *Abendzeitung* gewiesen, dass eine schlanke Brünette mit schräg stehenden Augen und einem vollen Mund zeigte. „Sie heißt Francesca Bellini. Ich will Journalistin werden. Ich schaff das. Ganz bestimmt."

Bild und Namen der Frau hatte sich Younas eingeprägt. Wahrscheinlich nur deswegen, weil Sertab selten zu solch Lobeshymnen neigte, und es ihn einfach interessiert hatte, WER die Frau war, der seine Tochter so große Bewunderung entgegenbrachte, dass sie von einem Tag auf den anderen nicht mehr Tierärztin, sondern Journalistin werden wollte.

Und wahrscheinlich hätte er auch mit jedem anderen bei der *Abendzeitung* gesprochen, doch als er das Redaktionsgebäude betrat und nach einer „Redakteurin" fragte, hatte ihn ein missmutiger Pförtner nach oben in das Zimmer Bellinis geschickt. Danach war ziemlich viel in ziemlich kurzer Zeit geschehen.

Jetzt, fast eine Stunde später, saß er auf einem harten Stuhl im Flur des Polizeipräsidiums.

Bellini war vor zwei Minuten zu dem Beamten zum Schalter gegangen und hatte ihm ihre Visitenkarte gereicht. Die beiden besprachen irgendetwas miteinander, was Younas hier auf seinem Stuhl unmöglich verstehen konnte. Andererseits war es auch völlig gleich, ob er verstand, was die beiden da redeten. Allzu viele Themen gab es nicht, die sie miteinander zu besprechen hätten.

Younas sah, wie sich das Gesicht des Mannes über seinem Uniformkragen zunächst misstrauisch verzog und sich dessen Blicke gleich darauf an Younas festsaugten. Ungläubig trat der Beamte an Bellini vorbei auf Younas zu.

Bellini, die Frau von der Zeitung, sagte: „In zehn Minuten ist Herrn Aris' Anwalt hier. Ich erwarte, dass Kriminalrat Becker Herrn Aris jetzt in Empfang nimmt und PERSÖNLICH für seine Sicherheit garantiert."

Der Beamte sah Bellini an, als rede sie in einer ihm unbekannten Sprache. „Dieser Kerl ist ein vierfacher Mörder. Was erwarten Sie von uns? Dass wir ihm in den Hintern kriechen, weil er so höflich war, sich freiwillig zu stellen?" Der Beamte war ein großer Mann mit einem Bauch, der straff über seinem Gürtel hing.

„Was ich erwarte? Dass man meinen Informanten vor den Beamten schützt, die ihn für den Tod von Dr. Stiller verantwortlich machen. Und kommen Sie mir jetzt bloß nicht damit, dass ihr nicht scharf darauf seid, ihn statt in eine Zelle, mit einer Kugel im Kopf in der Gerichtsmedizin zu entsorgen."

Der Beamte starrte Bellini entgeistert an.

„Das ist ja unverschämt! Das nehmen Sie gefälligst zurück! Wir sind keine Mörder. Wir sind die Polizei, verdammt noch mal ..."

Younas dachte daran, wie Bellini ihn vorhin lange offen angesehen hatte, bevor sie wortlos nach ihrer Strickjacke gegriffen und ihn mit deutlichen, langsam ausgesprochenen Worten dazu aufgefordert hatte, ihr entweder ins Präsidium zu folgen oder sofort wieder zu verschwinden.

„Aber", hatte sie hinzugefügt, „wenn Sie jetzt wieder auf die Straße gehen, kann es gut sein, dass man Sie erschießen wird. Verstehen Sie? Erschießen. Die Polizei meint nämlich, Sie hätten nicht nur diese vier Jungen, sondern auch Dr. Stiller, den Polizeipräsidenten, getötet."

Younas hatte ihre Worte lange in seinem Kopf hin und her gewendet, dann ihren Blick ebenso offen erwidert und sich dabei jedes Wort seiner Entgegnung sorgfältig überlegt.

„Ich hatte … Grund … Jungen … töten. Präsidenten kenn ich nicht. Keinen Grund bei ihm. Nicht töten Mann, wenn kein Grund. Ich … kein … Mörder. Ich habe … "

Er schämte sich dafür, dass er so lange brauchte, das rechte Wort zu finden.

„Gerechtigkeit … gemacht? So sagt man – gemacht?"

Bellinis Blicke blieben weiterhin strikt auf seine Augen gerichtet.

„Man sagt *Gerechtigkeit geübt*. Aber das ist egal. Ich weiß, WESWEGEN Sie es getan haben. Ich VERSTEHE Sie. Deswegen müssen wir zur Polizei. Jetzt gleich."

Zwar hatte er sich gefragt, woher sie wissen konnte, weswegen er diese vier Tiere getötet hatte, dennoch verstand er, dass sie Recht hatte – dass es Zeit war, zur Polizei zu gehen, um die Konsequenzen dessen zu tragen, was er getan hatte.

„Ich hier, um … erzählen … weshalb … bei Polizei kann ich immer noch."

„Das werden Sie danach tun. Nur müssen Sie zuvor einen Vertrag unterschreiben – Vertrag, verstehen Sie?"

Er verstand. Sie sah es ihm an.

„Darin steht, dass Sie mit keiner anderen Zeitung über Ihre Geschichte reden dürfen. Ist das in Ordnung für Sie?"

Er nickte. Langsam und überlegt.

„Gut. Dann gehen wir. Wir stellen Ihnen einen Anwalt."

Auf dem Weg hierher in ihrem kleinen schwarzen Auto hatte sie vier Mal telefoniert, aber ihn danach zaghaft angelächelt.

„Der Anwalt. Er ist gut. Und er wird Ihnen helfen. Vertrauen Sie mir."

Younas hatte ihr vertraut. Und bisher noch keinen Grund dazu gesehen, es zu bereuen. Deswegen saß er jetzt hier im Polizeipräsidium und hatte nicht nur Azizas und Sertabs finanzielle Zukunft abgesichert, sondern konnte auch sicher sein, dass man ihm hier zuhören würde. Und vielleicht verstand irgendeiner der Polizisten dann ja sogar, dass Younas Aris zwar vier Mal getötet hatte, aber nur deswegen nicht irgendein x-beliebiger Mörder war, sondern ein Mann mit Ehre und Prinzipien.

Aus den Augenwinkeln sah er einen großen schwarzen Mann mit stechend blauen Augen durch die Schwingtür die Halle betreten.

Bellini hatte ihn offenbar auch entdeckt. Sie sah nachdenklich oder vielleicht auch peinlich berührt zu ihm herüber.

„Hallo, Boyle."

Younas hätte schwören können, dass Bellini ihren Blick dabei um einen Hauch zu lange gesenkt hielt.

„Bellini – was tun Sie denn hier?"

Der Schwarze reichte Bellini nicht die Hand, obwohl er nicht so wirkte, als würde er Bellini verachten, oder es gar bereuen, sie nicht ignoriert zu haben, als er sie hier entdeckte.

„Darf ich vorstellen? Younas Aris – Ihr Killer."

Younas zuckte unwillkürlich zusammen, sowie er das Wort Killer hörte. Selbst wenn es so leise und vorsichtig ausgesprochen wurde, wie Bellini das eben getan hatte.

8 Uhr 12. Becker wirkte verletzlich, alt, zornig, müde und gefährlich – und zwar all das zugleich.

„Stiller ist tot. Ich glaube, dass du dabei gewesen sein musst. Stillers Frau erinnert sich, dass du ihn angerufen hast. Du warst der Letzte, mit dem er gesprochen hat. Ich will wissen, was passiert ist."

Becker hatte bestimmt nicht vor, Boyle ein Schlupfloch für irgendeine Ausrede offen zu lassen.

„Premuda hat ihn erschossen. Ich war zwar dabei, aber zu langsam, um Stiller zu Hilfe zu kommen."

Boyle spielte seine Karten aus, bevor Becker dazu kam, nachzusetzen.

„Stolze und Geist arbeiten für Halif Kahn. Seit Jahren schon. Und Tommy hat es herausgefunden."

Becker zuckte zusammen, jegliche Farbe wich aus seinem breiten Gesicht.

„Ich habe den Kanakenkiller unten gesehen. Zusammen mit Bellini. Premuda behauptet, Stolze und Geist hätten in Halifs Auftrag einen Deal mit Färber und Saleki geschlossen, den Kanaken zu vergiften, sobald er nach Santa Fu kommt. Vielleicht solltest du dafür sorgen, dass dort irgendwer mal klar Schiff macht. Wahrscheinlich ist das Zeug, mit dem sie es tun wollen, ja schon DORT."

Boyle war nicht sicher, ob Becker ihm glaubte. Aber das war egal. Er hatte getan, was er konnte, alles Weitere ging ihn nichts mehr an. Es sei denn, Färber und Saleki brachten den Kanaken tatsächlich um.

„Du hast Stiller dort herausgelockt, damit Premuda ihn umlegen konnte."

So etwas war zu erwarten gewesen.

„Ich habe Stiller nicht vor Premudas Pistolenlauf gelockt. Glaub es oder lass es."

Becker hatte sich so weit gefangen, um erneut sein Pokerface aufzusetzen.

„Du bist suspendiert. Du lieferst mir noch heute deinen Ausweis und die Waffe ab. Ich weiß von dem Koks. Und dem Deal, den du mit Teddy Amin und Premuda geschlossen hast. Du bist fertig."

Boyle lachte Becker aus. „Vergiss es, Becker. Hier ist mein Angebot an euch: Ich werde Bulldogges Stellvertreter und kriege seinen Job, wenn er in zwei Jahren in Pension geht. Dafür werde ich Bellini nichts von dem Kasinodeal verraten und ihr vor allem keine Kopien von Tommys Ermittlungsakten verkaufen."

„Du bist verrückt, Boyle."

„Versuch mir nicht einzureden, dass du es dir nicht genauso schon längst zurechtgelegt hättest. Wenn Bellini mit Tommys Akten die Bonzen im Präsidium zu schlachten beginnt, bist du genauso weg vom Fenster wie Klein und all die anderen. Sie ist unbestechlich und zu bekannt, als dass ihr irgendwas … sagen wir mal – Tragisches zustoßen dürfte. Und sie ist zu reich, als dass ihr sie oder ihre Zeitung mit einem Prozess drankriegen könntet. Ihr seid am Arsch, Becker, und ich bin der Einzige, der euren Ruf derzeit noch retten kann."

Boyles Blick kroch tiefer und tiefer in Beckers Augen. Was er da fand, gefiel ihm nicht. Vor allem deswegen, weil es immer schon dort gewesen sein musste, er sich aber all die Jahre, die er Becker kannte, eingeredet hatte, dass es nicht dagewesen sei. Es gab einen Begriff dafür: gnadenloser Opportunismus. Manchmal log man sich jenen Begriff auch zu einem anderen hinauf, der Korpsgeist hieß. Und ab und zu trank sich der ein oder andere Bulle nach dem Dienst in irgendeiner Kaschemme das salzige Gefühl auf der Zunge weg, das zurückblieb, wenn er sich einmal zu oft darauf eingelassen hatte, sich die Kollegen bessergeredet zu haben, als sie wirklich waren.

„Ihr habt zu viel zu verlieren, um Halif Kahn oder Premuda von der Straße zu räumen. Besonders Halif, weil der nämlich irgendwem in Berlin einen dicken Gefallen getan hat, als er diese Flüchtlinge in dem Container hat verrotten lassen."

Becker hielt Boyles Blicken nach wie vor stand.

„Und bevor du mich nach Stiller fragst: Er hat mich mit dem Koksdeal erpresst. Er hat verlangt, dass ich den Kanakenkiller umlege."

Boyle zündete sich eine Zigarette an.

„Gebt Bellini den Kanakenkiller und verkündet, Stiller hat aus Trauer um seinen Sohn Selbstmord begangen."

Becker war noch nicht so weit, darauf einzugehen. Oder zu stolz, um nicht wenigstens eine letzte Drohung anzubringen, bevor er sich ins Unvermeidliche fügte.

„Dein Deal funktioniert auch umgekehrt. Ich scheiß auf Bellinis Zeitung und streite einfach alles ab. Die Leute vergessen schnell. So viel Glück gehört nämlich gar nicht dazu, auf meinem Stuhl sitzen zu bleiben, bis sich der Sturm wieder gelegt hat. Mit Halif und Premuda konnte man sich noch immer vernünftig einigen. Nur du hättest dann ein Problem, weil dich im Knast bestimmt keiner vor ihnen schützen wird."

Boyle nahm die Zigarette aus dem Mund und rollte sie nachdenklich zwischen den Fingern.

„Womöglich fällst du ja die Treppe runter, bevor du an irgendein Telefon kommst. Schon mal daran gedacht?"

„Vielleicht", gab Boyle zu. „Aber eigentlich ziemlich unwahrscheinlich."

Beiden Männern wurde im selben Moment klar, dass Boyle mit seiner Vorhersage richtig lag. Becker war zu alt und abgebrüht, um es auf diese Art zu versuchen. Das war einfach nicht sein Stil.

Sie schwiegen. Irgendwann gab Becker auf.

„Du darfst nicht denken, dass es leicht für mich ist. Für mich genauso wenig wie für dich", sagte Boyle und blickte weiterhin an Becker vorbei.

„Falls du glaubst, dass du als Sieger diesen Raum verlässt, täuschst du dich, Boyle. Verrat war noch nie umsonst. Eines Tages wirst du dafür bezahlen. Und die Sorte Rechnung ist immer zu hoch."

Als Boyle Beckers Büro verließ, fühlte er sich trotzdem nicht ganz so dreckig, wie er es eigentlich erwartet hatte.

Als er ein paar Minuten später die Tür des Vernehmungsraums im zweiten Stock erreichte, erinnerte er sich daran, dass er, nur um wirklich sicherzugehen, besser Younas Aris' Anwalt darüber informieren sollte, dass Premuda befürchtete, Halif Kahn könnte einen Anschlag auf seinen Mandanten in die Wege geleitet haben.

8 Uhr 27. Der Dolmetscher sah aus, als hätte man ihn von einem Strand weggeholt, er trug ausgefranste Khakishorts und ein gelbes Muscle-Shirt. Mit den dünnen Beinen, dem langen Hals und der großen Nase wirkte er wie ein Storch.

Wenn er ein Storch war, dachte Younas, dann war Bellini mit ihren schräg stehenden, geheimnisvollen Augen eine eigenwillige Katze, sein Anwalt ein selbstgefälliger, langsam schwimmender Karpfen und Boyle, der schwarze Polizist mit den klaren blauen Augen und der durchtrainierten Figur, ein einsamer junger

Hai, zwar bedächtig, aber sich dabei auch stets seiner Kraft und Schnelligkeit bewusst.

Ein Storch, ein Karpfen, eine eigenwillige Katze, ein junger Hai und er selbst, was war er, Younas Aris? Ein angeschlagener grauschwarzer Bär, wie er sie als Kind aus den kahlen Bergen seiner Heimat kannte. Oder vielleicht nicht doch eher das regungslose Kaninchen vor der Schlange? Nein. Das nicht. Hier galt dasselbe wie draußen auf der Straße: Nur wer ständig in Bewegung blieb, hatte eine Chance davonzukommen. Also würde er in Bewegung bleiben.

Es half ihm, dass er mit dem Dolmetscher in seiner eigenen Sprache reden konnte, in der er sicher war, was die Worte wirklich bedeuteten, wann sie klar und eindeutig waren oder wann schillernd und mehrdeutig.

„Mein Name ist Younas. Younas, wie der Mann in der Bibel, den der Walfisch verschluckte", sagte Younas und ließ dabei seine Blicke bedächtig über die Gesichter im Zimmer wandern. „Ich war auch im Bauch eines Walfisches, bloß hätte ICH nie erwartet, dass er mich irgendwann wieder ausspucken würde. Doch das hat er getan."

Younas' Blicke konzentrierten sich auf Boyle, der ihm gegenüber an dem Tisch saß. „Glaubst du mir, dass ich im Bauch des Walfisches war und er mich trotzdem wieder ausgespuckt hat?"

Der Dolmetscher übersetzte Younas' Worte. Younas beobachtete Boyles Gesicht. Dieser Mann war weder dumm noch schien er voreingenommen, wie all die anderen hier, Bellini vielleicht einmal ausgenommen.

„Du weißt, weswegen ich das getan habe?"

Boyle nickte, sowie der Dolmetscher mit der Übersetzung durch war.

„Ich war bei euch", sagte Younas. „Und wollte eine Anzeige aufgeben. Ich wollte erklären, was diese Tiere meiner Tochter angetan haben. Aber ihr habt mir nicht zugehört."

Der schwarze Polizist ließ sich nur halbherzig auf Younas' biblische Andeutungen ein.

„Soweit ich weiß, war der Younas aus der Bibel ein zorniger Mann, der seinem Gott vertraute, aber von ihm bitter enttäuscht wurde. Bloß sind wir hier keine Götter, sondern Menschen. Und Menschen machen Fehler. Bestimmt war es falsch, was die Beamten getan haben, als Sie zu ihnen gingen, um die Vergewaltigung Ihrer Tochter anzuzeigen. Doch deswegen hatten Sie nicht das Recht, diese vier Jungen zu töten."

Der Dolmetscher übersetzte. Younas richtete seine Blicke auf ihn, sah aber, nachdem der Dolmetscher fertig war, wieder zu Boyle.

„Es gibt Dinge, die man niemals entschuldigen kann. Einem Mädchen gegen ihren Willen eine Colaflasche zwischen die Beine zu rammen, und das dann auch noch Nachtisch zu nennen, gehört dazu. Was hätte euer Gott von einem Jungen gehalten, der so etwas tut? Was ist das für ein Gott, der so etwas verzeihen könnte? Das ist jedenfalls nicht mein Gott, der zugelassen hat, was diese Tiere meinem Mädchen angetan haben."

Die Übersetzung zog sich etwas hin. Der Storch suchte offenbar nach den passenden Worten. In Bellinis großen braunen Augen blitzte hin und wieder bitterer Sarkasmus auf, während sie der Übersetzung des Storches lauschte.

„Mein Gott ist kein Gott für Feiglinge. Da, wo ich herkomme, ist das Leben härter als hier in eurer Stadt. Dort könnte man manchmal sogar auf die Idee kommen, dass sich selbst die Steine gegen einen verschworen hätten. In einer Gegend wie der tut selbst Gott besser daran, auf die Menschen zu vertrauen, als dass die Menschen gut daran täten, auf Gott zu setzen, um ihre Probleme zu lösen."

Younas machte eine Pause. Er sah von Boyle zu Bellini. Es war ihm wichtig, dass beide begriffen, was er jetzt sagte.

„Ich bin schon lange in eurem Land. Und bis gestern habe ich geglaubt, dass hier Dinge, wie man sie meiner Tochter angetan hat, nicht möglich sein könnten. Ich habe mich geirrt. Da ist noch ein Unterschied zwischen meinem Gott und eurem: Mein Gott hätte nie daran gezweifelt, dass er manchmal gegen den aufrichtigen Zorn eines einzelnen Mannes vollkommen machtlos ist."

Younas war nicht sicher, ob der schwarze Polizist

ihn verstanden hatte. So verstanden hatte, wie er wollte, dass seine Worte verstanden werden sollten. Bellini hingegen hatte begriffen, was er sagen wollte. Da war er sicher.

Der Anwalt wandte sich an Boyle. „Nun gut – wenn wir jetzt die philosophische Komponente soweit geklärt hätten, möchte ich doch ganz gern hören, worauf sich der Haftbefehl gegen meinen Mandanten konkret stützt?“

Boyle reagierte nicht. Niemand im Zimmer konnte ahnen, was Younas' Sätze von Zorn und Göttern in Boyle hervorgerufen hatten: Das Bild eines blutigen Herzens, das man einem toten Mann in einem Kühlhaus zu Füßen gelegt hatte.

Halifs Geschäft war nicht Philosophie. Halifs Geschäft waren Waffen, Drogen, Politik und Mord. Zumindest so lange, wie der so billig zu haben war wie von Younas Aris, der zwar unbeirrbar an die Härte seines Gottes glaubte, aber so sehr vor der der Menschen erschrak, dass er eher aus Verzweiflung als blindem Zorn heraus, gleich vier von ihnen getötet hatte.

Boyle hatte selbst ein paar Mal zu oft faule Kompromisse geschlossen und sich dann in Ignoranz geflüchtet. Doch heute war es damit vorbei. Wenigstens für einen einzigen Tag. Was allerdings noch immer nicht hieß, dass er es fertigbrachte seelenruhig dabei zuzuschauen, wie Halif Kahn sich aus jeder Verantwortung stahl. Das hatten in dieser Affäre bereits zu viele getan.

9 Uhr 35. Younas hatte Boyle seine Geschichte erzählt und ihm danach bereitwillig seine wenigen Fragen beantwortet. Der Dolmetscher verrichtete routiniert seine Arbeit. Bellini hielt sich vornehm zurück und selbst der Anwalt hatte sich kaum einmal zu einem der üblichen Spielchen hinreißen lassen. Es war still geworden in dem kleinen Vernehmungszimmer.

„Halif Kahn hat Sie kalt lächelnd benutzt, das ist Ihnen doch hoffentlich klar."

Younas' Blick wurde undurchdringlich.

„So kann man das sehen", übersetzte der Dolmetscher.

Boyle hatte keinen aufbrausenden Sturm in Younas erwartet. Dazu war der Mann zu intelligent und sein Pokerface zu glatt. Aber ein wenig mehr als dieses ausdruckslose Starren hätte dennoch drin sein sollen.

Es klopfte.

Die Tür wurde geöffnet.

Haffner betrat den Raum. Der Anwalt nickte ihm respektvoll zu, Bellini sah zur Seite und Boyle, der mit dem Rücken zur Tür saß, widerstand dem Drang, sich nach Haffner umzusehen.

„Hauptkommissar Boyle. Ich muss Sie sprechen. Unter vier Augen. Es ist dringend."

Boyle erhob sich und teilte dem Mikrofon in der Mitte des Tisches mit, dass er die Vernehmung des Beschuldigten Younas Aris unterbrach.

Haffner hielt Boyle die Tür auf. Beide traten nach draußen in den von Morgenlicht durchfluteten Flur.

„Ich weiß nicht, woher du es wusstest und es ist mir auch egal. Aber sie haben gerade eben aus Santa Fu angerufen. In Färbers Zelle war ein Mobiltelefon versteckt. Und sie haben eine Dosis Strychnin bei ihm gefunden." Haffner tat gar nicht erst so, als habe er seine Meinung über Boyle revidiert. „Ich hab von deinem Geschäft mit Becker gehört. Du hast also Tommy Grafs Akten gefunden, was?"

Haffner zog die Augenbraue hoch, was seinem Bulldoggengesicht den Ausdruck eines gereizten Jagdhundes verlieh. Seine kleinen Augen kochten und seine breiten Lippen waren zu einem missbilligenden Strich zusammengepresst. „Stimmt es, dass du bei Stiller warst, als er sich angeblich erschossen hat?"

„Und?"

„Vielleicht glaubt dir Becker ja. Vielleicht WILL er dir ja auch glauben. Aber ich weiß, dass du es warst, der ihn erschossen hat. Irgendwann krieg ich dich dafür dran."

Das war keine Drohung, sondern ein Versprechen. Andererseits war Boyle von Anfang an klar gewesen, dass die Abmachung, die er mit Haffner in Tommys Wohnung getroffen hatte, nur eine sehr geringe Halbwertzeit haben konnte.

„Ich weiß, dass Halif Kahn das Ding mit dem Container aus Lagos gedreht hat", sagte Boyle. „Er hat es für irgendeinen Diplomaten in Berlin getan. Die Amis steckten dahinter. Die sind in Nigeria dick im Ölgeschäft und fürchten sich vor einer richtigen

Regierung dort, weil die ihnen dann die Preise diktieren oder sogar einen größeren Anteil fordern könnte. Die meisten der Toten im Container waren Dissidenten, die gewissen Geschäftsinteressen im Weg waren."

„Kannst du irgendwas davon beweisen?"

Boyle schüttelte bedauernd den Kopf.

„Nein. Aber selbst wenn, das ist einer von den Fällen, die sowieso nie vor Gericht landen, weil keiner der Bosse sich das leisten kann."

Boyle wandte sich wieder der Tür zu.

Haffner blickte ihm unentschlossen nach.

„Ich will nichts von dir, Haffner", sagte Boyle, bevor er die Klinke herunterdrückte. „Vielleicht mal abgesehen davon, dass du mir glaubst, dass ich die Schweinerei mit den Toten im Container genauso zum Kotzen finde wie du."

Haffner glaubte Boyle nicht. Und Boyle stellte fest, dass er eine ganze Menge dafür gegeben hätte, dass es nicht so gewesen wäre.

9 Uhr 50. Der schwarze Polizist war fertig mit ihm. Er hatte Younas gefragt und Younas hatte auf jede seiner Fragen so gut es ihm möglich war geantwortet. Er hatte den Mann kaum aus den Augen gelassen, und auch wenn Bellini, der Anwalt und der Dolmetscher zusammen mit ihnen hier in dem Zimmer gewesen waren, hatte Younas doch ab einem bestimmten Moment immer wieder das Gefühl, dass sie beide allein gewesen seien, er und dieser Bulle.

Younas fragte sich, ob der Polizist ihn verstanden hatte. Ihm nicht einfach nur zugehört, sondern wirklich verstanden hatte, so wie er verstanden werden wollte.

Doch vielleicht war es auch gar nicht so wichtig, dass dieser Fremde Younas verstand. Vielleicht war alles, was jetzt noch zählte, dass die Leute draußen auf der Straße erfuhren, dass er zwar ein Mörder war, aber trotzdem kein eiskalter Killer.

„Draußen warten Ihre Frau und Ihre Tochter. Ich gebe Ihnen zehn Minuten mit ihnen. Allein. Hier in diesem Zimmer."

Der Anwalt zog die Augenbrauen hoch und Bellini besah sich ihre Fingernägel.

„Was … du … haben dafür?", fragte Younas und benutzte dafür zum ersten Mal, seit er in diesen Raum gekommen war, die Sprache dieses Landes.

„Nichts."

Younas konnte das kaum glauben. Trotzdem sah der schwarze Polizist aus, als hätte er die Wahrheit gesagt. In dem Augenblick, als er das begriff, fühlte er sich beschämt.

„Dann … Danke …"

Der schwarze Polizist gab den anderen einen Wink, ihm zu folgen und ging zur Tür.

Younas blieb für einen Moment allein. Sein Kopf war wie leergefegt und dennoch wusste er, er hätte es jetzt nicht ertragen, sein Gesicht in einem Spiegel sehen zu müssen.

„Oh Gott", flüsterte Aziza erschrocken, sowie sie

das Zimmer betrat und Younas ohne Haare und Bart sah. In diesen Kleidern, die ihm nicht passten.

„Wir haben nur zehn Minuten. Hör zu. Du musst etwas für mich tun. Etwas, das dir nicht gefallen wird“, sagte Younas leise und sah Aziza aus erloschenen Augen an. Plötzlich begriff er, dass der schwarze Bulle gelogen hatte, als er ihm sagte, dass er keine Gegenleistung für dieses kurze Treffen mit Aziza erwartete.

Über Younas' dunkle Augen huschte ein Leuchten.

10 Uhr. Bellini steckte sich neben dem Aufzug und unter einem Rauchverbotsschild eine Zigarette zwischen die Lippen. Boyle zündete sie an.

„Stiller ist tot.“

Bellini zog an der Zigarette.

„Ich hab davon gehört. Kein allzu herber Verlust.“

Boyle nahm sich selbst eine Zigarette aus Bellinis Schachtel.

„Sie können Ihre Killerstory haben, sagt Becker. Aber nichts über Stiller. Jedenfalls nichts, was der Wahrheit auch nur im Entferntesten nahe käme.“

„Das überrascht mich dann doch. Betätigt sich Kriminalrat Becker neuerdings als Chefredakteur meiner Zeitung oder wie kommt er sonst darauf, dass er mir vorschreiben dürfte, worüber ich zu berichten habe?“

„Schlagen Sie nicht auf den Boten ein, wenn Sie etwas gegen den Absender haben.“

„Sie sehen nicht so aus, als ob Sie irgendetwas gegen Beckers Anweisung einzuwenden hätten. Was mich offen gestanden noch mehr verwundert als Beckers Anmaßung, mir in meine Arbeit hereinreden zu wollen. Soweit ich mich erinnere, hatten Sie und ich eine Abmachung. Und zwar einzig Sie und ich. Von Becker war darin nie die Rede."

Boyle holte tief Luft und sah an Bellini vorbei.

„Ändern wir unsere Abmachung. Den Kanakenkiller haben Sie auch ohne uns exklusiv. Den Kasinodeal vergessen Sie, und ich gebe Ihnen dafür etwas Besseres."

Bellinis Blick wurde tiefer und härter zugleich.

„Weshalb hab ich von Anfang an geahnt, dass Sie umfallen würden, Boyle?"

„Ach kommen Sie schon, Bellini. Hören Sie sich doch erst mal an, was ich habe, bevor Sie schon wieder anfangen, auf mir herumzuhacken."

Bellini stieß einen leisen Pfiff aus. „Oh, der arme kleine Bulle, besser man hat Mitleid mit ihm, wo er doch die ganze letzte Nacht hindurch so tapfer für Freiheit und Recht gestritten hat."

Boyle fand Bellinis Sarkasmus nur schwer erträglich, war aber andererseits selbst schuld daran und steckte ihn daher mit einer lahmen Grimasse widerstandslos weg.

„Diese Toten in dem Container vor ein paar Jahren, erinnern Sie sich?"

Bellini deutete ein huldvolles Nicken an.

„Ich sorge dafür, dass Haffner Ihnen unter der Hand die Akten zu dem Fall zukommen lässt."

„Die hab ich mir schon kopiert, während eure SoKo dazu noch ermittelt hat." Bellini zog ein paar Mal schweigend an ihrer Zigarette. „Menschenhandel interessiert heutzutage keine Sau. Lassen Sie sich was Besseres einfallen, um mich herumzukriegen."

„Das war kein Menschenhandel, Bellini, sondern sollte bloß danach aussehen. Bestellt hat den Container irgendein Häuptling beim Auswärtigen Amt in Berlin, im Auftrag eines anderen Häuptlings in Washington. Dafür bezahlt hat ein Clanchef in Lagos und verschifft hat ihn Halif Kahn. In Berlin hält man seitdem die Hand über ihn."

Bellini warf die halbgerauchte Zigarette zu Boden und trat sie aus. „Für einen Oberbullen sind Sie erstaunlich naiv, Boyle. Sie waren doch über ein Jahr Presseonkel in diesem Laden. Wenn ich diese Story bringen soll, brauch ich handfeste Beweise. Und bis ich die habe, gilt unsere Abmachung. Also, lassen Sie sich entweder etwas einfallen, womit Sie mir diesen Containerfall beweisen oder sehen Sie zu, wie ich ab morgen früh Stillers heiliges Andenken in meiner Kolumne schlachte. Und vielleicht bin ich dann sogar sauer genug, ein paar Andeutungen darüber fallen zu lassen, WER seinerzeit WEM die Informationen für den Überfall auf die LKA-Männer vermittelt hat."

Bellini sah Boyle unverfroren geradeheraus an. Boyle sagte nichts. Er wusste nicht, was er hätte sagen sollen.

„Vor ein paar Jahren hat mir ein Kollege von Ihnen

mal gesagt: Macht sei immer die Angst der anderen. Damals hatten diese anderen noch Angst vor euch. Aber heute habt IHR ANGST VOR DENEN. Und das gefällt mir nicht", sagte Bellini, hob ihren Kopf und zog ihre Nase kraus. „Riechen Sie das … so riecht es im ganzen Haus."

Boyle sah ihr wortlos zu, ohne zu ahnen, worauf sie hinauswollte.

„Angst, Boyle. Es riecht nach Angst hier. Nur ist das Polizeipräsidium so ziemlich der letzte Ort in dieser Stadt, an dem es nach Angst riechen sollte, finden Sie nicht?"

Klingelnd öffneten sich die Aufzugstüren.

Boyle wies mit der glimmenden Spitze seiner Zigarette auf Bellini. „Deshalb setzen Sie seit Jahren auf Premuda, oder? Weil Sie meinen, er ist derjenige, wegen dem es hier angeblich so sehr nach Angst riecht? Ist es das?"

Bellini stellte einen Fuß zwischen die Aufzugtüren. „Keiner in dieser Stadt kann Premuda so sehr hassen, wie Becker das tut. Und trotzdem hat Premuda Stiller vor Ihren Augen erschossen, ohne befürchten zu müssen, dafür auch nur einen einzigen Tag in den Knast zu wandern. Meinen Sie, Becker wüsste nicht, was mit diesen Leuten damals in dem Container passiert ist, und wer da in Berlin seinerzeit zur Feier des Tages eine Flasche geköpft hat?"

Bellini trat in den Aufzug.

Aber Boyle konnte sie nicht einfach so gehen lassen. Als Siegerin. Dazu hatte er vorhin für seinen eigenen Sieg in gewisser Weise nämlich zu viel bezahlt.

„Und Sie, Bellini – was ist mit *Ihrer* Angst? Premuda wird nicht ewig leben. Was dann? Haben Sie sich das schon mal gefragt?"

Bellinis flacher Lederschuh hinderte die Aufzugtüren daran zusammenzuschlagen.

„Sie verdammter Heuchler! Sie haben noch vor ein paar Minuten in dem Vernehmungszimmer dafür gesorgt, dass dieses arme Schwein aber auch ganz sichergehen durfte, dass Halif Kahn es war, der ihn verraten und benutzt hat. Meinen Sie, das wäre mir entgangen? Irgendwie hoffen Sie, wird Younas Aris schon dafür sorgen, dass Halif für seinen Verrat an ihm zur Rechenschaft gezogen wird. Und zwar am besten auf dieselbe Art, wie Aris es diesen vier toten Jungen besorgt hat. Verarschen Sie mich nicht, Boyle. Das hab ich Ihnen schon mal gesagt."

Boyle wusste, dass sie Recht hatte – mit allem. Und er ertrug es nicht. Er fiel aus seiner Rolle.

„Meinst du, das macht mir Spaß, Bellini?"

Bellinis Schuh blieb, wo er war.

„Nein, aber ich hasse es, Nachrufe auf Leute schreiben zu müssen, die ich mal mochte. Und du, Boyle, bist derzeit der heißeste Kandidat für den nächsten Nachruf, den ich zu schreiben habe. Das ist der einzige Grund, weshalb ich dich nicht jetzt gleich fertigmache wie ich eines Tages Becker und Klein und all die anderen Bonzen hier fertigmachen werde."

Die Aufzugtüren glitten zusammen. Boyle stellte im letzten Moment seinen Fuß dazwischen.

„Halif importiert Kindersoldaten aus Sierra Leone und Nigeria, um hier Mordaufträge für ihn auszuführen."

Er sah Bellini an. Einen Moment stand sie es durch. Dann schüttelte sie den Kopf. „Du lügst, Boyle. Lügen erniedrigt. Jedenfalls solange man nicht wirklich mit dem ganzen Herzen dabei ist."

Boyle zog seinen Fuß zurück. Die Lifttüren glitten zu. Boyle blieb mit dem Echo ihrer Worte allein zurück.

10 Uhr 48. Sie hatten Younas Handschellen angelegt und ihn durch einen schmalen Flur zu einer Treppe geführt, die er zwischen ihnen herabgestiegen war. Das hier war der Innenhof. Zwei Reihen Polizeiwagen, die Fenster der unteren beiden Stockwerke vergittert und ihnen gegenüber ein hohes, giftgrün gestrichenes Stahltor, bei dem ein gepanzerter Gefangenentransporter stand. Sein Taxi in den Knast.

Younas hatte den Vertrag, den Bellini ihm gereicht hatte, unterschrieben. Sie würde ihn in zwei Tagen zusammen mit dem Anwalt im Gefängnis besuchen kommen, um sich von ihm seine Geschichte noch einmal anzuhören, und ihre Fragen zu stellen. Aziza und Sertab würden mit dem Geld, das Bellini ihnen dafür zahlte und ihren Ersparnissen genug zum Leben haben und wahrscheinlich sogar genug, um ein

Restaurant zu pachten, wie sie das so lange schon geplant hatten.

Vielleicht hatte der Anwalt gelogen, als er sagte, dass man Younas nicht wegen Mordes, sondern Totschlags anklagen würde, und er daher gute Chancen hatte, in ungefähr sechs bis acht Jahren zum ersten Mal Freigang vom Gefängnis zu erhalten. Dann wäre er um die fünfzig. Das war nicht wirklich alt. Aber wahrscheinlich redete er sich das alles nur ein. Wahrscheinlich würden sie ihn niemals wieder einen Fuß auf eine ganz normale Straße setzen lassen.

Der schlanke schwarze Polizist stand ein paar Meter vor dem Gefangenentransport und sah ausdruckslos zu ihnen herüber.

„*Parlez-vous français*?", fragte der schwarze Polizist, als sie an ihm vorbeimarschiert waren.

Die beiden Beamten, die Younas in ihre Mitte genommen hatten, blieben stehen und Younas sah sich nach dem Mann, dessen Name Boyle war, um.

„*Oui.*"

Boyle blickte Younas eindringlich in die Augen. Die beiden Beamten wurden unruhig. Schien, als mochten sie Boyle nicht sonderlich, waren aber nicht mutig genug, ihn einfach zu ignorieren.

„Besser als deutsch?", fragte Boyle auf Französisch. Younas zuckte die Achseln und nickte leicht.

„Gut. Da ist etwas, das ich Sie noch fragen muss. Niemand kann Sie zu einer Antwort zwingen. Es wäre eine Art Gefallen, den Sie mir erweisen. Okay?"

„Sicher. Fragen Sie.“

„War es das wert? Diese vier Jungen zu töten. Macht es das, was sie Ihrer Tochter angetan haben, nur um einen Hauch erträglicher?“

Younas dachte darüber nach. Er war entschlossen, nicht zu lügen. Was immer er antworten würde, sollte die Wahrheit sein oder ihr zumindest so nahkommen, wie nur irgend möglich.

„Nicht für Sertab, falls Sie das meinen. Vielleicht für meine Frau. Und ganz sicher für mich. Obwohl ich das zu Anfang bestimmt nicht erwartet hätte.“

„Also haben Sie es am Ende nur für sich selbst getan?“

Younas dachte diesmal kaum eine Sekunde nach.

„Das ist nicht die Frage. Ich war schon einmal im Gefängnis. Nicht hier, sondern dort, wo ich herkomme. Im Gefängnis lernt man Dinge, die man nirgendwo sonst lernt. Zum Beispiel lernt man etwas über Grenzen. Und darüber, dass man, hat man sie erst mal überschritten, niemals wieder wirklich zurückkann. Diese vier Tiere – sie hätten gute Chancen gehabt, vor Gericht damit davonzukommen, nicht?“

Boyle dachte darüber nach, wie hoch die Chancen der Tochter eines türkischen Bauarbeiters gewesen wären, trat sie vor einem Gericht gegen die Söhne von Polizeipräsidenten und honorigen Unternehmern an.

„Vielleicht.“

„Nicht vielleicht. *Bestimmt.* Und danach hätten

sie es wieder getan. Immer wieder. Weil sie über die Grenze hinaus waren und wussten, dass sie damit durchkommen, solange, bis irgendwer sie auf dieselbe Art gestoppt hätte wie ich."

Boyle wandte sich ab.

Die beiden Beamten schoben Younas zur Tür des Gefangenentransports.

Dumpfer Gestank nach kaltem Zigarettenrauch und Schweiß schlug ihm entgegen, sobald er das dunkle Innere des Transporters betrat.

Epilog

5. September 2000, 11 Uhr 03 – 20 Uhr 30

11 Uhr 03. Boyle hatte sich ein Taxi nach Hause genommen. Durch die Wagenfenster sah er die Kollegen in den giftgrünen BGS-LKW zum Bahnhof und in die City rollen. Im Radio spekulierte man über die Todesfälle der vergangenen Nacht. Boyle lehnte sich in den Sitz zurück und schloss die Augen.

Es war vorbei.

Er hatte gepokert, geblufft, gedroht und letztlich den Hals aus der Schlinge gezogen. Keiner würde jetzt noch ihn oder Teddy Amin wegen des Koksdeals anklagen. Stiller war tot und Becker neutralisiert.

Als er den Fahrer bezahlte und vor seinem Haus aus dem Wagen stieg, vermied er es, das Plakat mit seinem lächelnden Gesicht am Bauzaun gegenüber anzusehen.

Es gab Dinge, die nach dieser Nacht noch weniger zu ertragen waren als zuvor.

Tommy Graf war tot, einem Mann namens Ryschkow hatte man in einem Kühlhaus sein Herz zu Füßen gelegt und Premuda würde genauso weitermachen wie zuvor.

Boyle hatte in Aziza Aris' Augen gesehen, nachdem sie vorhin das Vernehmungszimmer verlassen hatte. Boyle mochte tatsächlich kein Killer sein, doch hatten weder Premuda noch Halif oder Becker jemals ernsthaft mit Aziza Aris gerechnet. Wie lange es auch immer dauern würde und wie immer sie es auch anstellte, Boyle war überzeugt, dass für Halif Kahn von heute Morgen an die Uhr schneller zu ticken begonnen hatte. Und Boyle hatte Younas Aris die Gelegenheit dazu gegeben, Aziza auf Halif anzusetzen.

Objektiv betrachtet hatte er keinen Grund für irgendwelche Ängste. Doch Boyles Sicherheit beruhte nur auf einem fragilen Gleichgewicht, das jederzeit wieder verloren gehen könnte. Und vielleicht war es nur noch eine Frage von Stunden, bis Halif Kahn irgendwo in Istanbul zu einem Telefon griff und in Sierra Leone oder Nigeria oder sonst wo am Arsch der Welt einen kleinen schwarzen oder gelben oder roten oder grünen Kindersoldaten bestellte, dem man auf irgendeinem Flughafen Boyles Bild zeigte, in einen Flieger nach Hamburg setzte und ihm dann hier irgendwo in einem Parkhaus oder Hinterzimmer eine Waffe aushändigte.

Boyle fiel wie ein Toter im Wohnzimmer auf die Couch. Alles, was er jetzt noch empfand war eine unendlich lähmende Müdigkeit.

Weder hörte er die Rufe der Demonstranten um den Bahnhof noch registrierte er später etwas von den ersten fliegenden Pflastersteinen und Molotowcocktails in der Innenstadt, und dass ihm Stunden später eine weiche Hand sanft über das Gesicht strich, nahm sein Hirn für Teil eines Traumes. Doch es war kein Traum. Etwas brachte ihn dazu, die Augen aufzuschlagen.

„Im Radio und dem Fernsehen kündigen sie seit heute Morgen eine Riesenstory über einen vierfachen Mörder an. Der Polizeipräsident hat Selbstmord begangen und in der City ist die Hölle los. Es hat eine Menge Schwerverletzte gegeben. Angeblich denkt der Innensenator darüber nach, eine Bundeswehreinheit einfliegen zu lassen."

Die Berührung ihrer Hand auf seinem Gesicht. Ihr Aroma aus Wärme, Sex und so etwas wie einer Spur kalten Zigarettenrauches.

„Ich habe noch nie solche Angst gehabt, Boyle."

Ihre Augen mit diesem eigenartigen Stich ins Gelbliche sahen ihn mit einem Ausdruck an, in dem im Gegensatz zu ihren Worten, erstaunlicherweise keine Spur von Angst zu erkennen war.

„Ich kann bleiben oder wieder gehen", flüsterte sie und zog ihre Hand zurück.

„Würdest du wiederkommen?"

„Alles hat Grenzen."

Er dachte keinen Augenblick darüber nach.

„Dann bleib."

Er legte ihr die Arme um den Hals und zog sie zu sich auf die Couch. Als sie ihn zu küssen versuchte, hielt er sie zurück.

„Ich muss dir etwas sagen. Es gibt eine gute und eine schlechte Nachricht. Die schlechte ist, dass ich seit letzter Nacht ganz oben auf Premudas Abschussliste stehe. Halif Kahn weiß, dass ich dafür gesorgt habe, dass er in große Schwierigkeiten geraten ist und Becker im Präsidium würde keinen Finger rühren, um mir zu helfen, falls irgendeiner von denen Ernst machen sollte."

Sascha bedachte ihn mit einem Blick, der ihn, weshalb auch immer, an Bellini erinnerte.

„Und was ist die gute Nachricht?"

„Ich hab ein paar hunderttausend Franken auf einer Schweizer Bank gebunkert."

Saschas Blick blieb unergründlich. Vielleicht hatte sich Boyle mehr von seiner Eröffnung erwartet. Andererseits spielte es von dem Moment an, da sie ihre Bluse aufzuknöpfen begann, auch keine Rolle mehr.

14 Uhr 03. Younas war erstaunt darüber, dass er so wenige Stunden nach seiner Überstellung in die Haftanstalt bereits Besuch empfangen sollte. Der Anwalt, dachte er. Doch der Mann, der ihn in dem kahlen Raum hinter der Stahltür erwartete, sah ganz und gar nicht wie ein Anwalt aus.

„Mein Name ist Teddy Amin. Vielleicht hast du irgendwo schon mal von mir gehört", sagte Teddy und wies Younas lächelnd einen Platz an dem zerkratzten Holztisch zu, der zusammen mit zwei wackeligen Bürostühlen, die einzige Einrichtung bildete. Es hatte Teddy Amin stolze 500 Mark gekostet, den Oberschließer der Haftanstalt dazu zu bringen, ihm diese Unterredung mit Younas Aris zu verschaffen.

„Ich weiß, dass du ein Problem mit Halif Kahn hast. Es könnte sein, dass ich die Lösung dazu bin."

Younas nahm misstrauisch Platz.

„Ich weiß nicht … was … du meinen", entgegnete er in seinem stockenden Deutsch.

Teddy wechselte nahtlos ins Französische, weil Bellini ihm berichtet hatte, dass Younas Aris es besser beherrschte als Deutsch. Teddy hatte es von seinem Vater gelernt, der darauf bestand, dass sein Sohn wenigstens zwei Fremdsprachen lernte, falls die Zeiten sich einmal wieder ändern sollten und es für Juden gesünder war aus diesem Land zu fliehen. So wie Teddys Großvater einst geflohen war. Teddy hielt sich etwas darauf zugute, dass sein Französisch besser war als das Boyles, der es in der Schule gelernt hatte.

„Ich weiß, wie du dich fühlen musst. Ich war selber schon mal 'n paar Jahre hier. Ich soll dir Grüße von Francesca Bellini ausrichten. Du kannst sie anrufen, wenn ich wieder weg bin. Sie wird für mich bürgen. Und wenn dir das noch nicht reichen sollte, könntest du auch mit Boyle sprechen, dem Bullen von der Mordkommission."

Younas versuchte vergeblich in Teddy Amins Augen irgendetwas zu finden, dass sein instinktives Misstrauen ihm gegenüber gerechtfertigt hätte.

„Glaubst du mir?"

Younas schüttelte den Kopf. „Aber wenn ich schon mal Besuch habe … sag, was du zu sagen hast."

Teddy war mit einem Lächeln an der Reihe.

„Kennst dich aus, was, mein Freund."

Younas grinste schief.

„Die Wachteln hier haben Sendepause, solange wir uns hier unterhalten, capisce?", meinte Teddy und stellte mit einem kurzen Grinsen fest, dass Younas sehr genau verstand, wovon er sprach. Schien als hatte der Kanakenkiller sein Französisch nicht nur auf einer Schule gelernt. Sonst hätte er nicht wissen können, das Teddy mit dem Begriff Wachteln, die Schließer meinte.

„Also hör zu: Kommt dir hier irgendwer blöd, dann geh zu einem Typen namens Sergej Iwanow. Das ist ein Freund von mir. Er wird das für dich regeln. Du kannst ihm vertrauen."

Younas war immer noch nicht klar, was dieser eigenartige Kerl von ihm wollte, andererseits schien er sich mit den Regeln im Knast so gut auszukennen, als sei er tatsächlich schon mal hier gewesen.

„Was du willst dafür?"

Teddy sagte es ihm. Einige Zeit herrschte Schweigen. Dann stand Younas wortlos auf, ging zur Tür und klopfte, bis einer der Schließer erschien, um ihn zu seiner Zelle zurückzubringen.

Teddy Amin blieb einen Moment allein zurück. Rauchte seine Zigarette zu Ende und dachte darüber nach, dass sein bester und wohl einziger Freund Lewis Boyle vielleicht einen guten Gangster abgeben würde, aber über ein bestimmtes Handicap einfach nie hinwegkommen konnte: Er war nun mal kein Killer. Für einen Bullen war das auch ganz in Ordnung so. Nur hörte der Spaß genau dort auf, wo Boyles Zögern Teddy Amins Geschäfte und persönliche Sicherheit berührten.

Aris' Frau war Halifs Nichte. Und so wie Teddy das sah, zählte sie bestimmt zu den Traditionalisten. Sie würde tun, was ihr Mann ihr befahl. Zum Beispiel für ein paar Monate so tun, als hätte sie keine Ahnung davon, dass Halif sie und Younas verraten hatte. Dann irgendwann, wenn Halif ganz bestimmt keinen Verdacht mehr schöpfte, würde sie Teddy den Tipp für den perfekten Zeitpunkt geben, an dem er Halif abknallen lassen konnte. Man würde sie vielleicht verdächtigen. Womöglich sogar auch Teddy in dem Zusammenhang befragen. Aber Boyle würde bis dahin auch offiziell Oberbonze bei der MoKo sein und ganz sicher irgendwas drehen können.

Die Stadt war lange schon reif für gewisse Veränderungen und Teddy hatte sich im Stillen längst die nötigen Mittel für eine Übernahme von Halif Kahns Anteil am Drogenkuchen beschafft.

Wer hätte gestern Nacht noch gedacht, dass es ausgerechnet der Kanakenkiller sein sollte, der Teddy den entscheidenden letzten Schritt zur Übernahme von Halifs Geschäften zuspielen würde?

Während Teddy über den Parkplatz zu seinem BMW ging, dachte er an die Zeit vor all dem hier zurück, damals, als Boyle und er noch nichts weiter waren als zwei naive Jungs, die sich ihren Testosteronüberschuss in einem Boxclub in Wandsbek abarbeiteten.

Boyle war ein guter Boxer gewesen. Er hatte den Körperbau und die Schnelligkeit, auch den nötigen Mumm, der dazugehörte, zu irgendeinem Fremden in den Ring zu steigen, um dem die Fresse zu polieren. Boyle hatte unterm Strich sogar ein paar Kämpfe mehr gewonnen als Teddy. Wenn seine Fights vorbei waren, klatschten die Zuschauer. Boyle gewann seine Kämpfe nach Punkten.

Doch sobald Teddy in den Ring stieg, grölten sie „Mach ihn alle!" und hofften auf Blut.

Teddy gewann seine Fights durch K. o. Immer.

Er startete den BMW. Aus dem Radio dröhnte irgendeine Popschnulze. Teddy erinnerte sich, damals hing manchmal ein fetter alter Kerl mit Blumenkohlohren in dem Boxgym herum und sah den Sparringfights zu.

Irgendwann hatte der ein paar Bierbüchsen aufgerissen, an die Jungs verteilt und erzählt, er hätte in Las Vegas damals gesehen wie Sonny Liston Floyd Patterson in der ersten Runde mit dem schnellsten K. o. der Geschichte niedergeschlagen hatte.

Patterson, meinte der fette alte Kerl, sei der Liebling aller gewesen. Sonny Liston war ein Straßenfighter, brutal, schnell und absolut erbarmungslos. Einer, der sich mit den Mafiatypen herumtrieb und im Knast gesessen hatte.

Irgendwann, viele Jahre später, als er alt und fertig war, nachdem Muhammad Ali ihm nicht nur den Titel, sondern auch den Schneid abgekauft hatte, sagte Liston zu einem Reporter: „Eines Tages wird mal wer 'nen Bluessong nur für Boxer schreiben. Für langsame Gitarre, leise Trompete und einen Gong."

Teddy hatte keine Ahnung, ob der alte Kerl das damals nur erfunden hatte. Sonny Liston war jedenfalls nie zu seinem Song gekommen. Eine Eintragung in ein Register, ein paar Magazinartikel, Fotos und die unzuverlässigen Erinnerungen eines fetten alten Kerls mit Blumenkohlohren waren alles, was von Sonny blieb.

Dem Kanakenkiller würde es genauso gehen. Ein paar Zeitungsartikel, vielleicht sogar eine Fernsehreportage, aber dann hatte es sich auch wieder.

Teddy dachte, dass sich eigentlich immer noch nichts geändert hatte. Boyle gewann seine Fights immer noch nach Punkten. Teddy gewann sie durch K. o.

Die Welt war verrückt.

18 Uhr 09. Sascha lag eingerollt wie ein Baby neben ihm im Bett. Er sah ihre Brüste, die sich auf und ab bewegten und hörte auf all jene erstaunlich vielfältigen winzigen Geräusche, die sie auch im Schlaf noch verursachte. Irgendwo in ihrem Bauch wuchs ein Wesen heran, das einen Teil von ihm in sich trug. Nach wie vor war ihm der Gedanke daran fremd, doch begann er zu ahnen, dass es nicht immer so bleiben würde.

Er setzte sich auf, schob Saschas Arm von seinem Bauch und steckte sich eine Zigarette an.

Hinter dem dünnen Vorhang seines Schlafzimmerfensters ging die Sonne in einem Schleier aus orangegelb und rot allmählich unter.

Sascha stieß ein Geräusch aus, das sich wie der wohlige Seufzer eines kleinen Kindes anhörte.

Die brennende Zigarette zwischen den Lippen, schälte sich Boyle aus dem Bett und ging zum Wohnzimmer, wo er vorhin seine Sachen abgeworfen hatte.

Da war immer noch etwas offen, eine Sache, die plötzlich keinen Aufschub mehr duldete.

Dort am Boden, zwischen seinem Hemd und Saschas Hosen, lag Teddy Amins Pistole. Nackt wie er war, hob er sie auf, entsicherte sie und trat damit in die Küche.

Was er jetzt tat, tat er für den Hass, mit dem seine Mutter ihm eines Tages gesagt hatte, dass sie seinen Anblick nicht länger ertrug, weil seine dunkle Haut sie jeden Moment, den sie zusammen verbrachten, an den Mann erinnerte, dem er seine Existenz verdankte.

Es galt Teddy Amin, der nie etwas anderes gewollt hatte als das, was er schließlich auch bekam.

Es galt ihm selbst – Lewis Boyle – dem Dieb und Verräter.

Es galt Stiller und Premuda, Färber und Saleki,

Tommy Graf und Anatoli Ryschkows blutigem Herzen.

Es galt dem Blick, mit dem Aziza Aris am Morgen aus dem Vernehmungsraum wieder auf den Flur des Präsidiums getreten war.

Es galt dem kleinen schwarzen Kindersoldaten, den irgendwer wahrscheinlich längst irgendwo mit einem Bild von ihm in Marsch gesetzt hatte.

Es galt jenem Tempel aus Hass, in dem Bellini genauso bereitwillig ihre Opfer erbrachte, wie Becker und Klein, Premuda und Halif Kahn.

Und es galt dem unausgesprochenen Versprechen, das er vorhin Sascha und sich selbst gegenüber abgegeben hatte.

„Tschüss, Arschloch."

Er legte die brennende Zigarette im Ascher auf dem Küchentisch ab und nahm sich viel Zeit beim Zielen. Setzte die Waffe einige Male wieder ab, bevor er völlig sicher war, dass die Kugeln mit Sicherheit auch treffen würden.

Er sah, wie hinter dem Küchenfenster, dem Bauzaun, der mit Regenwasser gefüllten Baugrube und über den Türmen der Innenstadt vereinzelte Rauchsäulen in den vom Sonnenuntergang entflammten Himmel stiegen.

Sein erster Schuss auf seinen Doppelgänger am Bauzaun gegenüber hatte das Glas des Küchenfensters in eine Kavalkade winziger im Abendsonnenlicht aufschimmernder Splitter zerbersten lassen.

Ein erstaunlich harmlos wirkendes Loch erschien gegenüber im Gesicht seines lächelnden Ebenbildes.

In Teddy Amins Waffe waren zehn Patronen. In einem stillen Rausch jagte Boyle Schuss um Schuss in das Plakat gegenüber. Dann ließ er die Waffe auf den Küchentisch fallen, setzte sich auf einen Stuhl und rauchte seine Zigarette zu Ende.

Er war zu tief in sich selbst versunken, um Sascha zu bemerken, die, während er seine letzten Schüsse abgab, in die Küche getreten war und ihm mit entgeisterten Blicken dabei zugesehen hatte, wie er gegenüber sein eigenes Gesicht in Fetzen schoss.

„Scheiße … Boyle …“

Es dauerte unglaublich lange, bis er seinen Kopf heben und sich über die Schulter hinweg zu ihr umsehen konnte.

„Ich konnte ihn einfach nicht mehr länger ertragen. Ich hatte auf einmal solche Angst davor, dass eines Tages sein scheiß Grinsen wirklicher werden würde als ich.“

Er ahnte, dass er sie wegstoßen würde, wenn sie jetzt zu ihm trat, um ihm tröstend den Arm um die Schulter zu legen.

Aber Sascha blieb regungslos in der Tür stehen und ließ ihre Blicke über das Chaos gleiten, das seine Schüsse in der Küche angerichtet hatten.

Als er an ihr vorbei durch das zerschossene Fenster über die von Sirenen zerrissene und von dunklen Rauchwolken belagerte Stadt sah, war es, als blickte er durch ein Schlüsselloch direkt in einen beunruhigend unübersichtlichen Abgrund aus Chaos, Zorn und Angst.

Wortlos stand er auf, trat zum Küchenschrank, suchte Lappen und Öl hervor und begann sorgsam und methodisch Teddys Waffe zu reinigen.

Die Erstausgabe von „Kanakenblues" erschien 2011 als *ebook only* unter dem Titel „Glashaus". Die hier vorliegende Ausgabe ist eine vom Autor erweiterte und überarbeitete Neufassung.

Pendragon Verlag
gegründet 1981
www.pendragon.de

Veröffentlicht im Pendragon Verlag
Günther Butkus, Bielefeld 2015

Lektorat: Eike Birck, Sebastian Beeg
Umschlag und Herstellung: Uta Zeißler, Bielefeld
Umschlagfoto: mauritius images/alamy
Gesetzt aus der Adobe Garamond
ISBN 978-3-86532-454-2
Gedruckt in Deutschland